Meine Sonne, meine Finsternis

Michiru Elf hat schon als Kind gerne Geschichten und Songtexte verfasst. Neben dem Schreiben liest sie gerne Liebesromane oder zeichnet.Sie hat zwei Kinder, die sie über alles liebt, und einen fürsorglichen, liebevollen Mann. Michiru schreibt hauptsächlich, um die Leser zu fesseln und zu unterhalten.

MICHIRU ELF

Meine Sonne, meine Finsternis

Lasse mich niemals fallen.
Der Aufprall könnte schmerzhaft werden.

Band 1

Bibliografische Information der Deutschen Nationalbibliothek

Die Deutsche Nationalbibliothek verzeichnet diese Publikation
in der Deutschen Nationalbibliografie; detaillierte bibliografische
Daten sind im Internet über http://dnb.d-nb.de abrufbar.

Umschlagdesign, Satz, Herstellung und Verlag:
BoD - Books on Demand, Norderstedt

ISBN 978-3-7519-9929-8

Achtung! Nichts für schwache Nerven.

Für minderjährige Leser nicht geeignet!

Personen und Handlungen sind frei erfunden. Ähnlichkeiten mit real existierenden Menschen sind rein zufällig und nicht beabsichtigt.

Wer eine realistische Geschichte lesen möchte, ist hier fehl am Platz. Der sollte eher zu einer Biografie greifen und nicht zu Dark Romance. ;)

Für meine Leserinnen und Leser

Musik, die mich inspiriert hat:

Kapitel 1
Britney Spears – Just Yesterday (Little Me)

Ab Kapitel 3
Dj Vianu & Serena – Nentori
(Romanian Cover Remix)
GAB ft. Jex – Endlessly
Dj Goja – Nobody Stop Me
Dj Goja – Cause I'm Crazy (Original Mix)
Kanita – S'jemi Ne (N.O.A.H Remix)
DJ Layla ft. Malina Tanase – Don't Go
(Suprafive Remix)
Lonely – Cut Off

Kapitel 14
Sia – Soon We'll Be Found

Kapitel 15
Mustafa Avşaroğlu – Follow Me to the Stars

Kapitel 17
Mustafa Avşaroğlu – In the Darkest Night
I Will Be on My Own

Kapitel 19
  Gwen Stefanie – Cool

Kapitel 24
  Ellie Goulding, Lauv – Slow Grenade

Ab Kapitel 25
  Robert Cristian – Missing You (Original Mix)
  Dj Vianu & Vict Molina – Save Me
  (Extended Mix)
  Dj Vianu - Back to You

Kapitel 28 /29
  Loreen – My heart is refusing me
  (Light Acoustic Version)

Kapitel 30
  Ne-Yo – Go On Girl

Kapitel 31
  Mustafa Avşaroğlu – Listen to Your Heart

Kapitel 32
  Two Steps From Hell – Victory (Piano Version)

Kapitel 1

*W*ie Bonnie & Clyde

Wir alle haben diesen einen Menschen, für den wir durchs Feuer gehen würden. Den einen Menschen, der mehr wert ist als unser eigenes Leben.

Und dieser eine Mensch ist für mich mein großer Bruder Dion.

Er ist meine Sonne. Meine Lichtquelle. Meine Hoffnung. Mein Beschützer. Mein Held. Mein Ein und Alles.

Es gibt niemanden auf dieser Welt, den ich mehr vergöttere als ihn.

Wir sind beide ohne unseren Vater aufgewachsen. Unsere Mutter hat uns alleine großgezogen. Ich weiß nicht, wann genau es passiert ist, aber irgendwann war sie nicht mehr die Mutter, die sie einmal war. Ihr Verhalten wurde immer skurriler und sie wurde zunehmend aggressiver.

10 Jahre zuvor …

In unserer Wohnung liegen überall leere Alkoholflaschen verteilt. Der Boden ist klebrig und es wurde schon lange nicht mehr gewischt. Die Wände sind grau. Ich weiß noch nicht einmal, ob sie jemals weiß waren. Es stinkt nach Zigarettenrauch und Schnaps. Aber daran bin ich schon gewöhnt.

Ich bin es gewohnt, in dieser trostlosen Gegend aufzuwachsen. In diesem dürftigen, dreckigen Haus.

Meine Mutter brüllt im Hintergrund irgendetwas, das ich nicht entziffern kann. Auch daran bin ich mittlerweile gewöhnt. Sie brüllt immer irgendwelches nebulöse Zeug. Sie hat wieder getrunken, aber das reicht ihr wahrscheinlich nicht aus.

Ein Nachbar aus der Gegend kommt ab und zu vorbei und bringt ihr irgendwelche Pillen, die sie einschmeißt. Dieser Mann strahlt eine unglaubliche Kälte aus und meine Nackenhaare sträuben sich jedes Mal, wenn er mich mit seinem stechenden Blick anstarrt. Ich weiß nicht, wieso, aber er jagt mir Angst ein. Ich möchte nicht, dass er kommt, aber meine Mutter lässt ihn immer wieder rein.

Ich wünschte, ich hätte eine normale Familie, so wie die anderen Kinder aus meiner Schule. Ich wünschte, ich hätte eine Mutter, die mich in den Arm nehmen könnte. Eine Mutter, die für uns kochen würde. Oder mit mir Hausaufgaben machen könnte.

Mit mir spielen. Mit mir malen.

Oder einfach nur da sein...

Nicht nur physisch. Sondern auch mental.

Stattdessen übernimmt all diese Aufgaben mein großer Bruder. Er erledigt die Einkäufe und kocht für uns.

Die Wohnung putzt er nicht mehr. Er hat es aufgegeben und so verwahrlost sie immer mehr. Aber das spielt für mich keine Rolle.

Viel wichtiger ist, dass David immer für mich da ist.

Er hört mir zu und er tröstet mich, wenn ich traurig bin. Außerdem spielt er mit mir und er liest mir Geschichten vor.

Ich sitze zusammengekauert in einer Ecke in meinem Kinderzimmer, das übrigens genauso dreckig ist wie der

Rest der Wohnung. Der Schimmel an den Wänden ist zwar ekelerregend, aber ich achte nicht mehr darauf.

Ich achte nicht auf die Zustände, unter denen wir hausen. Meine Gedanken sind immer bei meinem sechzehnjährigen Bruder David. Er ist der Einzige, der mich immer noch zum Lachen bringen kann. Mein einziger Verbündeter. Mein einziger Freund.

David ist oft außer Haus, weil er arbeiten muss. Ich mag seine Arbeit nicht. Er trifft sich mit Männern, die ich nicht mag und die mir Angst einjagen. Wenn ich ihn darauf anspreche, beruhigt er mich immer. Er sagt, er muss dealen, das Zeug verkaufen. Was für Zeug er verkauft, das sagt er mir nicht. Er ist der Meinung, dass ich viel zu jung bin, um das alles zu verstehen.

Für das Geld, das er verdient, kauft er mir immer Puppen, Malblöcke oder Buntstifte. Das finde ich toll. Am besten sind die Tage, an denen er mich mit nach draußen nimmt. Wir spazieren oft in den Park und unterwegs kauft er mir immer ein Eis. Oder Schokolade. Oder Limonade.

Und ich liebe es, wenn wir zusammen in den Zoo gehen. Oder ins Schwimmbad. Oder ins Kino.

Ich weiß nicht, ob ich das alles ohne ihn ertragen könnte. David ist mein Vorbild. Er stärkt mich innerlich und gibt mir Halt in meinem Leben.

»Wenn du traurig bist, Schwesterherz, dann straffe deine Schultern und hebe das Kinn. Bleib immer eine Königin, egal, wie sehr dir jemand wehtun möchte. Zeige deinem Gegner niemals die Schwäche.« Das hat er mir mal gesagt. Also tu ich das auch, denn ich befolge immer seine Ratschläge.

Ich krabbele unter das Bett, hole meine Buntstifte, eine Schere und ein weißes Blatt Papier heraus. All meine Sachen bewahre ich immer unter dem Bett, weil in diesem Zimmer nicht genügend Platz ist. Mein Bruder müsste jederzeit wiederkommen und ich möchte ihn mit einem selbstgemalten Bild überraschen.

Im Hintergrund höre ich meine Mutter brummen, mein Körper verkrampft sich schlagartig und ich versuche ihre gereizte Stimme zu ignorieren. Es gibt Tage, an denen sie gewalttätig wird und auf mich losgeht. Aber meistens traut sie sich das gar nicht, weil dann mein Bruder eingreift. Und weil ich weiß, dass er bald kommen könnte, beruhige ich mich und konzentriere mich auf das Vorhaben, ein Bild zu malen.

Gedankenversunken zeichne ich einen Kreis auf, den ich mit Strahlen versehe. Dann nehme ich einen gelben Stift und male das fertige Ergebnis aus. Eine Sonne. Für David. Weil er meine Sonne ist.

Anschließend nehme ich eine Schere in die Hand und schneide die Zeichnung aus. Ich muss dabei etwas aufpassen, weil diese Schere ganz schön scharf ist.

Ein lautes Pochen an der Tür lässt mich innehalten. Innerlich hoffe ich, dass es mein Bruder ist, der gerade klopft. Aber mein Bruder klopft nie und ich weiß, dass es der Nachbar aus der Gegend ist. Jede Faser meines Körpers spürt das.

»Na endlich«, höre ich meine Mutter im Flur sagen. Dann nehme ich seine schweren Schritte wahr.

»Wo bleibt das Zeug?«, erkundigt sie sich ungeduldig. Ihre Stimme ist am Zittern. Mit dem Zeug sind höchstwahrscheinlich diese Pillen gemeint, die er ihr immer besorgt. Ich mag das nicht. Ich mag es nicht, was sie mit ihr anrichten. Sie ist dann nicht sie selbst. Ihr Verhalten wird durch diese Pillen eigenartig.

»Erst unsere Abmachung«, verlangt er und bei seiner Stimme pocht mein Herz schneller. Ich hoffe, dass er das Kinderzimmer nicht betreten wird. Denn ich habe eine Scheißangst vor ihm.

»Na schön!«, höre ich meine Mutter antworten. »Sie ist im Kinderzimmer.«

Oh Gott. Meine Nackenhaare sträuben sich. Meine Atmung wird immer flacher.

Sie meint doch nicht etwa mich?

Und da höre ich schon, wie sich seine Schritte meinem Zimmer nähern. Die Türklinke bewegt sich wie in Zeitlupe nach unten und der Spalt wird immer breiter, bis er schließlich den Raum betritt.

Ich schlucke schwer. Mein Puls schießt in die Höhe.

»Na, wen haben wir denn da?«, sind seine Worte an mich gewandt.

Ich lasse die Zeichnung fallen und umklammere fest die Schere in meiner Faust.

»Möchtest du den netten Onkel nicht begrüßen?« Seine Augen funkeln mich bösartig an, während er sich mir nähert.

Ich springe auf und möchte an ihm vorbeihuschen. Meine Finger umklammern immer noch den metallischen Gegenstand. Mein Körper zittert.

Was möchte dieser Mann von mir? Tränen schießen mir in die Augen, als er mir den Weg versperrt.

»Wohin denn so eilig?«, fragt er mich mit kalter Stimme.

»Mama?«, krächze ich verzweifelt.

»Sie wird dich jetzt auch nicht beschützen. Du kommst jetzt mit mir mit.« Er lacht herablassend und der laszive Ausdruck in seinen Augen lässt mein Gesicht kreidebleich werden.

»Mami?!«, rufe ich noch einmal durch die Tränen und hoffe darauf, dass sie reagiert. Dass sie sich schützend vor mich stellt und diesen Mann aus der Wohnung jagt. Irgendetwas tut. Mich in Schutz nimmt.

Verzweifelt huscht mein Blick zu der offenen Tür.

Und da steht sie. Meine Mutter. Sie schaut mich mit einem leeren Blick an. Ihre Miene ist ausdruckslos. Als wäre sie ein Geist. Mental abwesend.

»Mami, bitte! Ich möchte hierbleiben. Ich möchte nicht mit ihm weg!« Meine Stimme klingt hysterisch und die heißen Tränen rinnen an meinen Wangen entlang. Mein Körper ist taub.

»Du kommst jetzt erst einmal mit mir mit«, bestimmt er. »Ich werde dich später zurück nach Hause bringen.«

Was möchte dieser Mann von mir?

»Mami! Hilf mir! Schick ihn weg!«, flehe ich sie verzweifelt an.

»Geh mit ihm mit. Er wird dich ja wieder zurückbringen«, sagt sie dann.

»Höre auf deine Mutter. Sei ein braves Mädchen.« Er packt mich grob an meinem linken Handgelenk und möchte mich aus dem Zimmer zerren.

Angst ist ein lähmendes Gefühl, doch die Wut ist stärker, die plötzlich über mich kommt und mir Stärke verleiht. Und in diesem Augenblick denke ich nicht über die Konsequenzen nach, als ich mechanisch meine rechte Hand mit der Schere in seinen Bauch ramme.

Wenn sie mich nicht verteidigt, dann verteidige ich mich eben selbst.

Das Blut spritzt auf und ich ziehe vor Schreck ruckartig die Schere wieder heraus. Ängstlich halte ich den blutverschmierten metallischen Gegenstand in meiner zitternden Hand.

Der Mann brüllt vor Schmerzen auf und lässt mich los. Keuchend tastet er nach seiner Wunde am Bauch.

»Du verdammte … kleine Göre!«, zischt er zwischen zusammengepressten Zähnen, während seine Augen mich wutverzerrt anfunkeln. »Das wirst du noch bereuen!«

»Das wollte ich nicht …«, stammle ich benommen, während ich aus dem Zimmer hinausstürme. Ich weiß dass es keinen Zweck hat, mich hinter meiner Mutter zu verstecken, also versuche ich es gar nicht, als ich im Flur über meine eigenen Schritte stolpere und hinfalle.

Hinter mir tobt mein Verfolger. »Du verdammte kleine Göre! Ich mach dich fertig!«

Adrenalin rauscht durch meine Blutbahn, während ich auf dem Boden liege und meine Schere in der Hand fest umklammere.

»Jetzt hab ich dich!« Sein Gesicht ist verzerrt vor Wut und Schmerz.

Meine Mutter steht daneben und beobachtet das Geschehen, ohne einzugreifen. Wie ein Geist. Wahrscheinlich ist sie das auch.

Das war's dann wohl. Ich sitze in der Falle.

Und da geht plötzlich die Eingangstür auf. Hoffnungsvoll schaue ich auf.

David betritt den Flur und sein erschrockener Blick landet direkt auf mir. Ich liege mit der blutverschmierten

Schere auf dem schmutzigen Boden, während mir heiße Tränen entlang laufen. Mein Körper zittert vor Angst. Vor mir steht dieser Mann, der Freund unserer Mutter, der mir wehtun möchte. Sein Hemd ist blutgetränkt. Seine Nasenflügel sind geweitet und er atmet schwer.

»David, hilf mir«, schluchze ich.

Davids Blick huscht zwischen uns hin und her. Dann scheint er zu begreifen, was vor sich geht. Er kommt auf mich zu und reißt mir die Schere aus der Hand.

»Du ...«, knurrt mein Bruder an den Mann gewandt. Sein Kinn bebt vor Zorn. Er ahnt genau, was vor sich geht. Er weiß, dass ich in Gefahr bin. »Du dreckiger Bastard!«

Ich habe noch nie meinen Bruder so wütend erlebt. Seine Augen sind schwärzer als der Nachthimmel, als er auf meinen Peiniger zukommt und die Schere mit voller Wucht ... direkt in seine linke Brust rammt.

Ich erstarre, während ich beobachte, wie das Blut an seinem Hemd entlangfließt und er gurgelt. Er stöhnt und murmelt etwas, das wir nicht entziffern können. Anschließend sackt er auf die Knie und fällt um.

Und erst dann wird mir klar, was David getan hat. Was wir getan haben.

Wir haben diesen Mann umgebracht.

Wir sind Mörder.

Kaltblütige Killer.

Ich weiß, dass mich David beschützen wollte. Er hat das alles nur getan, um mich zu beschützen. Und trotzdem liege ich zitternd auf dem Boden, unfähig irgendetwas zu tun. Unfähig irgendwelche Gedanken zu fassen.

Und was jetzt?

Was jetzt …?

David und ich starren uns einfach nur an. Lange.

Bis unsere Mutter schrill zu schreien beginnt.

»Ihr Mörder!!!«, kreischt sie so laut, dass meine Ohren zu schmerzen beginnen. »IHR VERDAMMTEN MÖRDER!!!«

Sie hat diesen Mann auf mich losgelassen. Sie hat mich für diese Pillen verkauft. Sie hat zugesehen, während ich sie angefleht habe, mir zu helfen. Sie hat einfach nur zugesehen, ohne einzugreifen. Ohne mich in Schutz zu nehmen. SIE HAT EINFACH NICHTS GETAN!

…Und jetzt reagiert sie plötzlich?!

Nein, das ist keine Mutter. Das ist ein Monster.

»Ich werde die Polizei rufen müssen!«, brüllt sie. »Ja, das werde ich tun müssen! Auch wenn ihr meine Kinder seid!«

»Wir müssen weg«, realisiert mein Bruder. »Steh auf, Amanda! Wir müssen weg!«

»Die Schere!«, stammele ich paralysiert. »Dort sind unsere Fingerabdrücke!«

Während unsere Mutter immer noch hysterisch kreischt, reagiert mein Bruder schnell, indem er die Schere aus dem Mann herauszieht. Dann fasst er mich grob an meinem Handgelenk und zieht mich hoch.

»Los, Amanda!«, gibt er mir die Anweisung, während meine Beine taub sind und er mich hinter sich herzieht.

Wir stürmen aus dem Haus. Meine Beine sind wie in Watte gepackt. Ich stolpere unbeholfen neben meinem Bruder her.

Ein paar Kinder spielen unbesorgt auf der Straße, während wir weiterlaufen. Ein Junge in Davids Alter geht vorbei und starrt uns an. David hat immer noch die blut-

getränkte Schere in seiner Hand. Aber auch an unseren Händen klebt Blut.

Wir sind Mörder. Bei dieser Erkenntnis läuft mir ein eiskalter Schauer über den Rücken.

Ich lasse Davids Hand los und bleibe stehen. Starre den Jungen an, dessen entsetzter Blick auf meine blutigen Hände gerichtet ist.

Was haben wir bloß getan? Was habe ich bloß getan? War das alles meine Schuld?

Ich bin wie gelähmt. Stehe nur da und starre diesen Jungen an, der mich mit seinem stechenden Blick durchbohrt.

»Amanda!«, reißt mich Davids Stimme wieder in die Realität zurück. »Wir müssen weiter!« Er packt mich an meinem Handgelenk und zieht mich hinter sich her.

Völlig außer Puste bleiben wir schließlich in einer schmalen Gasse stehen, wo ein Motorrad steht. Ich weiß, dass das Motorrad nicht David gehört, doch das spielt jetzt nun wirklich keine Rolle. Hastig holt er einen passenden Zündschlüssel heraus. Ich frage auch nicht, woher er ihn hat. Das ist jetzt unwichtig.

»Steig ein, Amanda«, fordert mich mein Bruder auf. »Und halte dich gut fest, verstanden?«

Ich nicke und gehorche auf Anhieb.

Und so rasen wir mit Höchstgeschwindigkeit auf dem Motorrad durch die schmalen, dreckigen Gassen, während im Hintergrund bereits die Sirenen heulen.

Wie Bonnie und Clyde.

Wir beide sind Bonnie und Clyde.

Kapitel 2

Nicht gerade mein Traummann

Ich bin nicht mehr Amanda Mitchell. Und David ist auch nicht mehr David Mitchell. Wir haben eine neue Identität. Irgendwie bin ich dankbar dafür, dass David gewisse Freunde hat, für die es kein Problem war, falsche Pässe zu besorgen.

Von nun an sind wir Dion und Luana Scott. Niemand darf etwas über unsere Vergangenheit erfahren. Niemand wird es jemals tun. Nicht einmal wir selbst. Wir werden alles aus unserem Gedächtnis verbannen und von neu beginnen. Ein Neuanfang ist unsere Chance. Wir werden unsere Seele reinigen und uns nie wieder daran erinnern.

Nie wieder.

***

Wir leben in einer kleinen, idyllischen Stadt, am Waldrand. Es ist sehr friedlich hier. Die Gegend gefällt mir. Nicht weit von unserem kleinen Häuschen gibt es einen See. Im Sommer picknicken wir dort oder schwimmen.

Alles scheint perfekt zu sein. Unser Leben verläuft ruhig und einwandfrei.

Ich arbeite im *Sky Café* hier bei uns in der Nähe. Mein Bruder Dion dealt immer noch mit Drogen. Ich habe Angst, dass er eines Tages erwischt werden könnte und hinter Gitter landet. Aber er beruhigt mich immer.

Er sagt, dass er inzwischen ein Profi ist und ich muss mich nicht sorgen. Also vertraue ich ihm.

Er kann auch nicht damit aufhören. Erstens finanzieren wir damit unseren Lebensunterhalt und zweitens haben diese Leute uns die falschen Pässe beschafft und somit ist Dion verpflichtet, diese Arbeit weiterhin für sie auszuüben. Diese Menschen sind skrupellos und leider auch überall vernetzt. Davonlaufen wäre also zwecklos.

Trotz allem scheint das Leben perfekt zu sein.

Mein Bruder und ich tragen Partnertattoos. Eine Sonne und ein Mond verziert unsere Handgelenke. Dion verkörpert die Sonne und ich den Mond.

Wir denken nicht mehr daran, was sich vor zehn Jahren abgespielt hat. Wir reden auch nicht darüber. Wir leben im Hier und Jetzt. Und wir genießen jeden Augenblick und jede Minute, die wir zusammen verbringen können.

Ich bürste mir meine schulterlangen schwarzen Haare und zupfe mein hellblaues Kleid zurecht, bevor ich das Bad verlasse. Dion hantiert bereits in der Küche und bereitet Spiegeleier mit Toastbrot vor. Das schokoladige Kaffeearoma steigt mir in die Nase.

»Guten Morgen, Bruderherz!«, flöte ich fröhlich und helfe ihm dabei, den Tisch zu decken.

»Guten Morgen, du Schlafmütze«, entgegnet er träge, während er die Spiegeleier auf unsere Teller verteilt. Ich schenke uns Kaffee ein, bevor ich mich auf den Stuhl fallen lasse.

»Keine Gurken dazu?« Ich verziehe meine Lippen zu einem Schmollmund.

Dion seufzt. »Wenn meine Schwester zu faul ist, um die Einkäufe zu erledigen, dann gibt es eben keine Gurken dazu. Leb damit!«

Von wegen, ich bin faul! Obwohl … vielleicht hat er ja nicht ganz so unrecht mit seiner Behauptung.

»Dann eben nicht.« Ich zucke mit den Schultern und schlürfe an meinem Kaffee.

»Du weißt, dass ich öfters außer Haus bin.« Mein Bruder setzt sich neben mich und schaut mich vorwurfsvoll an. »Das wäre deine Aufgabe gewesen, du Faulpelz!«

»Sorry«, murmele ich und schiebe inzwischen den Teller näher an mich heran. Dann tunke ich mein Toastbrot, das ich in der Hand halte, in das flüssige Eigelb. Mmhh… lecker.

»Iiihh«, Dion verzieht angewidert sein Gesicht, als er mich dabei beobachtet, wie ich mir alles in den Mund stopfe, während das Eigelb auf den Tisch daneben tropft. »Warum um alles in der Welt habe ich bloß so eine eklige Schwester?«

»Vielleicht weil du keine bessere verdient hast«, nuschele ich mit vollem Mund.

»Ich kann mir das nicht weiterhin mitansehen.« Dion schüttelt widerstrebend den Kopf, während er ebenfalls ein Toastbrot in die Hand nimmt.

Inzwischen habe ich mein Ei schon aufgegessen, aber bin irgendwie immer noch nicht richtig satt. Ich liebe einfach das Essen viel zu sehr!

»Hab noch Hunger«, klage ich.

Dion verdreht genervt die Augen. »Zu deinem Glück kommt gleich Elliot vorbei. Er hat übrigens für uns den Einkauf erledigt, den du versäumt hast!«

»Hast du ihn wieder einmal dazu genötigt?«, frage ich. Elliot erledigt öfters für uns Einkäufe oder auch andere Dinge, mit denen mein Bruder ihn beauftragt. Unter anderem, auf mich aufzupassen. Als bräuchte ich mit meinen zwanzig Jahren einen Aufpasser.

Tzzz…

Aber mein Bruder kann es ja nicht lassen. Die Welt ist ja so böse und voller Gefahren. Innerlich verdrehe ich die Augen.

»Er macht das freiwillig, weil er uns gerne hilft«, speit Dion mir entgegen.

»Er schleimt sich doch nur wieder einmal bei dir ein«, werfe ich genervt in den Raum, schiebe meinen Stuhl nach hinten und stehe auf, um mein Geschirr in die Spülmaschine einzuräumen.

Elliot ist übrigens mein Freund.

Und was soll ich sagen? Er ist okay. Er ist wirklich ganz nett. Mehr aber auch nicht. Er ist zwar groß, aber nicht gerade breit gebaut. Eher schmächtig. Sein blondes, schütteres Haar ist immer ordentlich zur Seite gekämmt. Er hat schöne blaue Augen, die er allerdings hinter seiner dicken Hornbrille versteckt.

Und jap. Er ist wirklich mein Freund.

Nicht gerade mein Traummann. Aber man kann ja nicht alles im Leben haben, nicht wahr? Und außerdem ist das äußere Erscheinungsbild ja nicht entscheidend.

Elliot ist nett. Habe ich das schon erwähnt? Wahrscheinlich schon.

Aber er hat auch andere gute Eigenschaften. Zum Beispiel ist er sehr intelligent, hilfsbereit und vernünftig. Wobei das Letztere nicht gerade für ihn spricht.

Zumindest meiner bescheidenen Meinung nach. Aber wer fragt schon mich? Mein Bruder schätzt gerade diese Eigenschaft an ihm. Außerdem ist Elliot auch noch zuverlässig und er studiert Philosophie und Geschichte. Cool, nicht?

Na ja… im Gegensatz zu mir. Ich studiere ja gar nichts, sondern arbeite nur im *Sky Café* als Kellnerin.

Ein Klingeln reißt mich aus meinen Gedanken zurück in die Realität.

»Ich geh dann mal aufmachen«, murmele ich und trödele zu der Eingangstür, die ich dann aufreiße.

Elliot grinst mich an.

»Hi Lu«, begrüßt er mich mit einem Küsschen auf die Wange und hebt feierlich die Einkaufstüte, die er in der rechten Hand hält. »Hab was für euch eingekauft.«

»Hi.« Ich trete zur Seite und lasse ihn reinkommen.

»Hey Elliot, mein Bester!« Mein Bruder kommt auf ihn zu und nimmt ihm dankbar die Tüte aus der Hand. »Wie immer ist auf dich Verlass! Dafür liebe ich dich!«

»Wenn mich Lu genauso lieben würde, wäre ich zufrieden«, entgegnet mein Freund.

Dion klopft ihm brüderlich auf die Schulter. »Der Tag wird kommen, Elliot. Meine Schwester braucht nur etwas Zeit, um zu begreifen, dass du ein Traummann bist.«

Sicher doch …

Als würde die Zeit alles regeln. Ich seufze theatralisch, als ich mich zu den beiden geselle. Gemeinsam räumen wir die Einkäufe in die Schränke ein.

Und ja… wie ihr euch schon bereits denken könnt: Mein Bruder hat mich mit Elliot verkuppelt. Er möchte nur das Beste für mich. Seine Worte waren: *Elliot würde dich niemals verletzen oder dir das Herz ausreißen, Schwesterchen. Er ist die beste Wahl für dich.*

Natürlich wird er mir niemals das Herz ausreißen, weil mein Herz überhaupt nicht für ihn schlägt. Aber was tut man nicht alles für seinen Bruder. Ich gebe mich mit seiner Wahl zufrieden und rede mir ein, dass er recht hat.

Mein Bruder ist alles, was ich habe. Ich möchte, dass er glücklich und unbesorgt ist. Und ganz egal, wie verrückt es klingen mag - ich vertraue ihm. Vertraue ihm sogar meine Partnerwahl an.

»Ich muss los«, sagt Dion schließlich, nachdem wir die Küche aufgeräumt haben. Er küsst mich zum Abschied auf die Stirn. »Pass gut auf meine Schwester auf, Elliot.«

»Immer«, entgegnet dieser brav.

»Ich verlass mich auf dich.« Mit diesen Worten geht er aus dem Haus und ich bleibe mit Elliot alleine.

»Willst du etwas trinken oder vielleicht frühstücken?«, biete ich ihm an.

Mein Freund schüttelt den Kopf. »Ich hab schon unterwegs zu euch ein belegtes Brötchen gegessen.«

»Na, wenn das so ist«, entgegne ich und hole die Schokolade heraus, die Elliot für mich gekauft hat. Es gibt einfach nichts Köstlicheres auf dieser Welt als Schokolade.

Elliot strahlt mich zufrieden an.

»Hör auf zu grinsen wie ein Honigkuchenpferd!«, warne ich ihn, während ich die Schokolade auspacke und beherzt reinbeiße.

Köstlich.

Viel besser als Sex. Zumindest mit Elliot.

Denn die Zeit im Bett mit ihm ist nicht gerade aufregend. Eher öde. Einschläfernd. Etwas, das ich schnell zu Ende bringen möchte. Oder am besten erst gar nicht anfangen.

Und nein - er ist nicht mein erster Freund. Mein erster Freund war heiß. Gutaussehend. Im Bett eine Granate. Aber er brach mir das Herz.

Ich habe ihn mit meiner besten Freundin Emmi erwischt.

Ihr habe ich verziehen. Ihm nicht.

Und das hier ist einer der Gründe, weshalb ich nun auf meinen Bruder höre und mich nicht mehr vom Aussehen blenden lasse.

Einer der Gründe, weshalb ich mit einem wie Elliot zusammen bin.

Kapitel 3

Ich verliere den Verstand

Es ist bereits Abend, als wir zu dritt auf dem Sofa sitzen und eine Netflix-Serie schauen. Dion sitzt in der Mitte und hält eine große Schüssel Popcorn, aus der ich so viel wie möglich in mich hineinschaufele. Gott, wie lecker. Ich bin so süchtig nach dem Zeug.

»Kein Wunder, dass du fett bist«, zieht mich mein Bruder auf und kneift mir dabei demonstrativ in die Hüfte. »Meinst du nicht, dass es langsam Zeit wird, auf deine Figur zu achten?«

Ich strecke ihm die Zunge raus. »Du Arsch! Ich bin nicht fett. Du bist nur zu geizig, um zu teilen!«

Eliot gackert wie verrückt und ich werfe einen Popcorn nach ihm, sodass er endlich verstummt. Da klingelt auch schon mein Handy.

Träge erhebe ich mich und tappe zu der Kommode, wo sich mein Smartphone befindet.

»Kann jemand von euch bitte auf Pause drücken?«, frage ich in die Runde, bevor ich mich dem Telefonat widme. »Ich möchte die Serie nicht verpassen.«

Elliot schaltet auf Pause, während mein Bruder mich mit Popcorn bewirft und vor sich hin kichert. Ich strecke ihm den Mittelfinger entgegen.

»Emmi, hi«, begrüße ich meine Freundin am Apparat.

»Emmi, hi«, äfft mich mein Bruder nach.

So wird das hier nichts. Um ungestört telefonieren

zu können, tappe ich die Treppen nach oben in mein Zimmer und schließe die Tür hinter mir zu.

»Hallo, meine Süße«, die Stimme meiner Freundin klingt ziemlich hoch und total aufgeregt. Und Moment… Sie ist doch nicht etwa außer Puste?

»Emmi? Geht es dir gut?«, frage ich lauernd.

»Ja«, krächzt sie außer Atem. »Oh mein Gott, Lu! Ich MUSS dir etwas erzählen!«

Und dann flippt sie komplett aus. Sie kreischt so schrill, dass ich beinahe mein Handy fallen lasse. Autsch! Mein Ohr schmerzt.

»Ich interpretiere das mal als einen Freudeschrei«, entgegne ich vorsichtig. Mein Ohr pocht immer noch, nach dieser Aktion von ihr.

»Allerdings! Oh, Lu! Ich bin sprachlos. Ich bin verdammt noch mal so sprachlos wie noch nie in meinem Leben!«

Ich runzele die Stirn, da ich nur Bahnhof verstehe. »Emmi. Finger weg von Drogen!« Das ist ein gutgemeinter Ratschlag.

»Das sind keine Drogen. Das ist ER! Er ist meine Droge«, haucht sie nun verträumt in den Hörer.

Aha. Dann scheint dieser ER ja noch gefährlicher als Drogen zu sein, denn das, was er mit meiner Freundin anstellt, sieht nicht gerade gesund aus.

»Da bin ich aber gespannt«, murmele ich und bin ganz Ohr. Denn niemand macht meine Freundin sprachlos und gleichzeitig so hibbelig. Was ist das für ein Kerl? Ein Magier?

»Er ist einfach nur … unglaublich«, schwärmt sie.

»Lu, bitte komm heute in unsere Stammkneipe, ja? Ich möchte ihn dir unbedingt vorstellen.«

»Kann das nicht warten?«, seufze ich. Ich freue mich ja für Emmi. Aber ich bin nicht in der Stimmung, heute auszugehen. Ich wäre lieber auf der Couch.

Gemütlich liegen, sich den Bauch mit Popcorn vollstopfen und einfach nur in eine Serie vertieft sein …

Das ist meine persönliche Vorstellung von einem perfekten Abend. Und jap, ich bin eine Couchpotato. So bin ich eben.

»Nein, nein«, unterbricht sie mich. »Auf keinen Fall! Denk nicht daran! Du MUSST ihn heute kennenlernen. Sonst drehe ich noch durch! Er ist so heiß, Lu! Habe ich das schon erwähnt?«

Nope. Aber das ist wohl offensichtlich. Sonst würdest du nicht so durchdrehen, sind meine Gedanken, die ich allerdings bei mir behalte.

»Na gut. Es sieht echt nach einem Ernstfall aus«, entscheide ich mich schließlich. »Ich komme und bringe Feuerlöscher mit.«

Sie kichert. »Ich warte auf dich. Und nimm von mir aus Elliot mit.«

»Wie könnte ich auch alleine weg«, stöhne ich genervt. »Als würde mich mein Bruder alleine gehen lassen. Elliot ist ja immer dabei. Mein persönlicher Aufpasser.«

»Wahrscheinlich einer der Gründe, warum dich dein Bruder mit ihm verkuppelt hat«, gibt sie nachdenklich zurück.

Als wäre ich nicht selbst darauf gekommen.

»Mein Bruder denkt immer praktisch.«

»Lu!«, kreischt sie erneut in den Hörer. »Mach dich fertig und beweg deinen Arsch hierhin! Ich warte!«

»Bis dann«, ich lege auf und schlendere gemütlich die Treppen wieder nach unten. Soll Emmi ruhig noch etwas warten. Das ist sie mir schuldig! Schließlich hat sie mir meinen gemütlichen Filmabend ruiniert.

***

Elliot und ich steigen aus dem Auto und schlendern auf unsere Stammkneipe *Dark Paradies* zu.

Draußen ist es bereits dunkel, aber die Sommerhitze ist dennoch spürbar. Die Luft ist immer noch dick und unerträglich.

Ich trage ein schlichtes schwarzes Kleid. Meine Haare sind offen und an meinen Füßen glänzen schwarze High Heels. Ich bin nur leicht geschminkt. Etwas Mascara, Lipgloss und Rouge. Das sollte reichen. Außerdem habe ich sowieso nicht vor, lange hierzubleiben. Sobald ich den ultimativ heißen Freund meiner Freundin gesehen habe, werde ich den Laden verlassen und Elliot wird mich wieder nach Hause bringen.

Als wir die Kneipe betreten, empfängt uns die vertraute House Musik, so wie aber auch verrauchte stickige Luft. Es ist wie jeden Samstag ziemlich voll hier, die Gäste lachen und unterhalten sich ausgelassen an den Bartischen. Die Neonlichter an den Steinwänden benebeln jetzt schon mein Gehirn. Dabei habe ich noch nichts Alkoholisches zu mir genommen.

Ich entdecke Emmi auf Anhieb. Sie scheint alleine zu sein, was mich etwas wundert.

»Emmi ist dort«, sage ich zu Elliot und ziehe ihn an seinem Handgelenk zu meiner Freundin, die bereits auf dem Barhocker sitzt und auf uns wartet. Sie hat ein enges rotes Kleid an. Dazu einen passenden Lippenstift, der ihre perfekt geformten Lippen betont. Ihre blonden Haare sind leicht gelockt.

Ich stupse sie an und als sie mich erblickt, gibt sie mir ein Küsschen auf die Wange zur Begrüßung, was ich erwidere. Meinen Freund Elliot beachtet sie allerdings gar nicht, obwohl er ein scheues »Hi« murmelt. Das tut sie meistens nicht. Für Emmi ist Elliot nur ein lästiges Anhängsel. Am liebsten würde sie ihn gar nicht dabeihaben. Aber das sagt sie natürlich nicht, denn sie weiß genau, dass ich mich immer an die Anweisungen meines Bruders halte.

»Na endlich«, sagt sie. »Wo ist der versprochene Feuerlöscher?«

Ich verdrehe die Augen, während ich auf einem freien Barhocker neben ihr Platz nehme. Elliot steht immer noch da, wie bestellt und nicht abgeholt.

»Verrate mir lieber, wo dein heißer Macker ist!«

»Er kommt jeden Augenblick. Bestell dir schon mal was zu trinken.«

»Emmi!«, ich schaue sie entgeistert an, während sie seelenruhig an ihrem Drink schlürft. »Sag mir nicht, dass er dich warten lässt! Was ist das für Kerl! Schämt er sich denn gar nicht, eine Frau auf sich warten zu lassen!«

»Eigentlich sollte es ja umgekehrt sein«, gibt auch nun Elliot seinen Senf dazu. »Ein wahrer Gentleman kommt früher als seine Angebetete.«

Emmi wirft ihm einen grimmigen Blick zu, sodass er sofort verstummt.

»Ist doch vollkommen egal, wer zuerst und wer zuletzt kommt!« Sie reicht dem Kellner ihr inzwischen leeres Glas entgegen. »So etwas spielt doch nun wirklich keine Rolle!«

»Verspätet er sich etwa öfters?« Ich kann es einfach nicht fassen! Wie kann sie so einen Kerl auch noch attraktiv finden?

»Und wenn schon«, speit sie mir entgegen und winkt den Kellner erneut zu sich. »Zweimal *Dry Martini*, bitte!«

Ich finde es fies, dass sie Elliot dabei ignoriert. »Dreimal«, verbessere ich sie deshalb.

»Muss er nicht fahren?«, versucht sie sich rauszureden.

»Der eine Martini wird ihn schon nicht umhauen«, entgegne ich gelassen und Elliot nickt zustimmend.

»Setz dich hin, Elliot«, ich klopfe auf den freien Hocker neben mir, doch mein Freund ignoriert meine Aufforderung und schüttelt den Kopf.

»Ich stehe lieber«, gibt er zurück. Na, dann eben nicht.

Der Kellner reicht uns die Getränke und ich rühre gedankenverloren mit der Olive in meinem Cocktail.

»Wie lange müssen wir jetzt eigentlich auf deine männliche Diva warten?«, liegt mir die Frage auf der Zunge, die ich mir einfach nicht verkneifen kann.

»Deine Freundin scheint ganz schön frech zu sein, Emmi«, ertönt eine raue Stimme hinter uns und ich ärgere mich darüber, dass mein Körper darauf reagiert.

Aber der Klang seiner Stimme ist unglaublich rau und sexy. So verdammt sexy, dass ich erschaudere.

Ich drehe mich um und sehe ihn. Den Freund meiner besten Freundin.

Und oh mein Gott… ich verliere den Verstand. Ich verliere eindeutig meinen Verstand! Mit weit aufgerissenen Augen starre ich in sein wunderschönes, kantiges Gesicht.

Fuck, hat er eine Ausstrahlung! Fuck, fuck, fuck!

Er trägt eine dunkle Jeanshose und ein schwarzes T-Shirt, das eng an seinem Körper liegt und dabei jeden verfluchten Muskel betont. Seine Arme sind mit Tattoos versehen. Seine Haare sind schwarz. Tiefschwarz. Schwärzer als der Nachthimmel. Die einzelnen Strähnen fallen ihm lässig ins Gesicht und verdecken dabei stellenweise seine atemberaubenden Augen. Er trägt einen Dreitagebart, welcher ihm ausgezeichnet steht und wodurch seine männlichen Konturen im Gesicht noch mehr zur Geltung kommen.

Und verflucht noch mal! Was sind das für geile Augen? Ich lege meinen Kopf leicht schief, um sein Gesicht noch genauer zu begutachten. Sein linkes Auge ist grau und sein rechtes scheint braun zu sein. Unter dem rechten Auge befindet sich ein kleiner Pigmentfleck.

Scheiße! Ich hätte doch den Feuerlöscher mitnehmen sollen. Der Mann ist heiß. Verdammt heiß! Und so außergewöhnlich…

Ein Unikat. Ein Alien.

Das kann nur ein Außerirdischer sein.

Alles an ihm schreit nach Gefahr. Doch scheiß drauf! Ich kann meinen Blick nicht von ihm abwenden.

Sein Mundwinkel zuckt, als er merkt, dass ich ihn anstarre, und er hebt selbstgefällig eine Braue nach oben.

»Riaan«, haucht meine Freundin neben mir verträumt. »Du bist endlich da.« Sie stupst mich leicht mit dem Ellenbogen an. »Lu, das ist Riaan.«

Und fuck! Ich habe sie vergessen. Ich habe sogar Elliot vergessen. Das darf mir nicht noch mal passieren. Immer noch völlig perplex schüttele ich meinen Kopf und versuche mich zu sammeln.

»Hi. Darf ich vorstellen? Vor dir steht die männliche Diva höchstpersönlich«, sagt Riaan zu mir gewandt und zwinkert mir zu. Witzig. Wirklich witzig.

»Freut mich«, entgegne ich lässig und wende meinen Blick von ihm ab. Stattdessen rühre ich weiterhin mit der Olive in meinem Cocktail, den ich beinahe verschütte.

»Und du bist …?«, stellt er die Gegenfrage, während er mich ebenfalls neugierig mustert. Ich kann seine Blicke auf mir spüren, auch wenn ich viel zu beschäftigt damit bin, an meinem Martini zu rühren.

»Die freche Freundin deiner Freundin.« Ich hebe angriffslustig die Brauen und schenke ihm wieder Beachtung.

Emmi kichert. »Das ist Luana, meine beste Freundin, von der ich dir schon erzählt habe. Und dort drüben«, sie deutet mit dem Zeigefinger auf Elliot, der immer noch da steht und debil vor sich hin grinst, »ist ihr Freund.«

»Ich bin Elliot«, stellt er sich mit einem breiten Lächeln auf seinem Gesicht vor und legt demonstrativ seine Hand um mich, als wolle er sein Revier markieren. So lächerlich, denn Riaan ist der Freund von Emmi.

Riaan schnaubt kaum hörbar und verkneift sich das Lachen. Dann schenkt er seine Aufmerksamkeit Emmi, die er auf den Mund küsst.

Ich nehme meinen Martini in die Hand, den ich exe. Anschließend bestelle ich mir den nächsten. Im Hintergrund läuft »*Nentori*« von Dj Vianu & Serena. Der Mix aus Musik und dem Alkohol in meinem Blut berauscht mich.

Es fällt mir wahnsinnig schwer, es einzugestehen, aber ich bin verdammt noch mal eifersüchtig auf meine Freundin. Eifersüchtig darauf, dass sie so einen heißen Macker an ihrer Seite hat, während mein Freund so gewöhnlich und langweilig ist.

Riaan bestellt sich Whiskey. Auch Elliot winkt den Kellner zu sich. Ich schaue überrascht auf, aber er bittet nur um ein Glas Cola Light. Warum um alles in der Welt ausgerechnet eine Cola LIGHT? Ist er auf Diät oder was? Gott, wie peinlich. Ich würde mich am liebsten in Luft auflösen. Mein Freund ist so uncool.

Emmi rückt näher an mich heran. »Ist Riaan nicht heiß?«, flüstert sie mir ins Ohr.

»Er ist *ganz* okay«, entgegne ich leise zurück. Ich werde jetzt nicht zugeben, dass er mir auch gefällt. Äußerlich sieht er zumindest ganz gut aus.

Okay, um ehrlich zu sein - eine glatte Zehn. Eine absolute Granate.

Riaan hebt den Tumbler und kippt sich Whiskey in den Rachen, während er mich aus den Augenwinkeln beobachtet. Mir wird ganz flau im Magen. Verdammt!

Diese Augen! Wie kann er nur solche faszinierenden Augen haben? Das eine ist grau, kryptisch, undefinierbar. Das andere ist dunkel und warm. Ich fühle mich von seinen Blicken angezogen. Ist er ein Magier? Ein Teufel? Ein Dämon?

Wer zum Teufel ist er?

Kapitel 4

*H*eterochromie

»Lass uns tanzen«, fordert meine Freundin Riaan auf und steigt vom Barhocker, um ihn auf die Tanzfläche zu locken.

Er stellt sein leeres Tumbler auf den Tresen ab und erhebt sich ebenfalls. Die Bässe elektrisieren meinen Körper, als wäre ich auf Drogen. Dabei habe ich nur zwei Martinis zu mir genommen.

»Sollen wir auch tanzen?« Elliot schaut mich herausfordernd an. Ups, ihn habe ich ganz vergessen. Ich schüttle den Kopf. Mir ist nicht danach.

»Ein anderes Mal vielleicht.«

»Ihr Freund gefällt mir nicht«, sagt er plötzlich.

Ich werfe ihm ein mildes Lächeln zu. »Hör auf zu lästern, Elliot. Du kennst ihn doch gar nicht.«

Er zuckt ratlos mit den Schultern, während er Riaan aus den Augenwinkeln beobachtet. »Irgendwie ist er komisch.«

»Ach was!«, schmettere ich ihm entgegen. »Er ist ganz okay.«

»Er hat eigenartige Augen. Die sind verschieden. Ist dir das auch aufgefallen?«

Und wie mir das aufgefallen ist! Jede verdammte Kleinigkeit ist mir an ihm aufgefallen! Selbst sein kleiner Pigmentfleck unter dem rechten Auge. Aber das werde ich jetzt Elliot nicht auf die Nase binden.

»Boah!«, seufze ich stattdessen genervt. »Elliot! Es reicht nun wirklich! Du Lästertante!«

»Na gut. Ich bin schon still«, gibt er endlich nach und widmet sich seiner Cola Light.

Ich bestelle mir noch ein Glas Martini, um mich abzulenken.

»Warum starren hier alle Weiber diesen Riaan an?«, wundert sich Elliot. »Der Kerl ist mir nicht ganz geheuer. So gute Typen wie ich werden nie beachtet.«

Na, das ist doch auch kein Wunder. Solche Typen wie Elliot sind öde. Farblos. Während so einer wie Riaan aus der Menge heraussticht.

Ich nippe gelassen an meinem Martini, wobei ich ebenfalls meine Freundin mit Riaan beobachte. Die beiden tanzen eng umschlungen. Seine Hände liegen auf ihrem Hintern, während sie ihre Hüften zu der Musik schwingt. Doch während seine Hände an meiner Freundin fummeln, ist sein Blick auf mich gerichtet. Er schaut mich so intensiv an, dass ich mir wünsche, an Emmis Stelle zu sein. Ich wünsche mir, er würde mit *mir* tanzen und seine Hände würden *mich* anfassen. Mein Körper glüht bei den Gedanken. Mir wird ganz heiß. Und als würde ihm das nicht entgehen, zuckt sein Mundwinkel amüsiert nach oben.

Ich kippe mir den restlichen Cocktail in den Rachen und knalle das Glas auf den Tresen.

»Lu«, beginnt Elliot und stupst mich leicht an. »Der Typ schaut die ganze Zeit nur dich an. Das ist so falsch. Er hat doch Emmi.«

Also habe ich mir das nicht eingebildet. Fuck. Was wird das hier?

»Quatsch«, weiche ich stattdessen aus. »Lass uns tanzen.«

Elliot wirkt überrascht. »Okay.«

Zusammen gehen wir ebenfalls auf die Tanzfläche. Aus den Augenwinkeln sehe ich, wie Riaan meiner Freundin etwas zuflüstert und wie sie dann daraufhin nickt.

Und kaum hat Elliot seine Arme um mich geschlungen, ist plötzlich Riaan hinter mir.

»Partnertausch«, raunt er mir zu und reißt mich aus Elliots Armen. Elliot bleibt unsicher alleine stehen, aber nicht lange. Denn Emmi kommt auf ihn zu und tanzt ihn an.

Ich bin perplex. Sprachlos. Was wird das hier? Und warum reagiert Emmi so locker darauf? Hat er sie hypnotisiert? Verhext? Doch ehe ich noch weiterhin darüber grübeln kann, zieht mich Riaan weiter in die Mitte der Tanzfläche.

Seine Hände wandern an meinen Hüften entlang, während er verführerisch seine Hüften schwingt. Mit einem Ruck zieht er mich noch enger an sich und ich halte angespannt den Atem an.

»Das wolltest du doch, nicht wahr?«, murmelt er in mein Haar, während mein Körper wie elektrisiert ist. »Du wolltest, dass ich *dich* anfasse. Du wolltest, dass ich mit *dir* tanze.«

»Was bildest du dir ein!«, entgegne ich daraufhin lachend. Versuche, cool und beherrscht zu klingen, selbst wenn meine Stimme in diesem Moment versagt.

»Süßes, freches Mädchen«, raunt er mir ins Ohr. Im selben Moment dreht er mich und zieht mich dann erneut in seine Arme. Seine Hände liegen nun auf meinem Hintern. Da wir eng beieinander tanzen, spüre ich seine Erektion und hoffe, dass es an mir liegt. Und nicht daran, dass er davor mit Emmi getanzt hat.

»Du hast Emmi«, flüstere ich benommen, obwohl ich nichts lieber tun würde, als die ganze verdammte Nacht mit ihm zu tanzen. Und nicht nur das ...

Er wirbelt mich herum und schlingt seine Arme um meinen Bauch, während er nun dicht hinter mir ist. Flüchtig deutet er auf die Bar.

Nun erkenne ich dort Emmi mit Elliot sitzen und uns beobachten. Die beiden tanzen anscheinend nicht mehr. Elliots Gesicht ist noch blasser als sonst. Er scheint nicht gerade darüber erfreut zu sein, dass ich mit Riaan tanze. Und während mein Freund vor Wut am Explodieren ist, scheint Emmi dagegen ganz entspannt zu sein.

»Emmi hat nichts dagegen, wie du siehst. Sie wollte aus der Ferne beobachten, wie es aussieht, wenn ich mit dir tanze«, erklärt er mir dicht an meinem Ohr, während seine Hände an meinen Hüften vor und zurück wandern. Meinen Bauch berühren. Mich ohnmächtig machen. Mich total aus der Fassung bringen.

»Und gib zu - das hat dich doch auch angemacht, als du Emmi und mich dabei beobachtet hast«, fügt er hinzu und mir wird ganz heiß am ganzen Körper. Ich schlucke. Dieser Typ macht mich wahnsinnig. Adrenalin rauscht durch meine Blutbahn und benebelt meinen Verstand.

»Bilde dir nichts drauf ein«, entgegne ich dennoch kühl. Versuche zumindest, so kühl wie möglich zu klingen. Dieses arrogante Arschloch!

»Liefern wir ihnen einfach eine Show, die sie niemals vergessen werden«, beschließt er daraufhin und sein Dreitagebart streift dabei beinahe beiläufig meine Wange.

Ich schaue noch einmal zu meiner Freundin rüber, die auf dem Barhocker sitzt, gelassen an ihrem Drink nippt und uns beobachtet. Sie lächelt mich an, als wolle sie mir stumm in Gedanken mitteilen: *Mach nur. Tanz mit ihm.*

»Was hast du mit ihr angestellt?«, flüstere ich paralysiert. »Sie ist sonst nicht so. Hast du sie unter Drogen gesetzt?«

Riaan lacht und dreht mich wieder zu sich, sodass ich in sein hübsches Gesicht blicke. »Du bist ganz schön frech mit deinen Behauptungen, Luana. Ich brauche keine Drogen, um das zu tun, was ich möchte.«

»Und das wäre?«, frage ich, als er seine rechte Handfläche auf die Innenseite meines Oberschenkels legt.

»Mit dir zu tanzen. Einfach nur tanzen«, raunt er mir ins Haar, während er mein Kleid etwas nach oben schiebt und seine Hand auf meinem Innenschenkel wandern lässt.

Ich sollte mich losreißen, ihn von mir stoßen, aber stattdessen schließe ich meine Augen und genieße seine Berührungen. Und fuck! Es gefällt mir. Es gefällt mir, von ihm berührt zu werden.

»Augen auf, Luana«, fordert er mich auf und wiegt uns beide sanft zu der Musik. Seine Hände berühren diesmal meinen Hintern und pressen mich noch enger gegen sein Becken.

Ich schlage meine Lider wieder auf, während ich versuche zu begreifen, wieso er mich so unter Kontrolle hat. Wieso mein Körper auf ihn so dermaßen reagiert.

Die Neonlichter und die verrauchte Luft um uns herum machen mich schwindelig. Oder ist es eher seine Präsenz?

»Dein Freund sieht ganz blass aus«, teilt er mir unbekümmert mit. »Aber er traut sich nicht einzugreifen. Ist er immer so feige?«

»Hör auf, so über ihn zu reden«, warne ich.

Riaans Gesicht nähert sich meinem und ich halte angespannt den Atem an. Er leckt sich amüsiert über die Lippen. »Vielleicht sollten wir ihn herausfordern. Was meinst du, mein süßes Mädchen?«

»Damit kassierst du höchstens eine Ohrfeige von mir! Ich warne dich, Riaan.« Ich funkele ihn böse an. Zumindest versuche ich das, so gut es geht.

»Süß. Ich liebe jetzt schon dein freches Mundwerk«, entgegnet er. Sein linkes graues Auge strahlt noch heller, während sein rechtes noch dunkler wirkt. Wahnsinn. Ich kann meinen Blick nicht davon abwenden. Es ist, als würden mich seine Augen hypnotisieren.

»Heterochromie«, sagt er.

»Was?« Irritiert runzele ich die Stirn.

»Ich leide unter Heterochromie«, wiederholt er geduldig. »Störung der Pigmentierung, deshalb die unterschiedlichen Augenfarben.«

Fuck. Ihm ist also nicht entgangen, dass ich die ganze Zeit seine Augen angestarrt habe. Mir ist das ziemlich unangenehm. Ich wollte nicht negativ auffallen.

»Das macht dich besonders«, sage ich deshalb. »Damit fällst du auf und zwar positiv.«

»Versuchst du mich gerade anzumachen, süßes Mädchen?« Er legt den Kopf leicht schief und schaut mich eindringlich an. »Vorsicht, denn du könntest damit Erfolg haben.«

Ich schnaube verächtlich. »Bilde dir ja nichts ein!«

»Ich frage mich, wieso so ein schönes Mädchen wie du so eine Vogelscheuche als Freund hat.«

Okay. Das reicht. Damit er hat die Grenze endgültig überschritten. Ich reiße mich von ihm los. »Aussehen ist nicht das Wichtigste! Und du bist ein Idiot.« Mit diesen Worten stampfe ich wütend zu Emmi und Elliot.

»Dein Freund ist ein Mistkerl«, schmettere ich ihr wütend entgegen. »Wie kannst du nur mit ihm zusammen sein?« Meine Freundin verschüttet beinahe ihren Drink, den sie in der Hand hält.

»Lu, beruhige dich. Nur weil er mit dir getanzt hat?« Ihre Augenbrauen schnellen in die Höhe. »Ich hatte nichts dagegen.«

Darauf sage ich nichts, sondern schnaube nur verächtlich.

»Die Performance, die ihr geliefert habt, war übrigens heiß«, wispert sie mir ins Ohr und wedelt mit der freien Hand dezent vor ihrem Kinn. »Ultraheiß. Alle in diesem Raum haben euch zugeschaut. Und ich wette, dass die Frauen hier sich heimlich gewünscht haben, an deiner Stelle zu sein.« Sie kichert. »Aber *ich* bin die Glückliche, die ihn hat.«

»Lu!« Elliot zieht mich grob an meinem Handgelenk zu sich. »Was sollte das denn gerade eben? Hast du keinen Stolz?« Mit zusammengepressten Lippen schaut er mich vorwurfsvoll an.

»Übertreib nicht gleich«, versucht nun Emmi einzugreifen. »Sie haben nur getanzt. Was ist schon dabei! Deine Eifersucht ist unbegründet.«

»Elliot, lass mich los!« Ich versuche ihm mein Handgelenk zu entziehen, aber er drückt noch fester zu. Sein Gesicht ist blass und auf seiner Stirn bilden sich Schweißperlen.

»Bist du schwerhörig, Vogelscheuche?« Riaan ist plötzlich hinter uns und Elliot lässt mich endlich aus seinem Griff los.

Ich verstehe überhaupt nichts mehr. Was sollte das gerade eben? Warum war Elliot so grob zu mir gewesen? Er ist doch sonst nicht so.

Riaan steckt sich eine Zigarette zwischen die Lippen, bevor er diese anzündet. »Mein Bruder kommt übrigens auch gleich«, erwähnt er beiläufig.

Sein Bruder? Er hat einen Bruder?

Und als könnte Emmi meine Gedanken lesen, erklärt sie mir leise: »Er hat einen älteren Bruder. Der ist übrigens genauso heiß wie Riaan.«

So ist das also.

»Wir sollten uns an den freien Tisch dort drüben hinsetzen.« Riaan deutet flüchtig in die Richtung, wo gerade ein Tisch frei geworden ist. Dann zieht er erneut an seiner Zigarette, hebt den Kopf leicht an und stößt den Rauch gen Decke.

»Und wir beide sollten lieber gehen«, sagt Elliot zu mir gewandt.

Aber ich möchte gar nicht gehen. Ich möchte so lange wie möglich in der Nähe von Riaan bleiben. Und das ist falsch. So falsch.

Deshalb nicke ich. »Ja, das sollten wir.«

Riaan zieht noch einmal an der Kippe, dabei neigt er seinen Kopf schief, während er mir tief in die Augen blickt. Gemessen stößt er den Rauch in meine Richtung und ich wedele mit der Hand, um den Rauch aufzulösen. So ein Arsch!

»Warum denn so eilig? Es wird gleich sehr lustig werden, sobald mein Bruder da ist.« Er hebt erwartungsvoll die Brauen. »Er liebt Spiele und wir sollten ihn besser nicht enttäuschen. Setzen wir uns also an den Tisch und warten auf ihn. Denn abzuhauen ist nicht gerade höflich.«

Mir den Rauch ins Gesicht zu pusten, ist auch nicht gerade höflich, liegt mir auf der Zunge. Aber ich verkneife es mir.

Kapitel 5

Mögen die Spiele beginnen

Wir sitzen bereits an dem runden Tisch am Ende des Raumes. Die Kneipe wird immer voller und lauter. Der dichte Rauch in dem Raum benebelt vollständig mein Gehirn. Vielleicht ist es aber auch der vierte Martini, den ich inzwischen exe.

Elliot sitzt neben mir und uns gegenüber sitzen Riaan mit Emmi. Riaan hat eine Flasche Bier vor sich stehen, aus der er hin und wieder mal trinkt, während sein Blick ständig auf mich gerichtet ist. Das entgeht natürlich auch nicht Elliot, der zunehmend nervöser wird, obwohl er seinen Konkurrenten zu ignorieren versucht. Emmi merkt davon nichts, was auch wahrscheinlich besser ist.

»Wie alt bist du, Riaan?«, möchte ich wissen.

»Sechzehn«, entgegnet er mit einem Schmunzeln auf dem Gesicht.

Witzbold.

Elliot verdreht die Augen. »Siehst aber nicht so aus.«

»Dafür siehst *du* ziemlich unreif aus«, speit Riaan ihm entgegen.

»Wie alt bist du wirklich?«, fragt nun auch Emmi. Anscheinend hat er selbst ihr sein Alter noch nicht verraten.

»Sechzehn plus zehn. Kannst du dir ausrechnen«, entgegnet er lässig und nimmt wieder seine Flasche Bier in die Hand, die er in einem Zug leert. Genauso alt wie mein Bruder also. Sechsundzwanzig. Sechs Jahre älter als ich.

»Oh!« Riaan knallt die leere Flasche auf den Tisch. »Da kommt auch schon mein Bruder! Mögen die Spiele beginnen…«

Ich schaue neugierig auf und… wow. Er sieht genauso heiß aus wie Riaan. Okay, wahrscheinlich hatte ich eindeutig ein paar Martinis zu viel.

Fuck! Wie kann es sein, dass die beiden so verdammt gutaussehend sind?

Riaans Bruder bewegt sich selbstsicher auf uns zu. Er hat kurzrasierte braune Haare. Der Dreitagebart unterstreicht seine männlichen Konturen im Gesicht. Seine Augen sind stechend grau mit Silberglanz. Er neigt seinen Kopf leicht schief, schaut mich an und … fuck! Dieser Mann beherrscht einwandfrei den berühmten Schlafzimmerblick. Aber so was von! Er ist der Inbegriff von Männlichkeit.

Wo lernt Emmi bloß solche Männer kennen? Vielleicht sollte ich mehr ausgehen und nicht immer nur zu Hause gammeln.

»Hi«, sagt Riaans Bruder kehlig, als er vor uns steht. Seine Stimme ist tief und sinnlich.

Und ich bin so langsam ganz schön durcheinander. Was geschieht denn hier? Warum um alles in der Welt sind die beiden so dermaßen attraktiv?

»Ich bin Shakur. Riaans großer Bruder.« Er lässt sich lässig auf einen freien Platz neben mich fallen. Ich merke, wie Elliot angespannt mit den Zähnen mahlt. Er fühlt sich nicht wohl zwischen diesen zwei attraktiven Männern. Irgendwie tut er mir leid. Wahrscheinlich fühlt er sich ausgeschlossen. Ich werfe ihm ein mildes Lächeln zu, um die Situation zu entschärfen und die Stimmung zu lockern.

»Grüß dich, Shakur«, flötet Emmi, die ihren Kopf gegen Riaans Schulter lehnt.

Zugegeben, Shakur ist ziemlich hübsch und so männlich. Und dennoch ist Riaan mehr mein Typ. Wenn ich entscheiden könnte … würde ich Riaan wählen.

Kann ich aber nicht. Denn Riaan gehört Emmi. Und mir gehört … Elliot. Bitter, aber das ist leider die Realität. Ich sollte damit leben.

»Und wer bist du?« Shakurs silbrige graue Augen schauen mich herausfordernd an und berühren dabei mein Inneres. Sein Schlafzimmerblick verursacht mir Kribbeln.

»Luana«, stelle ich mich vor. »Und das hier ist Elliot.« Ich deute mit dem Kopf auf meinen Freund.

»Luana, Mondschein«, wiederholt er und ich wende verlegen meinen Blick von ihm ab.

Riaan zündet sich inzwischen seine nächste Zigarette an und inhaliert tief. »Mein Bruder liebt Spiele«, sagt er, während er den Rauch langsam ausstößt.

Shakurs Mundwinkel zucken. »Und wie ich Spiele liebe!«

»Spiele?«, frage ich unsicher. »Welche Spiele denn?«

»Unvergessliche Spiele«, entgegnet Riaan mit einem lasziven Grinsen im Gesicht. »Spiele, die sich wie Parasiten in dein Gehirn einnisten. Vielleicht werden sie dich zerfetzen. Vielleicht bist du aber stark genug, um diese unbeschadet zu überstehen. Das liegt ganz allein an dir.« Er zwinkert mir verführerisch zu.

Fuck! Dieser Mann hat mich so was von unter Kontrolle. Ich will ihn. So sehr. Aber ich darf ihn nicht wollen. Warum muss das Leben auch immer so kompliziert sein?

Shakur schiebt die Zigarettenpackung zu sich, die Riaan auf dem Tisch liegen gelassen hat und holt sich ebenfalls eine Kippe heraus. Mit Feuerzeug in der Hand und der Zigarette zwischen den Zähnen zündet er sich diese an.

»Möchtest du auch?«, fragt er mich, nachdem er den ersten Zug inhaliert hat. Ich schüttele daraufhin den Kopf, da ich nicht rauche.

»Na schön. Dann lasst die Spiele beginnen.«

Mein Herzschlag beschleunigt sich, während ich mir erwartungsvoll auf die Unterlippe beiße. Elliot nimmt meine Hand. »Lass uns gehen, Lu«, flüstert er mir zu. »Das alles gefällt mir irgendwie nicht.«

»Gibt es jemanden hier, der aussteigen möchte?«, fragt Riaan in die Runde. »Jemand, der vielleicht den Schwanz einziehen möchte?« Seine Augen sind auf Elliot gerichtet.

»Niemand«, entgegnet daraufhin mein Freund, was mich wundert. Ich weiß, dass er mir dadurch nur beweisen möchte, dass er mutig genug ist, sich dieser Herausforderung zu stellen. Außerdem möchte er nicht vor der gesamten Gruppe als Feigling dastehen.

Normalerweise würde ich jetzt eingreifen. Einfach nur aufstehen, Elliots Hand nehmen und mit ihm zusammen diese verdammte Kneipe verlassen. Aber ich möchte es nicht. Irgendetwas hindert mich daran. Vielleicht ist es meine Neugier auf diese Spiele, die uns erwarten. Vielleicht ist es aber auch meine heimliche Sehnsucht nach Selbstzerstörung. Vielleicht aber übt Riaan eine starke Anziehungskraft auf mich aus.

»Emmi, bist du stark genug?«, fragt nun Shakur meine Freundin.

»Na klar!« Sie kichert aufgeregt.

»Sicher?«, fragt Shakur noch einmal nach, während er an seiner Zigarette zieht und den Rauch in ihre Richtung ausstößt. »Diese Spiele sind nichts für schwache Nerven.«

»Aber natürlich«, versichert Emmi nickend.

»Denkt daran«, erklärt Shakur, nun an mich gewandt. »Es sind nur Spiele. Mehr steckt da nicht dahinter. Keine falschen Hoffnungen, keine falschen Gefühle. Verstanden? Sobald die Spiele enden, werden wir nicht mehr darüber reden und die Sache ist vergessen.«

Ich schlucke schwer. Adrenalin jagt durch meinen Körper. Doch dann sammele ich mich wieder und nicke. Ich bin bereit.

Elliot wirkt ganz blass. Er atmet kaum noch. »Mir gefällt das alles nicht«, wispert er mir zu. »Vielleicht sollten wir lieber gehen.«

»Ich möchte gerne hierbleiben«, gebe ich leise zurück. Denn ... fuck, *mir* gefällt das aber! Mir gefällt diese Anspannung, die hier herrscht. Mir gefällt die Aufregung, die ich dabei spüre. Und mir gefällt Riaan, der mich heimlich aus den Augenwinkeln beobachtet.

Ich fühle mich von ihm angezogen. Seine Blicke, seine Augen ... alles an ihm zieht mich magisch an.

»Fangen wir endlich an«, knurrt Riaan ungeduldig und drückt seine Kippe im Aschenbecher aus. »Spielen wir Wahrheit oder Pflicht.«

Seine Augen funkeln, als er die leere Bierflasche in die Hand nimmt und in die Mitte hinlegt.

Elliot lacht überrascht auf. »Euer Ernst? Wir spielen Flaschendrehen? Sind wir hier im Kindergarten oder was?«

Shakur hebt angriffslustig eine Braue nach oben. »Was hattest du denn vor zu spielen, mein Lieber? Russian Roulette vielleicht? Ist dir das etwa lieber?«

Sein Körper erstarrt und er schüttelt vehement den Kopf. »Natürlich nicht.«

»Na also.« Shakur löscht seine Kippe ebenfalls im Aschenbecher. »Bereit?« Und wir nicken alle.

Dann dreht Riaan die Flasche.

Kapitel 6

Lehn dich etwas zurück und öffne deinen Mund

Nach einer Weile bleibt die Flasche stehen. Der Flaschenhals ist auf Elliot gerichtet, der ganz steif wird.

»Wahrheit oder Pflicht«, stellt ihn Shakur vor die Wahl.

»Wahrheit«, entscheidet dieser leise.

Riaan schnaubt verächtlich. »Wahrheit ist etwas für Feiglinge. Wie wäre es denn mit Pflicht?«

Doch Elliot schüttelt phobisch den Kopf. »Ich nehme Wahrheit.«

»Na schön«, gibt Riaan schließlich seufzend nach. »Ich suche die Frage aus, denn der Flaschenboden deutet auf mich.«

Elliot schluckt schwer, lockert jedoch seine Körperhaltung.

Riaans Mundwinkel zuckt. »Was würdest du tun, wenn ich Luana heute Nacht ficke?«

Wie bitte? Meine Pupillen weiten sich. Ich hoffe, mich verhört zu haben. Doch Riaans Augen schauen mich eindringlich an. Mein Herz pocht und ein unerklärliches Verlangen wächst in meinem Inneren.

Und fuck! Ich wünsche es mir. Das ist ja das Gefährliche daran. Ich weiß genau, dass er das nicht ernst meint. Aber ich wünsche mir, er würde es ernst meinen und seine Worte in die Tat umsetzen.

Verdammt! Das ist der Freund meiner besten Freundin. Ich darf mir das nicht wünschen. Ich darf nicht einmal daran denken.

Aber dieses Verlangen …

Dieses verräterische Verlangen …

»Wie bitte?«, stößt Emmi fassungslos aus. Das Lächeln weicht aus ihrem Gesicht. Stattdessen sieht sie bekümmert aus. Nachdenklich.

»Das würdest du nicht tun«, sagt Elliot trocken.

»Wenn der Flaschenhals auf mich zeigt und ich Pflicht wähle … dann würde ich das tun«, provoziert ihn Riaan weiter. Sein Blick ist immer noch auf mich gerichtet.

Diese Augen bringen mich noch um den Verstand!

»Ich meine, sieh sie dir doch nur an! Ihr hübsches Gesicht, ihre schönen Augen, ihr perfekter Körper … alles schreit danach, von mir gefickt zu werden.«

Mir wird ganz heiß. Ich schlucke schwer und versuche, ganz ruhig zu bleiben.

Das hier ist nur ein Spiel. Nur ein fucking Spiel. Mehr nicht.

»Geht es dir gut, Emmi?«, fragt nun Shakur. Meine arme Freundin ist blass geworden und atmet kaum noch.

»Ja«, krächzt sie dann schmallippig.

»Ganz ruhig, Emmi. Wir spielen doch nur. Genieße es. Denn auch du wirst noch auf deine Kosten kommen.« Shakur zwinkert ihr zu, um sie aufzumuntern.

Sie nickt bekümmert und versucht sich zu sammeln.

Ich senke meinen Blick, denn Emmi tut mir leid.

Ich sollte jetzt aufstehen und gehen. Aber ich bin viel zu angetrunken und viel zu angetörnt … um ehrlich zu sein.

»Na, was ist, Elliot? Du hast mir immer noch keine

Antwort gegeben.« Riaan schaut ihn herausfordernd an.

»Ich werde dir den Hals umdrehen, was sonst.« Die Antwort von Elliot wundert alle Beteiligten, denn unsere erstaunten Blicke sind nun auf ihn gerichtet.

»So mutig«, lobt Shakur. Auch Riaan hebt überrascht die Brauen. »Doch was, wenn es ihr gefällt und sie sich gerne von ihm vögeln lässt? Was tust du dann? Drehst du ihr auch den Hals um?«

»Natürlich nicht«, verneint Elliot. »Ich möchte dann nichts mehr mit ihr zu tun haben!«

»Gut«, sagt Shakur schlicht und dreht die Flasche erneut. »Mal schauen, wer als Nächstes dran ist.«

Fuck. Diese Spiele nehmen mich ganz schön mit. Aber andererseits fesseln sie mich irgendwie. Diese zwei attraktiven Brüder wecken in mir längst vergessene Sehnsüchte. Die Bedürfnisse, von denen ich glaubte, dass sie nicht einmal existieren. Das Begehren nach Aufregung und etwas Neuem. Nach Gefahr. Nach Risiko.

Die Bierflasche kreiselt auf dem Tisch, bis sie schließlich mit ihrem Hals auf Shakur deutet.

»Ich nehme selbstverständlich Pflicht. Wer von euch möchte mir die Aufgabe stellen?« Er schaut meine Freundin erwartungsvoll an. »Du vielleicht, Emmi? Immerhin ist der Flaschenboden auf dich gerichtet.«

»Sehr, sehr gerne«, antwortet sie süffisant. Ich sehe es ihr an, dass sie es inzwischen bereut, mich in die Bar mitgenommen zu haben. Und es tut mir so leid. Riaan ist einfach nur ein Arsch. Es tut mir weh, zu sehen, wie verletzt Emmi immer noch ist, weil Riaan mit mir indirekt geflirtet hat.

»Ich weiß nur nicht, ob du dieser Aufgabe gewachsen bist«, ergänzt sie dann spöttisch.

»Was auch immer du willst«, entgegnet Shakur rau und fährt sich mit den Fingerspitzen durch seine kurzrasierten Haare. »Ich bin ein verdammter Magier und kann dir all deine Wünsche erfüllen, Babygirl.«

»Werden wir sehen.« Sie schaut ihn herausfordernd an. »Heile meinen Herzschmerz. Schaffst du das, Shakur?«

Riaan hat sie mit seiner Aktion tatsächlich sehr verletzt. Na, das ist ja auch kein Wunder. Ich fühle mich so schuldig dabei, denn ich habe nichts unternommen.

»Sollte kein Problem für mich sein.« Er zwinkert meiner Freundin zu.

Riaan erhebt sich. »Ich geh mir einen Whiskey holen. Bin gleich wieder da.« Mit diesen Worten begibt er sich zu der Bar.

Angespannt beobachte ich Shakur und Emmi. Wie möchte denn Shakur das Herz meiner Freundin heilen? Was hat er vor?

Elliot tippt mich an. »Diese Spiele sind doch bescheuert und so langsam nicht mehr lustig.«

Ich weiß, dass er recht hat, und ich möchte ihm gerade zustimmen, als Riaan mit seinem Whiskey vor uns steht.

»Warte doch erst einmal ab«, sagt er lässig zu Elliot gewandt. »Wir haben doch gerade erst angefangen. Es wird noch viel lustiger, als du es dir ausmalen kannst. Versprochen.«

Er positioniert sich wieder auf seinen Platz, aber Emmi beachtet ihn nicht mehr. Sie scheint immer noch sauer auf ihn zu sein.

Shakur erhebt sich und geht auf sie zu. »Aufstehen, Babygirl«, fordert er sie auf.

Irritiert folgt sie seiner Aufforderung. Er nimmt ihre Hand und führt sie ans andere Ende des Tisches. Alle Augenpaare sind auf die beiden gerichtet, als Shakur sie mit einem Ruck hochhievt und auf die Tischkante positioniert. Ich werfe Riaan einen flüchtigen Blick zu, um zu prüfen, wie er darauf reagiert. Doch Shakurs Vorhaben scheint ihn nicht im Geringsten zu stören, denn er lehnt sich ganz entspannt auf seinem Stuhl zurück, während er an dem Whiskey nippt.

Shakur holt einen Blunt und einen Zippo aus seiner Hosentasche heraus. »Dieses Zeug hier heilt alles, Babygirl. Auch das Herz.«

Ich beiße mir angespannt auf die Unterlippe, in der Hoffnung, dass Emmi nicht darauf eingeht. Aber sie nickt stattdessen zustimmend. »Das will ich hoffen.«

»Hey, Drogen sind hier verboten!«, ruft Elliot empört und knallt seine Fäuste auf den Tisch.

Riaan seufzt genervt. »Beruhige dich. Du wirst ja ganz blass. Geh an die Bar und bestelle dir lieber deine Cola Light. Das wird dich ablenken.«

»Ich werde das dem Ladenbesitzer melden. Das ist hier verboten!« Elliot ist ganz außer sich vor Panik. Seine Brille ist beschlagen und er wischt sich mit dem Handrücken den Schweiß aus der Stirn.

»Sei kein Spielverderber, Elliot!«, schmettert nun auch Emmi ihm entgegen. »Ich bin schon alt genug, um meine eigenen Entscheidungen treffen zu können. Und ich will es.«

Shakur zündet den Stängel an und zieht genüsslich

daran, bevor er seinen Kopf nach hinten neigt und den Rauch wieder ausstößt. »Lehn dich etwas zurück und öffne deinen Mund, Emmi.«

Sie stützt sich mit den Handflächen etwas nach hinten, während Shakur erneut an dem Blunt zieht. Emmi blickt ihn erwartungsvoll an und er neigt sein Gesicht näher an ihres, als er den Rauch bedächtig in ihren Mund ausstößt. Sie inhaliert gekonnt, ohne zu husten.

Riaan klatscht in die Hände. »Tolle Show. Sehr sexy. Und jetzt bitte noch einmal.«

Ich stemme meinen Kopf auf meinen Arm ab und werfe ihr einen forschenden Blick zu. So etwas wie Eifersucht scheint er anscheinend gar nicht zu kennen.

Shakur und Emmi wiederholen die Prozedur noch ein paar weitere Male und ich muss schon zugeben, dass die beiden dabei sehr heiß aussehen.

»Alle verrückt hier«, meckert Elliot und rückt seine Brille zurecht.

Emmi scheint inzwischen berauscht zu sein, als sie kichernd neben Riaan Platz nimmt. Shakur lässt sich wieder links neben mich nieder. »Willst du auch?«, bietet er mir an, als er mich mit seinem Schlafzimmerblick ins Visier nimmt.

Ich schüttele den Kopf.

»Weiter geht's«, bestimmt Riaan und lässt die Flasche erneut kreisen. Diesmal zeigt der Flaschenhals auf ihn, wobei der Flaschenboden auf Shakur deutet.

»Ich hoffe, du hast eine erstklassige Aufgabe für mich, Bro, denn ich entscheide mich natürlich für Pflicht.«

Sein Bruder Shakur nickt sinnierend und zieht erneut an seinem Stängel. Der Rauch breitet sich inzwischen überall aus, sodass ich höchstwahrscheinlich auch etwas davon abbekommen habe. Mein Kopf fühlt sich plötzlich leicht an. Alle Ängste und Sorgen sind wie weggeblasen. Ich bin berauscht. Benebelt. Beschwipst. Alles auf einmal. Blut rauscht durch meine Venen und mein Körper steht in Flammen. Zumindest habe ich das Gefühl, als würde ich brennen.

»Ich glaube, Luana braucht eine kleine Abkühlung«, schlussfolgert Shakur und schnalzt mit der Zunge. »Das ist deine Aufgabe, Bro.«

Riaan schaut mich eindringlich an. Sein linkes Auge strahlt in hellem Grau und sein rechtes funkelt dunkel. Er streicht sich lässig seine pechschwarzen Haare nach hinten. Wie kann dieser Mann nur so attraktiv sein? Als hätte ihn ein Dämon höchstpersönlich erschaffen.

»Ein Glück, dass die Flasche auf mich gezeigt hat.« Mit diesen Worten erhebt er sich und geht mit seinem Tumbler in der Hand um den Tisch herum, direkt auf mich zu.

»Was wird das?«, fragt Elliot pikiert. Doch ich ignoriere ihn. In diesem Moment scheint mir alles gleichgültig zu sein. Denn ich will Riaan. Koste es, was es wolle. Auch wenn ich dafür mit Konsequenzen rechnen muss.

Shakur macht Riaan Platz und geht zu Emmi rüber, um seinen restlichen Blunt mit ihr zu teilen. Vielleicht möchte er sie somit ablenken, berauschen, benebeln. Was auch immer. Aber selbst das ist mir egal. Denn ich kann seinen Blicken nicht entfliehen. Seinen teuflischen Blicken, die mich so dermaßen in den Bann ziehen.

Wer ist er? Der Dämon höchstpersönlich?

Hat er mich verhext? Hypnotisiert?

Ich schaue zu ihm hoch, als er vor mir steht und amüsiert eine Braue nach oben zieht.

»Abkühlung gefällig?« Riaan leckt sich verführerisch über die Lippen, bevor er sich den restlichen Whiskey in den Rachen kippt.

Fuck, das sieht so sexy aus.

Alles, was er tut, tut er mit einer absoluten Hingabe und das törnt mich total an.

Ich schlucke schwer. Meine Wangen sind gerötet. Mir ist heiß. Viel zu heiß. Mein Körper glüht. Dieser Mann bringt mich vollkommen aus der Fassung.

Er lässt sich auf den Sitz neben mich fallen, wo zuvor noch Shakur saß. Dann fischt er mit seinem Zeigefinger und dem Daumen einen Eiswürfel aus dem Tumbler, den er in den Mund nimmt. Während er daran genüßlich lutscht, rückt er noch näher an mich heran. Unsere Körper berühren sich, als seine rechte Hand meinen Hinterkopf umfasst. Er wickelt meine dunklen Haare um seine Faust und zieht somit meinen Kopf ruckartig nach hinten. Das kommt so unerwartet, dass ich nach Luft schnappe. Aber fuck! Es törnt mich an.

»Mach deinen hübschen Mund für mich auf«, murmelt er mir zu und ich gehorche. Keine Ahnung, warum, aber ich gehorche. Er hat mich absolut im Griff.

Langsam nähert sich sein Gesicht meinem. Ich spüre seine warmen Atemzüge, die mir ein Kribbeln verursachen. Ich fühle seine weichen Lippen, die meine berühren, als er den von ihm angelutschten Eiswürfel an mich weiterreicht.

Ich atme kaum noch, als sich der Eiswürfel nun in meinem Mund befindet.

»Hat es dich angemacht, mein süßes Mädchen?«, flüstert Riaan in mein Haar, als er allmählich von mir ablässt. »Jetzt bist du mir vollkommen verfallen.«

Und bevor ich etwas erwidern kann beziehungsweise überhaupt zur Besinnung kommen kann, steht er schon auf und geht wieder zu Emmi.

Kapitel 7

Na, ist es immer noch bloß ein Spiel?

Ich bin immer noch berauscht. Riaan hat es tatsächlich geschafft, mich aus dem Konzept zu bringen. Meine Atmung erfolgt nur noch stoßweise, während ich immer noch paralysiert an dem Eiswürfel kaue.

»Was war das denn gerade?«, zischt mir Elliot ins Ohr. »Du hast dich wie eine willige Bitch aufgeführt.«

Wie bitte? Ich kann es einfach nicht fassen, was er da von sich gibt. Wie redet er überhaupt mit mir?!

»Das hier ist nur ein Spiel, falls du es immer noch nicht gecheckt hast«, gebe ich gereizt zurück.

»Mal schauen, wie lange du das noch so sehen wirst.« Elliot funkelt mich wütend an.

So ein Depp! So langsam geht er mir auf die Nerven! Ich wünschte, er wäre gar nicht dabei. Und eigentlich wünschte ich, er wäre gar nicht mein Freund. Wieso bin ich bloß mit ihm zusammen? Ach ja … wegen Bruderherz Dion. Aber auch nur deshalb.

Die Flasche deutet nun auf Emmi, und Elliot soll ihr eine Aufgabe stellen, da sie sich für Pflicht entschieden hat.

Elliot grinst schadenfroh, als er ihr die Aufgabe erteilt, mit Riaan zu knutschen. Ich weiß, dass er das nur tut, um mir eins auszuwischen. Elliot ist ja nicht blöd. Ihm ist nicht entgangen, dass ich Riaan interessant finde. Und vielleicht sogar mehr als nur das.

Zuzusehen, wie Emmi und Riaan sich jetzt leidenschaftlich küssen, versetzt mir einen Stich ins Herz. Irgendwie nimmt mich das doch mehr mit, als ich es mir eingestehen kann. Noch vor einer Minute hat er mir den Eiswürfel in den Mund geschoben und jetzt knutscht er mit ihr …

»Na, ist es immer noch bloß ein Spiel?«, richtet Elliot seine maliziösen Worte an mich. So ein Arsch! Sitzt hier und grinst mich siegessicher an. Aber das Grinsen wird ihm noch vergehen!

Ich zucke apathisch mit den Schultern und schenke ihm einfach keine Beachtung mehr.

»Weiter geht's«, bestimmt Shakur, bevor er die Flasche erneut dreht und diese auf mich gerichtet zum Stehen bleibt.

»Wahrheit«, sage ich, denn ich habe genug von Pflicht.

»Wann hattest du das letzte Mal Sex?«, fragt Riaan und neigt seinen Kopf schief.

»Geht dich gar nichts an!«, brumme ich gereizt. Ich bin sauer auf ihn, weil er so hemmungslos mit Emmi geknutscht hat. Mir ist bewusst, dass er Emmis Freund ist und nicht meiner, aber irgendwie tut es dennoch weh.

Und was seine Frage angeht …

Die Wahrheit ist, dass ich mich weigere, mit Elliot zu schlafen. Jede seiner Berührungen mir gegenüber ist so unsicher, dass es mich abtörnt. Und dann auch noch seine Fragen dazwischen, ob er alles richtig macht, was die Situation nur noch verschlimmert.

Wir haben es ein paarmal durchgezogen, aber ich habe schnell bemerkt, dass es nichts wird. Es sprühen keine Funken, es fließt keine Ekstase durch meinen Körper. Ich empfinde einfach nichts ihm gegenüber.

Er ist zwar mein Freund, aber seit Längerem eher auf einer platonischen Ebene.

»Ich wette, es ist schon länger her«, überlegt Riaan und seine Augen werden schmal dabei. »Sieht jedenfalls nicht danach aus, als würde dir dein Freund das bieten, was du begehrst.«

»Und das kannst du natürlich am besten beurteilen«, entgegne ich bissig. Dieser arrogante Trottel! Was glaubt er eigentlich, wer er ist?

»Ich kann alleine in deinen Augen lesen, welche Berührungen und Stellungen dich anmachen und in Ekstase treiben würden, Luana.«

Dieser arrogante Typ scheint wohl gar keine Hemmungen zu haben! Und Emmi sitzt da nur und grinst debil vor sich hin, anstatt ihm eine Ohrfeige zu verpassen. Aber höchstwahrscheinlich benebeln die Drogen ihr Gehirn.

»Kümmere dich lieber um die Vorlieben deiner Freundin!«, schmettere ich ihm entgegen. Das Spiel bereitet mir so langsam keinen Spaß mehr! Ich habe das hier unterschätzt.

Shakur lässt die Flasche erneut kreisen. »Letzte Runde«, entscheidet er.

Diesmal zeigt der Flaschenhals auf Elliot. Und anscheinend hat er seinen ganzen Mut zusammengenommen, als er lautstark »Pflicht« verkündet. Oder er hofft heimlich auf eine Aufforderung, mich zu küssen. Oder was auch immer.

»Geh!«, gibt ihm Riaan die Anweisung und deutet dabei lässig mit dem Daumen in Richtung Ausgang.

»Wie bitte?« Elliot rückt seine Brille zurecht und schaut ihn entgeistert an.

»Deine Aufgabe ist, auf der Stelle die Bar zu verlassen!«, wiederholt er bestimmt. »Geh nach Hause, Elliot!«

»Elliot bleibt hier!«, verteidige ich meinen Freund. Ich kann solche Arschlöcher wie Riaan überhaupt nicht ausstehen. Er hält sich wohl für Gott höchstpersönlich! Dabei ist er höchstens nur ein Sexgott.

Wenn überhaupt.

»So ist aber das Spiel«, greift nun auch Shakur ein, der seinen Rücken lässig gegen den Stuhl lehnt. »Die Regeln sollte man befolgen.«

»Na schön!«, gebe ich zickig zurück. »Dann gehe ich aber mit!«

»Du bleibst schön hier.« Riaan fährt mit seiner Hand behutsam durch Emmis Haare. Ihr Kopf ist an seiner Schulter angelehnt und ihre Augen sind geschlossen. Was ist denn mit ihr plötzlich los? Schläft sie etwa?

»Wie du siehst, geht es Emmi nicht gut. Du solltest lieber hierbleiben und sich um sie kümmern.«

Ich schnaube verächtlich. »Und warum geht es ihr denn nicht gut? Weil ihr sie unter Drogen gesetzt habt!«

Shakur schnalzt verärgert mit der Zunge. »Sie wollte es so. Es war ihre eigenständige Entscheidung. Aber ich sollte Emmi lieber nach Hause fahren.«

»Natürlich nicht!«, rufe ich sofort alarmiert. »Ich traue euch beiden nicht! Nicht, dass Emmi noch von euch vergewaltigt wird! *Ich* fahre sie nach Hause!«

Riaan schaut mich entgeistert an und tippt sich mit dem Zeigefinger auf die Schläfe, um mir einen Vogel zu zeigen. »Spinnst du nun vollkommen? Sie ist meine Freundin! Ich würde ihr niemals etwas antun!

Und Shakur ist mein Bruder! Ihm vertraue ich sogar mein Leben an! Aber DU bist höchstwahrscheinlich ein verwöhntes Einzelkind, das nichts von Familienzusammenhalt versteht!«

Das reicht mir! Ich knalle entrüstet meine Faust auf den Tisch. »Ich verstehe viel mehr von Familienzusammenhalt, als du es je könntest, Riaan!«, zische ich ihn wütend an. »Ich habe einen großen Bruder, für den ich durchs Feuer gehen würde! Er bedeutet mir ALLES!«

»So ist es also. Na, dann haben wir das ja geklärt«, knurrt Riaan geschlagen.

Elliot steht auf. »Mir wird das hier zu viel. Ich gehe freiwillig.«

»Ich komme mit!« Mit diesen Worten erhebe ich mich ebenfalls.

Doch mein Freund schüttelt den Kopf. »Bleib hier, Luana. Ich gehe alleine.«

»Das kannst du nicht tun! Du weißt genau, dass Dion mich umbringen wird, wenn ich ohne dich nach Hause komme!«

Er kann mich doch nicht im Stich lassen!

»Ich werde nur Emmi nach Hause bringen«, entgegnet er ruhig. »Riaan, kannst du sie nach draußen in mein Auto tragen?«

Riaan nickt träge und Elliot verlässt die Kneipe.

Er lässt mich einfach stehen!

»Aaahh!«, stoße ich frustriert aus. »Mein Bruder bringt mich um!«

»Tust du immer alles, was dir dein Bruder sagt?« Shakur hebt amüsiert eine Braue.

Natürlich tu ich das.

Mein Bruder ist meine ganze Welt. Er ist mein Ein und Alles. Er ist meine Sonne. Und ich weiß, dass er nur das Beste für mich möchte.

Aber was wissen die beiden schon? Die haben nichts außer ihre blöden Spiele im Kopf!

Verärgert tappe ich nach draußen zu Elliot.

***

Elliot ist seitlich mit dem Rücken an seinen Wagen gelehnt, während er geduldig darauf wartet, dass Riaan jeden Moment mit Emmi in seinen Armen die Kneipe verlassen wird.

Wütend eile ich auf ihn zu. »Du musst mich mitnehmen!«, stelle ich ihn zur Rede, als ich vor ihm stehen bleibe. »Wir bringen erst einmal Emmi nach Hause und dann fahren wir zu mir …«

»Nein, Lu!«, unterbricht er mich. »Das reicht mir!«

Ich reiße meine Augen auf und starre ihn unverständlich an. Was reicht ihm denn? Was hat er denn plötzlich?

»Ich verstehe nicht, was du meinst«, entgegne ich lauernd.

»Es ist aus zwischen uns! Es funkt nicht! Du hintergehst mich! Du flirtest direkt vor meinen Augen mit vergebenen Männern! Nein, noch schlimmer: Mit dem Freund deiner besten Freundin! Und weißt du was? Du verdienst mich nicht. Ich bin mir zu schade, um das hier weiterhin mitmachen zu müssen.«

WIE BITTE?! Mir fallen beinahe die Augen aus. GEHT´S NOCH? ER ist sich für MICH zu schade?

»Ist nicht gerade dein Ernst?« Einer wie Elliot macht gerade Schluss mit MIR? Ich kann es einfach nicht fassen. Nicht, dass es mir etwas ausmachen würde. Es ist nur … ich fühle mich in meinem Stolz gekränkt.

»Ich dachte, du wärst anders als die anderen Frauen. Aber ich habe mich geirrt. Du bist genauso eine Bitch wie die meisten!«

Nun muss ich aber lachen. Es ist ein spöttisches, süffisantes Lachen.

»Wie du meinst! Du warst eh nicht mein Typ!«

»Ach ja?«, seine Brauen schnellen maliziös in die Höhe. »Weshalb warst du dann mit mir zusammen?«

»Weil Dion es so wollte!«, speie ich ihm entgegen. So ein Arsch! Er denkt doch nicht ernsthaft, dass ich einen wie ihn attraktiv finden könnte!

Tzzz… dass ich nicht lache!

»Sicher doch«, entgegnet Elliot, bevor er sich mit der Hand durch sein schütteres helles Haar fährt. »Du kannst von Glück reden, dass ich überhaupt meine kostbare Zeit mit dir geteilt habe!«

»Denk dir, was du willst, Elliot«, entgegne ich ruhig. »Wenn es dich glücklich macht, dann glaub weiterhin, dass du *ach - so - unersetzlich* bist.«

Ich verstehe einfach nicht, was heute mit Elliot los ist. Er ist doch sonst nicht so. Hat er seine Cola Light nicht vertragen?

»Ich habe einfach genug von dir und deinen Spielchen, Lu! Ich habe keine Lust mehr, dir immer hinterherlaufen zu müssen und um deine Liebe zu betteln! Und ob du es glaubst oder nicht, auch ICH habe meinen Stolz!«

Ich schlucke schwer. »Bist du verletzt, weil ich mit Riaan getanzt habe? Geht es vielleicht darum?«

»Nicht nur getanzt, Lu! Er hatte seine Hände überall an deinem Körper und du hast dich nicht einmal gewehrt, sondern es zugelassen! Es hat dich angemacht, nicht wahr?« Elliot schaut mich feindselig an. »Du hast dir einen Eiswürfel von ihm in den Mund stecken lassen! Hast du in diesem Augenblick auch mal an mich gedacht?! Nein, hast du nicht!«

Seine Vorwürfe lassen mich nervös an der Unterlippe kauen. Ich habe tatsächlich dabei nicht an Elliots Gefühle gedacht. In dem Augenblick, als Riaan in meiner Nähe war, konnte ich einfach nicht mehr klar denken. Ich war berauscht. Hypnotisiert.

»Es tut mir leid, wenn ich dich verletzt haben sollte«, murmele ich nachgiebig.

Elliot schüttelt animos den Kopf. »Dafür ist es schon zu spät, Lu! Es ist aus!«

»Was ist denn hier los? Eine kleine Auseinandersetzung?« Riaan steht vor uns und hält in seinen Armen die schlafende Emmi. Ein beklemmendes Gefühl breitet sich in meiner Brust aus. Ich empfinde so etwas wie Eifersucht. Dabei habe ich kein Recht darauf, auf Emmi eifersüchtig zu sein. Schließlich ist Riaan ihr Freund.

Aber ich wünschte, er würde *mich* so in seinen Armen halten…

»Ich habe nur getan, was schon lange getan werden musste«, verkündet Elliot stolz und rückt dabei seine lächerliche Fliege zurecht. Wer trägt überhaupt noch heutzutage eine Fliege? »Ich habe die Beziehung mit Luana endlich beendet.«

Was zum Teufel … ?

Warum um alles in der Welt bindet er das auch noch Riaan auf die Nase? Wer gibt ihm das Recht dazu? Was denkt sich der Kerl überhaupt, wer er ist, dass er mich so dermaßen vor Riaan blamieren muss?

Die überhebliche Reaktion von Elliot lässt mich empört den Kopf schütteln.

Riaan schnaubt verächtlich. »Toll. Erwartest du jetzt die Siegesurkunde oder was? Mach lieber die Autotür auf, Vogelscheuche!«

Ha! Ich lächele siegessicher und bin froh, dass sich Riaan auf meine Seite gestellt hat.

Nun wirkt Elliot etwas eingeschüchtert. Wahrscheinlich ist er nur bei mir so waghalsig und couragiert.

Gehorsam reißt er die Autotür auf, geht dann um das Auto herum und lässt sich auf den Fahrersitz fallen. Riaan platziert die schlafende Emmi behutsam auf den Beifahrersitz.

»Fahre vorsichtig und bringe sie heil nach Hause«, gibt er Elliot eine letzte Anweisung, bevor er die Tür schließlich zuknallt.

Elliot dreht hastig an dem Zündschlüssel, drückt auf das Gaspedal und fährt los.

Lässt mich hier einfach so stehen. Unfassbar.

Er hat sich noch nicht einmal von mir verabschiedet.

Dann werde ich wohl alleine nach Hause gehen. Ich drehe mich um und gehe davon.

Scheiß auf Elliot! Er war sowieso nur ein Idiot!

Kapitel 8

Keine Spielchen mehr, Riaan

»Luana, warte!« Ich höre Riaans Schritte hinter mir und spüre seinen bohrenden Blick in meinem Rücken. Schnell holt er mich ein und packt mich sanft an meinem Handgelenk.

»Was ist?«, frage ich genervt und bleibe stehen, ohne ihn jedoch anzusehen.

Er fasst mich an meinen Schultern an und wirbelt mich herum, sodass ich nun direkt in seine Augen blicke. Verdammt. Warum um alles in der Welt hat er so wunderschöne Augen? Augen voller Magie. Voller Geheimnisse.

Völlig überwältigt von seiner atemberaubenden Schönheit, wende ich meinen Blick von ihm wieder ab und versuche, mich zu sammeln. Ich darf mich nicht von seiner fesselnden Ausstrahlung blenden lassen! Er ist mit Emmi zusammen. Er ist ihr Freund. Nicht meiner.

»Ich fahre dich nach Hause«, sagt Riaan schlicht.

»Es wäre eher deine Aufgabe gewesen, *Emmi* nach Hause zu bringen«, entgegne ich bissig.

»Hast du nicht in der Bar noch behauptet, dass du Shakur und mir nicht vertraust?« Er neigt seinen Kopf leicht schief und schaut mich mit zusammengekniffenen Augen an.

Na gut. Habe ich.

»Und wenn schon.« Ich zucke mit den Schultern. »Wo ist eigentlich Shakur?«

»Er wollte noch in *Dark Paradies* bleiben. Ein paar Weiber aufreißen und so. Interessierst du dich etwa für Shakur? Ist er dein Typ?« Er hebt amüsiert eine Braue. Seine Hände liegen immer noch auf meinen Schultern.

»Natürlich nicht!«

Eigentlich finde ich eher dich interessant, Riaan. Aber was spielt das eigentlich für eine Rolle! Du bist ja vergeben. An meine beste Freundin Emmi.

»Nun bist du ja nicht mehr mit der Vogelscheuche zusammen«, setzt Riaan fort. »Du bist frei. Shakur ist frei…«

»Hör auf, meinen Ex zu beleidigen! Er hat einen Namen. Elliot. Wieso nennst du ihn ständig Vogelscheuche?«

»Nimmst du jetzt ernsthaft diesen Trottel in Schutz, Luana?« Seine Hände wandern langsam an meinen Armen entlang.

Sein Gesicht nähert sich meinem. Ich nehme seinen erdigen Geruch wahr und bin wie berauscht. Mein Herz pocht und meine Haut beginnt zu prickeln.

»Eine letzte Runde, süßes Mädchen«, raunt er mir ins Ohr, bevor er mich wieder loslässt und mit leicht geneigtem Kopf anschaut. »Wahrheit oder Pflicht?«

»Keine Spielchen mehr, Riaan«, entgegne ich flüsternd.

»Okay. Dann bin ich eben zuerst dran. Ich entscheide mich für die Wahrheit. Frag mich, was dir auf der Seele liegt.« Er streicht mir behutsam eine Strähne aus dem Gesicht.

»Was willst du von mir?«, frage ich lauernd. Die Frage liegt mir tatsächlich auf der Seele.

Riaans Blick huscht forschend über mein Gesicht.

»Luana«, sagt er sinnlich und mit einem unglaublichen Sex-Appeal. »Süßes, freches Mädchen. Ich weiß wirklich nicht, wie ich dich einschätzen kann. Einerseits bist du so unglaublich schön und ich bin gefesselt von deiner Ausstrahlung. Andererseits bist du so gewöhnlich. Durchschnittlich. Das nette Mädchen von nebenan.«

»Aha«, entgegne ich pikiert. Das nette Mädchen von nebenan, wie nett. Das Kompliment hätte er sich auch sparen können.

»Doch«, führt er fort und nimmt eine meiner Haarsträhnen zwischen seine Finger, »was steckt wirklich hinter dieser Fassade? Versuchst du vielleicht etwas zu verbergen? Und wenn ja, dann was genau? Welche dunklen Geheimnisse könntest du tatsächlich haben, Luana?«

Fuck. Was wird das hier?

»Was gehen dich meine Geheimnisse an, Riaan?«, frage ich schneidend.

Seine Hand streicht zärtlich über meine Wange, während er mich weiterhin mit geneigtem Kopf ins Visier nimmt. »Vielleicht interessiere ich mich für dich. Und vielleicht finde ich dich sogar ziemlich attraktiv.«

Der Ausdruck in seinen Augen ist lasziv, während sein Daumen über meine Unterlippe streift. »Vielleicht aber … möchte ich dich ganz einfach nur vögeln.«

»Um das zu tun, musst du nicht meine Geheimnisse kennen!« Ich schlage seine Hand von meinem Gesicht. »Ich gehe alleine nach Hause!«

Er packt mich erneut an meinem Handgelenk und

zieht mich wieder zu sich. »Jetzt bist du dran, Luana. Wahrheit oder Pflicht?«

»Ich werde dein dummes Spiel nicht mehr spielen!«, schmettere ich ihm entgegen. Für wen hält er sich eigentlich?

»Ich lasse dich erst los, wenn du diese letzte Runde mitmachst.« Riaans Augen fixieren mich intensiv. Sein braunes Auge ist so warm und voller Liebe. Und das linke Auge ist grau, wie der tobende Sturm.

Hypnotisiert er mich etwa? Ist er ein verdammter Magier? Warum um alles in der Welt fühle ich mich so dermaßen zu ihm hingezogen?

»Na schön. Letzte Runde«, gebe ich nach. »Ich wähle Wahrheit.«

Er beugt sich vor und kommt meinem Gesicht ziemlich nah. Viel zu nah. Ich spüre seine warmen Atemzüge, die meinen Körper elektrisieren. »Hast du Angst vor mir, Luana?«

»Ist das eine ernst gemeinte Frage?«

»Antworte!«, verlangt er.

Ich schüttele beklommen den Kopf. »Natürlich nicht.«

Seine Wange streift inzwischen meine. Riaan körperlich so nah zu sein, bringt mich vollkommen durcheinander. Mein Puls schnellt in die Höhe.

»Vielleicht solltest du aber Angst vor mir haben, süßes Mädchen. Vielleicht solltest du dich auch am besten von mir fernhalten«, raunt er mir ins Ohr. »Vielleicht möchte ich dich zerstören oder … sogar umbringen.«

Ich keuche erschrocken auf. Sein Atem dicht an meinem Ohr lenkt mich von den Worten ab, die er eben

76

von sich gegeben hat. Mein Körper reagiert auf ihn. Dieser Verräter! Ich darf nicht dieses Kribbeln spüren! Ich darf nichts für diesen Mann empfinden! Er ist höchstwahrscheinlich ein Psychopath.

Mit weit aufgerissenen Augen taumele ich nach hinten. »Was?«, frage ich völlig entsetzt und hoffe, dass ich mich verhört habe.

»Game over!«, haucht er mit gedämpfter Stimme.

Ich schüttele konsterniert den Kopf. »Sehr witzig.«

»Hattest du etwa Angst?« Er streicht sich seine dunklen Strähnen aus dem Gesicht.

»Macht es dich an, mich zu erschrecken?«, stelle ich ihm die Gegenfrage, während ich die Stirn runzele.

»Nein«, sagt Riaan schlicht und nähert sich mir wieder. Seine Hände berühren meine Hüften. Was wird das hier? Ich halte angespannt den Atem an. Abrupt zieht er mich an sich und presst dabei sein Becken gegen meins.

»Es macht mich aber an, dir so nahe zu sein«, murmelt er, während er mich mit seinem Schlafzimmerblick mustert. Gott, ich sterbe. Der Mann ist eine Granate!

In diesem Augenblick schauen wir uns einfach nur tief in die Augen und ich blende alles aus, was uns zur Last fallen könnte.

Ich blende die Gefahr aus, die von diesem Mann ausgeht. Ich blende meine beste Freundin Emmi aus, die ich hierbei hintergehe. Ich blende meinen Bruder Dion aus, der höchstwahrscheinlich nicht erfreut darüber sein wird, dass meine Beziehung mit Elliot gescheitert ist. Und ich blende ebenso aus, dass ich Riaan erst seit ein paar Stunden kenne.

Ich spüre nur noch seine warmen weichen Lippen auf meinen, während ich von einem Schwindelgefühl überwältigt werde. Zärtlich umfängt er meine Unterlippe und oh mein Gott … ich sterbe tausend Tode! Mein Herz rast und mein Puls schießt in die Höhe. Er küsst mich so sanft und leidenschaftlich, dass meine Knie beinahe nachgeben. Ein Glück, dass er mich festhält. Ich bin hin und weg. Verdammt, kann er gut küssen! Seine Zunge tastet sich in meinem Mund vor und ich registriere etwas Metallisches. Oh wow! Er hat doch nicht etwa ein Zungenpiercing? Verdammt, dieser Mann ist so heiß und sexy! Der Geschmack von Whiskey und Zigaretten vermischt sich mit meinem Verlangen und ich nehme nichts mehr um mich herum wahr. Vergesse alles.

»Ich fahre dich nach Hause«, sagt Riaan heiser, als er sich nach einer Weile von mir löst. »Wir hätten das nicht tun sollen.«

Mein Magen zieht sich schmerzhaft zusammen, während ich nur nicke.

Und plötzlich fällt mir alles wieder ein. Riaan ist der Freund meiner besten Freundin. FUCK!

Wir gehen stumm nebeneinander her, bis wir endlich an dem Parkplatz ankommen. Riaan bewegt sich auf sein weißes Audi S5-Cabriolet zu, bevor er mir die Tür öffnet. Ich steige ein und lasse mich auf den Beifahrersitz fallen. Er lässt die Tür hinter mir zugleiten. Dann geht er um das Auto herum und macht es sich auf der Fahrerseite bequem, bevor er das Verdeck öffnet.

Nach einer gefühlten Ewigkeit dreht er endlich den Zündschlüssel um, startet den Wagen und fährt los.

Ich lehne mich mit dem Ellenbogen gegen die runter-gefahrene Seitenscheibe und versuche nicht daran zu denken, was passiert ist.

»Du musst mir deine Adresse verraten, Luana«, unterbricht Riaan plötzlich die Stille, während er Musik anmacht.

»Natürlich«, entgegne ich dumpf und nenne ihm meinen Wohnort.

Im Hintergrund läuft gerade *I Know Places* von *Jemma Johnson* und ich lausche wie gebannt der Musik, während Riaan weiterhin auf das Gaspedal drückt. Die schummrigen Lichter der Straßenbeleuchtung huschen an uns vorbei. Ich nehme die angenehme Brise wahr, die durch die Geschwindigkeit des Wagens erzeugt wird. Meine offenen Haare werden dabei vom Wind nach hinten getrieben.

Ich versuche, nicht an den Kuss zu denken. Ich versuche, nicht an die Spiele zu denken. Und ich versuche auch, nicht an unsere gemeinsame Tanz-Show zu denken.

Was ist nur geschehen? Ich war vom ersten Augen-blick an von seiner Ausstrahlung gefesselt. Ich war so-fort von seiner atemberaubenden Schönheit angetan.

Von seinen Augen …

Von seiner Heterochromie …

Von seinem perfekt platzierten Pigmentfleck direkt unter seinem rechten Auge …

Von ihm.

Perfekte Menschen langweilen mich.

Er hat Macken. Viele davon. Viel zu viele davon. Und genau das macht ihn so attraktiv. So vielseitig. So in-teressant.

Irgendwie hat er Ähnlichkeit mit einem Dämon. Vielleicht ist er ja der Dämon höchstpersönlich.

Irgendwann erreichen wir meine Wohngegend und Riaan parkt seinen Wagen direkt vor meiner Haustür. Ich schlucke beklommen und hoffe, dass mein Bruder nicht gerade zufällig aus dem Fenster guckt. Er wird nicht erfreut darüber sein, dass mich ein Mann, den er noch gar nicht kennt, nach Hause bringt.

»Schöne Gegend. Am Waldrand, wie idyllisch«, lässt Riaan die Bemerkung fallen.

Wir haben auch einen See hier in der Nähe. Aber das erwähne ich nicht. Tut nichts zur Sache.

»Danke fürs Heimbringen«, murmele ich nur und bin gerade dabei, meine Tür zu öffnen, als Riaan seine Hand auf meine legt und diese festhält.

»Warte«, sagt er plötzlich. Ich wende meinen Kopf in seine Richtung schaue ihn bekümmert an.

Seine Augen blicken intensiv in meine, während er ebenfalls nachdenklich wirkt.

»Auch wenn es falsch war, was wir beide getan haben …«, beginnt er sinnierend, »ich bereue trotzdem nichts. Nur dass du das weißt.«

Ich nicke. »Ich geh dann mal.«

»Ich habe es genossen, dich zu küssen«, sagt er und mein Puls beschleunigt sich. »Aber vielleicht ist es wirklich besser, wenn du dich von mir fernhältst. Du kennst nicht meine Absichten.«

»Was sind denn deine Absichten?« Ich schaue prüfend in sein wunderschönes Gesicht. Ist er der Teufel? Hat er mich manipuliert? Hypnotisiert?

»Vielleicht will ich dich ja auslöschen. Eliminieren.«

Er kneift die Augen etwas zusammen und legt seinen Kopf schief, während er mich mustert.

»Game over, Riaan«, entgegne ich gelangweilt. »Ich habe deine Spielchen satt. War trotzdem lustig. Tschau.«

Dann öffne ich die Tür und steige aus seinem Wagen.

Ich hüpfe über ein paar Stufen nach oben, um auf die Terrasse zu gelangen. Ohne mich auch noch einmal nach ihm umzudrehen, schließe ich die Haustür auf und gehe hinein.

Als ich endlich drin bin, lehne ich mich von innen gegen die Tür und atme tief durch.

Fuck.

Ich spüre immer noch seine Lippen auf meinen.

Fuck.

Ich spüre immer noch das Kribbeln unter meiner Haut.

Fuck.

Ich bin verloren.

Kapitel 9

Kümmere dich lieber um dein eigenes Liebesleben, Bruderherz

»Wer ist der Typ in dem protzigen Cabrio?«

Ich schrecke auf und sehe einen verärgerten Dion vor mir stehen. Scheiße. Er hat durch das Fenster spioniert. Natürlich.

»Ich habe dich etwas gefragt, Schwesterherz.« Er hebt erwartungsvoll eine Braue.

»Riaan«, antworte ich ruhig. »Er heißt Riaan und ist Emmis neuer Freund. Kein Grund zur Sorge.«

Dion verschränkt die Arme vor der Brust und atmet frustriert aus. »Mach mir nichts vor, Lu. Ich kenne dich besser, als dir lieb ist.«

Ich zucke ratlos mit den Achseln, bevor ich aus meinen High Heels herausschlüpfe. Mir tun die Füße weh.

»Kannst du mir das hier erklären?« Dion tappt nun zu der Kommode, die sich im Flur befindet, und nimmt sein Smartphone in die Hand.

»Was denn?«, murmele ich, während ich ihn dabei beobachte, wie er durch sein Handy scrollt.

Schließlich bewegt sich Dion auf mich zu und hält mir das Gerät vor mein Gesicht. »Lies und erkläre mir, was das hier zu bedeuten hat, Schwesterherz!«

Ich schlucke schwer, als ich die Nachricht von Elliot erkenne. Dieser miese Verräter!

Warum um alles in der Welt muss er auch noch

meinem Bruder auf die Nase binden, dass wir nicht mehr zusammen sind?

Dion, ich wollte dir nur kurz mitteilen, dass ich heute die Beziehung mit Lu beendet habe. Ich musste es tun. Sie hat mich mit Emmis Freund betrogen. Mir blieb keine andere Wahl. Ich hoffe, du verstehst und akzeptiert es. Es gibt kein Zurück mehr.

»Ach das.« Ich seufze bekümmert. »Das verstehe selbst *ich* nicht, Bruderherz.«

Mit diesen Worten begebe ich mich ins Wohnzimmer und lasse mich auf das weiche Sofa fallen. Dion kommt mir nach.

»Wie konnte das passieren, Lu? Er war ein Traummann! Sorgfältig von mir ausgewählt. Warum betrügst du ihn überhaupt?«

»Spar dir deine Vorwürfe, Dion!« Ich atme gestresst durch. »Ich habe ihn überhaupt nicht betrogen! Elliot ist ein verdammter Lügner! Riaan und ich haben nur ein bisschen zusammen getanzt und Flaschendrehen gespielt. Mehr nicht. Aber Elliot übertreibt mal wieder!«

Mein Bruder setzt sich neben mich und schlägt mir neckisch mit seiner Hand auf den Oberschenkel. »Wirklich, Schwesterchen. Ich verstehe das nicht. Wie konnte das passieren?«

»Was verstehst du nicht?«

Seine Mundwinkel zucken, als er plötzlich vor sich hin kichert. »Einer wie Elliot verlässt meine Schwester! Unfassbar! Das ist sensationell!«

»Halt die Klappe!«, zische ich wütend.

»Verletzter Stolz, mein Herzblatt?« Er grinst mich schadenfroh an.

»Nö, warum auch«, entgegne ich cool. »Elliot kann mich mal! Was denkt sich der Typ überhaupt, wer er ist?!«

»Ein Traummann, Lu! Nur warst du die ganze Zeit blind, um das zu erkennen. Das hat ihn von dir fortgetrieben.« Dion gluckst vor sich hin.

Ich werfe ein Kissen nach ihm, damit er endlich verstummt.

»Sicher doch. Ein absoluter Traummann«, gebe ich ironisch wieder. »Kümmere dich lieber um dein eigenes Liebesleben, Bruderherz.«

Plötzlich hört mein Bruder auf zu lachen und die lockere Stimmung zwischen uns wird angespannt. Irgendetwas bedrückt Dion, das erkenne ich an seinem Gesichtsausdruck.

»Halte dich von diesem Mann fern. Ich weiß nicht warum, aber ich habe kein gutes Gefühl bei ihm«, sagt er ernst.

»Okay«, wispere ich, denn ich weiß, dass Dion nur das Beste für mich möchte.

Und ich weiß auch, dass er recht hat. Ich habe ebenfalls diese Gefahr gespürt, die von Riaan ausgeht.

***

Riaans Sicht

Die Sonne ist bereits hoch am Himmel, als ich aufstehe.

Mein Handy klingelt ununterbrochen, aber ich habe jetzt absolut keine Lust, mich um die lästigen Telefonate zu kümmern.

Wer zum Teufel stört mich denn so früh am Morgen? Oder ist es bereits mittags? Wie auch immer. Ich habe dafür keinen Nerv. Ich muss erst unter die Dusche, also erhebe ich mich träge und schlendere ins Bad.

Nachdem ich mich frischgemacht habe, nehme ich mein Smartphone und gehe damit nach unten in die Küche, wo bereits mein Bruder Shakur den Tisch gedeckt hat.

Shakur ist ein Frühaufsteher, im Gegensatz zu mir.

Mein Bruder ist mir in so vielen Dingen voraus. Er ist sehr intelligent. Hochbegabt trifft es eher. Darüber hinaus ist er ein Schachprofi. Schon in der Schule hat er bereits viele Auszeichnungen gesammelt.

Shakur ist außerdem sehr geduldig, ruhig, bedacht, kalkulierend, aber auch manipulativ. Die letzte Eigenschaft trifft auch auf mich zu.

»Morgen!«, brumme ich mit verschlafener Stimme.

»Eher Mittag«, entgegnet Shakur und schnalzt verärgert mit der Zunge. Ein Tick von ihm, der mir übrigens auf die Nerven geht.

Mein Handy klingelt erneut.

»Geh mal endlich dran!« Shakur lässt sich mit einer Tasse Kaffee auf den Stuhl fallen. »Es klingelt schon den halben Tag und es pisst mich langsam an!«

Ich lehne mich seitlich an die Tischkante, bevor ich den Anruf entgegennehme. Eigentlich hatte ich vor, meinen Bruder noch eine Weile zu ärgern und mit

Absicht den Klingelton meines Handys zu ignorieren. Aber mittlerweile geht es mir selbst auf den Sack!

»Ja?«, frage ich in den Hörer.

»Na endlich«, stöhnt Emmi. Wer sonst. Ich atme gestresst durch. Wir kennen uns erst seit einer Woche, aber sie ist jetzt schon so anhänglich, dass ich am Überlegen bin, die Beziehung mit ihr zu beenden.

»Was ist?«, knurre ich.

»Das wollte ich dich fragen, Riaan!«, speit sie mir entgegen. Sie scheint sehr wütend auf mich zu sein. Aber weshalb denn? Ich bin mir keiner Schuld bewusst.

»Was genau wolltest du mich denn fragen?«

»Warum mich Elliot nach Hause gebracht hat und nicht du! Ich bin anscheinend gestern in der Kneipe kurz eingenickt. Und heute haben mir meine Eltern erzählt, dass nicht *du*, sondern Elliot mich nach Hause gebracht hat! DU bist mein Freund! Das wäre deine Aufgabe gewesen, sich um mich zu kümmern!«

»Ganz ruhig, Emmi. Du bist ja ganz außer Atem. Elliot wollte diese Aufgabe übernehmen. Wo ist also das Problem?«, entgegne ich lässig.

»Warum hast du mich denn nicht einfach geweckt?«, wirft sie mir vor.

»Du bist nicht kurz eingenickt, Emmi! Du hast geschlafen wie ein Bär! Und hast dazu auch noch laut geschnarcht! Wir haben alle versucht, dich zu wecken, aber leider erfolglos!« Ich unterdrücke ein Lachen. Die Lüge ist einfach genial! Und lustig noch dazu!

Nun herrscht endlich Stille in der Leitung. Ich höre nur Shakur seinen Kaffee schlürfen.

»Gut, Emmi. Ich leg dann mal auf. Bye.«

»Warte, Riaan!«, höre ich sie in den Hörer rufen. »Sehen wir uns heute wieder?«

»Nö. Hab schon etwas vor. Bis dann, Baby.« Ich lege auf.

»Ganz schön anstrengend deine neue Flamme«, lacht Shakur und stellt seine Kaffeetasse auf den Tisch ab.

Ich lasse mich endlich auf den Stuhl nieder, nehme ein Croissant in die Hand und beiße ab. »Du sagst es«, nuschele ich mit vollem Mund.

»Lass mich raten: Ihre Freundin Luana geht dir wohl nicht mehr aus dem Kopf.« Mein Bruder hebt amüsiert die Brauen.

»Ach, Quatsch«, ich schüttele den Kopf. »Sie ist wunderschön. Aber das ist alles.«

»Sie ist mehr als nur wunderschön und das weißt du auch. Außerdem hatte sie nur Augen für dich, Bro.« Shakur stützt seine Faust auf die Schläfe. »Ich wette, dein Plan wird aus dem Ruder laufen. Aber so was von!«

»Meine Pläne geraten niemals ins Schwanken. Du solltest mich doch kennen. Ich werde mich schon nicht in sie verlieben.«

»Werden wir sehen«, entgegnet Shakur amüsiert und in diesem Augenblick klingelt mein Handy erneut. »Wer ist es denn diesmal?«

Genervt blicke ich auf das Display. »Yvonne.«

Mein Bruder verdreht lediglich die Augen. »Du scheinst ja ganz schön begehrt bei den Frauen zu sein.«

»Soll ich sie zappeln lassen?«

»Geh lieber dran!«, entgegnet er kopfschüttelnd.

Ich drücke mein Smartphone ans Ohr, während ich

erneut von meinem Croissant abbeiße. »Yvonne, was gibt's?«

»Riaan, my Darling«, schnurrt sie. Ihre Stimme geht mir auf den Sack! Sie geht mir auf den Sack! Aber ich brauche sie. Also halte ich sie mir warm.

»Was ist?«, werde ich ungeduldig. Warum kommt sie nicht einfach zur Sache?

»Ich habe dich vermisst. Du hast dich die ganze Woche nicht in deiner Bar blicken lassen. Ich habe selbstverständlich die ganze Arbeit für dich übernommen. Doch so langsam wird mir das etwas zu viel. Außerdem vermissen dich deine Tänzerinnen.«

Ich seufze, während ich an meinem Croissant kaue. »Ich werde heute Abend vorbeischauen. Danke, dass du für mich die Arbeit übernommen hast.«

»Kein Problem, Riaan Darling«, haucht sie verführerisch in den Hörer. »Du weißt doch, dass du dich immer auf mich verlassen kannst.«

»Deswegen bist du auch meine Lieblingsassistentin. Bis heute Abend, Yvonne.« Ich lege auf.

»Lieblingsassistentin«, Shakur runzelt die Stirn. »Von wegen! Sie geht sogar *mir* auf den Sack!«

»Ich brauche sie noch«, weihe ich ihn ein, bevor ich erneut von meinem Croissant abbeiße.

Fakt ist - ich kann Yvonne nicht ausstehen. Sie ist eine Hexe. Nein, eher der Teufel höchstpersönlich. Ich kenne sie schon lange, seit mir *The Darkness* gehört.

Yvonne ist sehr skrupellos. Sie ist zu allem bereit, um ihre Konkurrenz aus dem Weg zu räumen. Sie geht über Leichen. Für den Erfolg. Für die Macht. Für die Liebe.

Und ... sie ist hoffnungslos in mich verliebt.
Aber wer ist das schon nicht?

Kapitel 10

Mein Bruder ist ein Arsch. Du solltest ihn nicht begehren.

Es ist bereits Wochenende. Elliot meldet sich tatsächlich nicht mehr bei mir. Irgendwie kann ich es immer noch nicht fassen, dass er die Beziehung mit mir beendet hat. Ich musste die Einkäufe selbst erledigen, die er sonst immer für uns übernommen hat. Ich vermisse die Gespräche mit ihm. Außerdem fehlen mir unsere gemeinsamen Film-Abende.

Dafür habe ich nun mehr Zeit für meine Freundin Emmi, die sich darüber sehr freut. Sie mochte Elliot sowieso nicht. Ihrer Meinung nach war er nur ein lästiges Anhängsel.

Da es heute den ganzen Tag sonnig war, haben wir uns alle am See versammelt, um zu zelten. Alle bedeutet: Emmi, Shakur, Riaan und ich.

Und ja … ich habe meinem Bruder versprochen, mich von Riaan fernzuhalten. Aber er ist nun mal Emmis Freund. Es ist also unmöglich, ihm aus dem Weg zu gehen.

Und ja … es freut mich insgeheim, dass er in meiner Nähe ist.

Und nein, es sollte mich nicht freuen. Aber ich kann nichts dagegen tun.

Der Tag neigt sich langsam dem Ende zu und wir haben bereits unsere Zelte aufgeschlagen.

»Wir sollten baden!«, schlägt Riaan vor, bevor er sich

seiner Kleidung entledigt und nur noch die Badehose anlässt. Ich beiße mir auf die Unterlippe, während ich seinen muskulösen Körper mit meinen Blicken fixiere. Verdammt, der Mann ist eine Granate! Und diese Tattoos, die seinen Körper verzieren, machen ihn noch unwiderstehlicher, als er es bereits ist!

Auch Emmi zieht ihr leichtes Sommerkleid aus und trägt nur noch ihren pinken Bikini.

»Wer zuerst im Wasser ist!«, ruft Riaan und die beiden spurten los.

»Ohne mich«, brummt Shakur, während ich ebenfalls bei seinem Bruder bleibe und den beiden nachschaue.

Inzwischen setzt die Dämmerung ein. Es ist faszinierend, beobachten zu können, wie die gesamte Umgebung in ein schönes orange-leuchtendes Farbspiel getaucht wird. Solche Momente sind magisch. Ich liebe es zuzusehen, wie die Sonne langsam untergeht und das Wasser in dem See glitzert.

Aus der Ferne höre ich Emmi kreischen und sehe, wie Riaan sie einholt. Er hievt meine Freundin hoch und sie zappelt in seinen Armen, während sie vergeblich versucht, sich zu befreien. Lachend wirft er sie dann einfach ins Wasser.

»Riaan! Das wirst du mir büßen!«, verspricht sie quiekend und fängt an, ihm Wasser entgegenzuspritzen.

Ich wende meinen Blick von den beiden ab und stelle fest, dass mich Shakur wissend inspiziert.

»Du willst ihn«, stellt er mit geneigtem Kopf fest.

»Wie bitte?« Ich lache süffisant und mache eine ausladende Handbewegung.

»Mein Bruder ist ein Arsch. Du solltest ihn nicht begehren.«

»Glaub mir«, entgegne ich mit hochgezogener Braue, »das ist mir nicht entgangen! Ich stehe auf vernünftige und liebevolle Männer.«

»Solche wie dein Ex?«, fragt Shakur rau, während er mich weiterhin mit seinem Schlafzimmerblick fixiert. Fuck, der Mann ist so was von heiß!

»Ja.« Das ist eine Lüge. Aber ich werde jetzt ganz bestimmt nicht zugeben, dass mich Bad Boys wie die beiden schwach machen!

Sein Mundwinkel zuckt. »Bist du dir da ganz sicher?«

»Und wie!«

»Das werden wir ja gleich sehen«, entgegnet Shakur vielversprechend mit hochgezogener Braue. »Und zwar in genau … eins, zwei, drei Sekunden!«

Plötzlich werde ich in Riaans Arme gerissen. Das kommt so unerwartet, dass ich aufschreie. Es ist mir ein Rätsel, wie er sich unauffällig an mich rangeschlichen hat.

»Erfrischung gefällig, mein süßes Mädchen?«, raunt er mir ins Ohr, während er mit mir in seinen Armen zum Wasser läuft.

»Lass mich los, Riaan!« Ich versuche, mich aus seinem Griff zu befreien, doch vergeblich. Er ist einfach zu stark.

Entschlossen trägt er mich zum See und watet mit mir hinein.

»Scheiße, ist das kalt!«, stöhne ich und verziehe dabei mein Gesicht. Doch zum Glück gewöhne ich mich ziemlich schnell an die Wassertemperatur.

»Dein weißes Kleid ist ganz schön durchnässt.« Riaans lasziver Blick schweift über meinen Körper und macht mich beinahe ohnmächtig.

»Lass mich los«, hauche ich und versuche mich erneut aus seinen Armen zu befreien. »Wo ist eigentlich Emmi?«

»Sie ist gerade in dem Zelt und zieht sich um. Aber was spielt das für eine Rolle?« Riaan stellt mich auf die Füße, während er mich abschätzend mustert.

»Sie ist deine Freundin! Warum schleppst du mich ins Wasser?« Ich schaue ihn vorwurfsvoll an.

Fuck! Wenn er doch nur nicht so unglaublich hübsch wäre! Seine nassen Haare sind wirr. Seine Augen funkeln verführerisch unter den dichten schwarzen Wimpern. Mein Körper glüht unter seinem Blick und ich bin froh, dass das Wasser kühl genug ist, um die Hitze zu neutralisieren, die sich in meinem Inneren breitmacht.

»Verrate du mir lieber, warum du solche verdammt sexy Reizwäsche unter deinem Kleid trägst.« Er neigt seinen Kopf leicht schief und kneift die Augen etwas zusammen. »Willst du mich provozieren? Mich anmachen, Luana?«

»Was bildest du dir eigentlich ein?«, knurre ich und wate wieder aus dem Wasser. Ich kann und darf einfach nicht länger mit ihm alleine bleiben! Wenn Emmi aus dem Zelt wieder rauskommt und uns beide so vertraut sieht, wird sie es mir übel nehmen.

Ganz egal, wie heiß und unwiderstehlich Riaan auch sein mag - meine Freundschaft zu Emmi ist mir wichtiger.

***

Die Dunkelheit ist bereits eingebrochen und der Himmel war noch nie klarer als in dieser Nacht. Die Sterne leuchten hell über unseren Köpfen, während der Vollmond einen Teil seiner Lichtquelle auf uns niederwirft. Diese Nacht ist voller Magie.

Ich habe mich inzwischen umgezogen. Wir sitzen alle zusammen am Lagerfeuer, trinken Wein und grillen Marshmallows.

»Ich liebe Geschichten«, sagt Shakur, während er uns abwechselnd ins Visier nimmt.

»Ich dachte, du liebst Spiele«, unterbreche ich ihn mit hochgezogenen Brauen.

»Gut bemerkt«, lobt mich Riaan, während er an Emmis Haaren spielt. »Mein Bruder liebt so einiges. Möchtest du es mit ihm ausprobieren?«

»Nein, danke. Was soll diese Anspielung?«, entgegne ich trocken, während ich mir Marshmallows in den Mund stopfe. Mmhh … unglaublich köstlich!

»Du isst uns alles weg!«, klagt Emmi. »Beschwere dich später nicht bei mir, wenn du wieder ein paar Kilos zu viel hast!«

»Muss ja nicht jeder so dürr wie du sein«, repliziere ich schnippisch.

Riaans Augen verschmälern sich verklärt. »Ich liebe Kurven.«

Emmi wirft ihm daraufhin einen wütenden Blick zu. Meine Freundin ist dünn. Viel zu dünn. Sie könnte als Model arbeiten. Ich dagegen bin ganz normal.

»Fangen wir endlich mit den Geschichten an«, animiert uns Shakur erneut. »Wer möchte denn zuerst etwas erzählen?«

»Doch nicht etwa Grusel-Storys!« Emmi schaut ihn entsetzt an. »Ich kann vor Angst dann nicht mehr schlafen!«

Shakurs Mundwinkel zuckt und ein schiefes Lächeln zeichnet sich auf seinem Gesicht ab. »Nein, eine andere Art von Horrorerzählungen. Wir werden uns gegenseitig unsere schlimmsten Erlebnisse anvertrauen.«

Für einen kurzen Augenblick höre ich auf zu atmen.

Ich habe mein schlimmstes Erlebnis aus der Vergangenheit schon längst verbannt. Aus meinem Gedächtnis vollkommen ausgelöscht. Ich werde nicht mehr daran denken. Ich bin nicht mehr Amanda. Ich bin jetzt Lu. Die grausamen Erinnerungen dürfen auf keinen Fall die Oberhand gewinnen!

»Du wirst ja ganz blass, Luana«, stellt Riaan fest, der mich mit schiefem Kopf mustert. »Möchtest *du* vielleicht anfangen? Das Thema lautet: Verrat. Wurdest du schon mal von jemandem verraten, der dir viel bedeutet hat?«

Ja! Wurde ich! Von meiner eigenen Mutter! Das würde ich am liebsten laut in die Runde rufen. Aber ich bleibe gelassen.

Das, was damals passiert ist, darf niemand erfahren. Ich muss cool bleiben. Bloß keine Gefühle zeigen.

Ich stecke erneut einen Marshmallow auf den Spieß und halte ihn über die heiße Feuerstelle, bis er karamellisiert ist.

»Nein, ich wurde noch nie von jemandem verraten. Was ist mit dir, Riaan?«, stelle ich ihm die Gegenfrage, während ich darauf warte, bis der Marshmallow abgekühlt ist.

»Ganz sicher nicht?« Sein Blick durchbohrt mich förmlich.

Sein graues Auge strahlt heller als sonst, während sein rechtes Auge dunkler wird. Will er mich etwa hypnotisieren?

Ich stecke mir Marshmallows in den Mund und lasse ihn mir genüsslich auf der Zunge zergehen. Nur nicht in seine Augen schauen, sonst werde ich noch schwach. Der Mann ist ein verfluchter Magier!

Emmi schluckt schwer. »Es tut mir leid«, wispert sie plötzlich unbehaglich.

Alle Augenpaare sind nun auf sie gerichtet. Meine Freundin hält angespannt die Luft an.

»Es tut mir leid«, wiederholt sie kleinlaut. »*Ich* habe Lu schon einmal verraten. Und ich wünschte, ich könnte es rückgängig machen.«

»Was wird das, Emmi?« Ich runzele verwirrt die Stirn.

»Ich werde es einfach erzählen, denn es macht mich fertig!« Sie senkt traurig ihren Blick. »Ich hatte etwas mit Luanas Ex. Und … sie hat uns dabei erwischt. Ich habe sie verraten, ohne es zu wollen. Ich bin eine schlechte Freundin …«

»Du hattest etwas mit Elliot?« Shakur reißt überrascht die Augen auf.

»Der Typ muss eine Granate im Bett sein, wenn sich alle hübschen Frauen um ihn reißen«, murmelt fassungslos Riaan und schüttelt seinen Kopf.

»Doch nicht mit Elliot!«, ruft Emmi empört. »Ich hatte etwas mit einem anderen Ex von Lu! Elliot würde ich nicht einmal mit einer Kneifzange anfassen!«

Ich sage nichts dazu. Diese alte Geschichte ist für mich persönlich abgehakt, denn ich habe Emmi verziehen.

»Interessant, was so alles ans Licht kommt.« Shakur kaut genüsslich an seinem Marshmallow. »Was sagst du dazu, Luana?«

Ich zucke ratlos mit den Achseln. »Was soll ich denn deiner Meinung nach sagen? Das, was passiert ist, ist passiert. Dinge geschehen und wir haben keinen Einfluss darauf. Ich habe Emmi verziehen.«

»Ich liebe dich jetzt schon, Mondschein«, Shakur streicht mir behutsam die Haare aus dem Gesicht. »Deine Seele ist so rein. Du bist so unschuldig und so loyal.«

Ich schiebe seine Hand weg. »Was wird das?«

Er hebt besänftigend die Arme. Seine Augenlider senken sich träge, während er mich mit einem Schlafzimmerblick mustert. »Du gefällst mir sehr, Babygirl. Vielleicht verführe ich dich ja heute Nacht.«

»Sicher doch. In deinen Träumen vielleicht!« Ich verdrehe die Augen. Was für ein arroganter Arsch!

Emmi kichert. »Ihr beide wärt ein Traumpaar! Vielleicht sollten wir euch ja verkuppeln. Was meinst du, Riaan?«

Sein Blick huscht forschend über mein Gesicht. Die Augen werden schmaler. »Eine bescheuerte Idee!«, knurrt er gestresst. »Die beiden passen überhaupt nicht zusammen!«

»Lass mich raten«, Shakurs Kiefer zuckt angriffslustig, »*du* würdest gut zu Luana passen. Habe ich recht, Bro?«

»Ich würde sie zerstören. Das weißt du genauso gut wie ich«, zischt Riaan.

Mein Puls beschleunigt sich. Fuck! Was wird das hier? Ratlos schaue ich die beiden abwechselnd an.

»Aber *mich* würdest du nicht zerstören, Riaan?«, fragt nun Emmi.

»Das wirst du noch früh genug herausfinden, Babygirl.«

Shakur räuspert sich. »Machen wir weiter mit den Geschichten. Was ist das für ein Gefühl, von den Menschen verletzt und hintergangen zu werden, die uns doch so viel bedeuten?«

»Du provozierst wohl gerne. Kann das sein?« Ich stehe auf, bevor ich die bereits geöffnete Weinflasche in die Hand nehme. »Ein Scheißgefühl ist das, Shakur! Ein Scheißgefühl!«

Es wird mir eindeutig zu viel hier! Die Vergangenheit holt mich plötzlich ein, von der ich glaubte, erfolgreich entflohen zu sein.

Die Bilder holen mich ein, die ich bis dahin doch so erfolgreich ausgeblendet habe!

Diese verdammte Szene spielt sich erneut vor meinem inneren Auge ab!

Ich sehe meine Mutter, die ich anflehe, mir zu helfen. Irgendetwas zu unternehmen, um diesen Mann von mir wegzubekommen … doch sie tut nichts. Sie steht einfach nur da und lässt es geschehen!

Sie hat mich verraten! Nein, noch schlimmer! Sie hat mich an diesen Mann verkauft! Für ihre Scheißpillen! Wie konnte sie mir das nur antun? WIE?!

Ich will mich nicht mehr daran erinnern! Warum ho-

len mich diese Bilder aus der Vergangenheit erneut ein?!
Ich möchte das nicht …

»Wo gehst du hin, Luana?« Riaan schaut besorgt zu mir auf.

»Nur ein kleiner Spaziergang«, murmele ich. »Bin gleich wieder da.«

Shakur steht ebenfalls auf. »Ich begleite dich, Mondschein.«

»Nein, bleib hier. Ich möchte kurz alleine sein. Macht euch um mich keine Sorgen.« Mit diesen Worten entferne ich mich von ihnen.

Ich brauche einfach Zeit für mich, um mich zu sammeln.

Ich darf nicht daran denken, was damals geschehen ist.

Kapitel 11

Sei vorsichtig, wem du vertraust, Babygirl

Die Grillen zirpen, während ich langsam am See entlang schreite. Die Nacht ist stiller geworden.

Seit ich meine Zeit mit Riaan und Shakur verbringe, werde ich plötzlich wieder von meiner Vergangenheit eingeholt. Die beiden stellen kritische, erbarmungslose Fragen, die mich an all das erinnern, was damals geschehen ist. Ich trinke die Weinflasche leer, in der Hoffnung, alles zu vergessen.

Die Luft ist inzwischen kühler geworden und ich wickele mein dünnes Jäckchen enger um meinen Körper.

»Hey, Lu!«, höre ich plötzlich Riaans Stimme hinter mir. Abrupt bleibe ich stehen und drehe mich um.

»Was machst du hier? Ich habe doch gesagt, dass ich gerne alleine sein möchte!« Vorwurfsvoll schaue ich ihn an.

»Ich lasse dich ganz bestimmt nicht hier alleine in der Nacht spazieren! Weißt du, wie gefährlich es sein kann?« Er macht ein paar Schritte auf mich zu.

»Wo ist Emmi?«, frage ich ihn.

»Was zum Teufel, Luana? Warum fragst du ständig nach Emmi?« Er kneift die Augen etwas zusammen, während er mich eindringlich anschaut.

»Sie ist deine Freundin und du lässt sie ständig alleine!«, kontere ich und deute mit der leeren Weinflasche in meiner Hand auf ihn.

»Sie ist nicht alleine. Shakur passt schon auf sie auf.

Noch Fragen?« Er bewegt sich einen weiteren Schritt auf mich zu und ist mir so nah. So verdammt nah! Unsere Körper berühren sich und ich halte den Atem an.

»Du willst mich zerstören, Riaan«, erinnere ich ihn flüsternd an seine Worte.

»Und wenn schon«, raunt er mir zu, während er seinen Kopf schief legt. »Das stört dich doch nicht wirklich, mein süßes Mädchen.« Ein paar seiner schwarzen Strähnen fallen ihm lässig ins Gesicht. Fuck, er ist so hübsch! So verdammt hübsch!

Mein ganzer Körper kribbelt, während ich mich in seinen Augen verliere.

»Warum bist du weggegangen, Luana?«

Ich schlucke schwer, während er mich erwartungsvoll anschaut.

»Als Shakur gefragt hat, wie es ist, von den Menschen verletzt zu werden, die einem sehr nahe stehen …«, beginne ich leise, »hat es in mir etwas ausgelöst, was ich eine Zeit lang tief in meinem Inneren vergraben habe.«

»Vielleicht solltest du diese Story lieber für dich behalten«, unterbricht er mich und legt seinen Zeigefinger auf meine Lippen.

Ich schüttele seine Hand ab. »Nein, ich möchte es dir erzählen, Riaan. Ich trage es seit Ewigkeiten mit mir herum und es macht mich fertig.«

Riaan schnappt beklommen nach Luft. »Es ist falsch, dass du mir dein Vertrauen schenkst. So falsch. Sei vorsichtig, wem du vertraust, Babygirl.«

Ich senke meinen Blick, um seinen schönen Augen zu entfliehen. »Aus irgendeinem Grund glaube ich, dass ich dir vertrauen kann.«

Es folgt eine kurze Stille zwischen uns.

»Meine Mutter hat mich verraten«, platzt es dann aus mir heraus. »Kannst du dir das vorstellen? Meine eigene Mutter …«

Riaan nickt nüchtern und zieht mich an sich. Seine Arme umschließen meinen Körper und ich spüre wohlige Wärme, die durch meine Venen fließt. In seinen Armen fühle ich mich so geborgen. So beschützt.

Wie kann das sein? Wenn er doch der Teufel ist …

Ein Teufel beschützt nicht. Er zerstört dich. Erbarmungslos.

Genauer gesagt, er lässt dich glauben, er würde dir helfen und dann eliminiert er dich langsam. Qualvoll.

»Vertrau mir nicht zu sehr, süßes Mädchen«, murmelt er mir in mein Haar, bevor er mit dem Zeigefinger und dem Daumen mein Kinn anhebt.

»Ich möchte dir aber gerne vertrauen, Riaan«, wispere ich, während ich in seine wunderschönen Augen versunken bin. Vielleicht beherrscht er einwandfrei die Hypnose und hat meinen Verstand benebelt.

Ich verliere mich in seinen Augen.

Ich verliere mich einfach nur in seinen Augen.

Er braucht nicht einmal etwas anderes zu tun, als mich nur anzuschauen, und schon bin ich ihm vollkommen ausgeliefert.

Mit meiner freien Hand fahre ich an seiner Wange entlang, während ich sein perfektes Gesicht genauer betrachte.

Seine verstrubbelten schwarzen Haare. Seine unterschiedlichen Augenfarben. Seinen kleinen Pigmentfleck unter dem rechten Auge, so präzise platziert, welcher seinem Gesicht noch mehr Vollkommenheit verleiht.

Ich lege meinen Kopf etwas schief, während ich weiterhin seine wunderschönen Gesichtszüge bestaune.

Er sieht aus wie ein gefallener Engel. Ist er das auch? Ich spüre ganz deutlich die Gefahr, die von ihm ausgeht, und doch bin ich wie gelähmt.

Ich möchte fliehen und gleichzeitig möchte ich bleiben.

Ich habe meinen Verstand verloren. Ich habe eindeutig meinen Verstand verloren. Fuck!

»Führe mich nicht in Versuchung, Luana«, sagt Riaan kehlig, während sich sein Gesicht meinem nähert.

Meine Knie geben beinahe nach und ich lasse die leere Weinflasche, die ich in der Hand halte, auf das weiche Gras fallen.

Sein warmer Atem streift meine Wange und mein Verlangen nach ihm wächst ins Unermessliche. Ich schließe meine Augen und bin unfähig, ihm zu widerstehen.

Ich wünschte, ich könnte es. Aber ich kann es nicht. Ich kann ihm einfach nicht widerstehen.

In meinem Magen kribbelt es, als ich seine weiche Lippen auf meinen spüre. Er küsst mich sanft und gleichzeitig fordernd, während seine Hände inzwischen auf meinem Hintern ruhen.

Und ich wünschte, die Zeit würde stehen bleiben. Aber das Leben ist verdammt noch mal kein Wunschkonzert! Und auch kein Märchen …

Wohl eher ein Albtraum …

»Was habe ich gesagt?«, hören wir plötzlich Shakurs

Stimme in der Dunkelheit. »Habe ich nicht vorhin am Lagerfeuer erwähnt, dass uns ausgerechnet die Menschen verletzen, die uns doch so viel bedeuten?«

Er lacht kehlig. Ich löse mich von Riaan und stolpere unbeholfen nach hinten. Fuck, fuck, fuck!

Das hier hätte gar nicht passieren dürfen! Was habe ich nur getan?

»Ich möchte ja nicht klugscheißen«, setzt Shakur unbeirrt fort, »aber ich bin ein verfluchtes Genie! Oder, Emmi? Was sagst du dazu?«

Emmi? Sie ist auch hier?

Ich schaue erschrocken auf und erblicke die beiden nicht weit entfernt vor uns stehen. Verdammte Scheiße!

Emmi hält sich die Hand vor den Mund, ihre Augen sind mit Tränen gefüllt und ihr Körper zittert.

Scheiße, scheiße, scheiße!

»Emmi«, hauche ich benommen und gehe ein paar Schritte auf sie zu. »Es tut mir so leid …«

Sie schüttelt energisch den Kopf. »Spar dir deine Entschuldigungen, Lu! Ich habe dir vertraut … und du?«

»Es tut mir so leid«, wiederhole ich beschämt. »Ich weiß nicht, wie das passieren konnte. Und ich wünschte, ich könnte es rückgängig machen.«

»Halt die Klappe!«, schreit sie mich an. »Halte einfach deine verdammte Klappe, Lu!«

»Shakur, warum seid ihr hier?«, wendet sich Riaan an seinen Bruder.

Shakur gähnt ausgiebig, während er sich dabei streckt. »Ich habe mich etwas gelangweilt. Und gegen Langeweile hilft nur … etwas Aktion!«

Ich kann es einfach nicht fassen! Shakur hat es geahnt

und uns verraten? Sein eigener Bruder? Aber weshalb denn?

Riaan bleibt gelassen. »Es ist, wie es ist. Dinge geschehen und wir haben keinen Einfluss darauf.« Er wiederholt meine Worte von vorhin.

»Fick dich, Riaan!«, entgegnet Emmi schluchzend. Sie wischt sich mit dem Handrücken die Tränen aus dem Gesicht.

Ich stehe einfach nur da und bin unfähig, irgendetwas zu tun. Was habe ich nur getan? Emmi wird mir das niemals verzeihen.

Riaan kommt auf meine Freundin zu und nimmt ihre Hand.

Sie schaut ihn mit geröteten Augen an. »Warum? Warum hast du Luana geküsst? Sag es mir! Wie konntest du mir das antun?«

»Ich habe es einfach getan«, sagt er schlicht. »Und ich bereue es nicht einmal. Vielleicht sollten wir unsere Beziehung einfach beenden, Emmi. Ich bin ein Bastard!«

»Ich hasse dich!«, schreit sie ihn an, bevor sie ihm ihre Hand entzieht und davonrennt.

»Fuck!«, fluche ich und eile ihr hinterher.

Ich finde Emmi in unserem Zelt. Ihr Gesicht ist aufgequollen und gerötet. Ihre blonden Haare hängen wirr im Gesicht. Sie ist gerade dabei, hastig ihre Sachen zu packen.

»Emmi«, beginne ich kleinlaut und setze mich in die Ecke, die Knie hochgezogen. »Ich weiß, dass es keine Entschuldigung für mein Verhalten gibt … aber ich hoffe, du kannst es mir irgendwann mal verzeihen.«

Mein Herz klopft bis zum Hals und ich habe solche Angst, sie als beste Freundin für immer zu verlieren.

»Was würdest du denn in meiner Situation tun?« Sie hört auf zu packen und schaut mich vorwurfsvoll an. Wenn Blicke töten könnten, dann wäre ich bereits unter der Erde ...

»Das weißt du doch«, flüstere ich durch die Tränen, die nun die Oberhand gewinnen. »Dir verzeihen ... So wie ich dir schon einmal verziehen habe ...«

»Ich bin aber nicht du, Lu!«, entgegnet sie scharf. »Du bist eine Verräterin! Du wusstest, wie sehr ich in Riaan verliebt bin! Und trotz allem hast du ihm die Zunge in den Hals gesteckt! Solch eine Freundin wie dich brauche ich nicht!«

Ich schlucke schwer und wische mir die Tränen aus dem Gesicht.

»Wirst du es Riaan verzeihen?«, frage ich leise nach einer Weile.

Emmi atmet gestresst durch. »Vielleicht. Aber dir jedenfalls nicht! Hiermit ist unsere Freundschaft beendet!«

Sie wird also Riaan vergeben. Nur mir nicht.

Als ich sie damals mit meinem Ex erwischt habe, habe ich *ihr* verziehen. Nicht ihm.

Aber Emmi hat recht. Sie ist nicht ich. Und ich bin nicht sie. Wir sind verschieden. Und nun habe ich meine einzige Freundin verloren.

Weil ich schwach war. Ich wünschte, ich könnte die Zeit zurückdrehen. Doch das kann ich nicht ...

»Du musst nicht deine Sachen packen, Emmi. Ich werde gleich Dion anrufen. Er wird mich abholen und nach Hause bringen.« Ich erhebe mich und sammele all meine Sachen, die ich hastig in die Sporttasche stopfe.

»Besser so!«, giftet sie mich an.

»Es tut mir alles so leid«, murmele ich in mich hinein, während die Tränen an meinen Wangen entlanglaufen. Das alles ist so surreal. Das hier passiert doch nicht wirklich?

»Du bist so eine Schlampe!«, fährt sie unbeirrt fort. »Und nun hast du niemanden mehr! Nicht einmal Elliot möchte noch etwas mit dir zu tun haben! Alle haben dich verlassen, Lu! Und das zu Recht! Wie fühlt es sich an, so ganz alleine zu sein und keine Freunde mehr zu haben?«

»Ganz schön einsam«, schluchze ich, während ich meine Tränen mit dem Handgelenk abwische.

Dann schließe ich den Reißverschluss meiner Sporttasche und stürme hinaus aus dem Zelt.

Ich komme nicht weit, denn Riaan steht vor mir und fixiert meine Tasche, während er irritiert die Augenbrauen zusammenzieht. »Luana. Gehst du etwa weg?«

Ich nicke stumm.

»Ich fahre dich nach Hause«, schlägt er vor.

»Ganz bestimmt nicht, Riaan! Ich werde meinen Bruder anrufen.« Ich dränge mich an ihm vorbei, während ich an meinem Handy tippe.

»Lu, bleib doch«, sagt nun auch Shakur, der mir den Weg versperrt. »Wir werden das mit Emmi klären. Alles wird wieder gut.«

»Sicher doch«, murmele ich ironisch. »Nichts wird wieder gut, Shakur. Und jetzt lass mich bitte durch.«

Ich weiß, dass er nicht schuld ist. Auch Riaan nicht. Ich alleine trage diese Schuld.

Ich habe als Freundin versagt.

Ich könnte Nein sagen, Riaan von mir stoßen, ihm widerstehen. Habe ich aber nicht. Nun muss ich mit Konsequenzen leben.

In dieser kurzen Zeit habe ich bereits zwei Menschen verloren, die mir wichtig waren.

Irgendwie läuft alles schief, seit ich Riaan kenne…

Kapitel 12

Ich will dich, Luana. Nicht sie.

Es sind inzwischen zwei Wochen vergangen. Zwei Wochen, in denen ich versucht habe, mit Emmi Kontakt aufzunehmen. Zwei Wochen, in denen ich verheult vor ihrer Tür stand, um mich zu entschuldigen.

Alles erfolglos. All meine Briefe, meine Sprachnachrichten, meine Annäherungsversuche.

Ich habe meine beste Freundin verloren.

Ich habe Elliot verloren.

Ich habe nur noch meinen Bruder. Er ist der Einzige, der immer zu mir hält. Der Einzige, der bei mir bleibt, egal, was auch passieren mag.

Meine einzige Stütze. Mein einziger Verbündeter. Meine Sonne.

Ich weiß echt nicht, was ich ohne ihn getan hätte.

Nachts weine ich leise in mein Kissen. Ich fühle mich so einsam. Mein Bruder ist nun öfters zu Hause als sonst, um mir Gesellschaft zu leisten und um mich aufzumuntern.

Er übernimmt sogar die Wocheneinkäufe für mich. Und er kauft mir mein Lieblingseis. So wie früher, als wir noch Kinder waren.

Schokoladeneis. Ich esse täglich Schokoladeneis. Sogar zum Frühstück, woraufhin Dion nur den Kopf schüttelt.

»Hör auf zu grübeln, Lu«, sagt er mir dann. »Sie haben dich gar nicht verdient. Sie verdienen es nicht, dass du ihnen nachtrauerst.«

»Hattest du nicht behauptet, Elliot wäre ein Traummann?«

»Ich hab meine Meinung geändert. Auch große Brüder können sich irren. Und jetzt lächle!«, animiert er mich und ich grinse ihn bestialisch an.

»Besser so?«

Er wirft ein Küchentuch nach mir. »Du kleines Monster!«

***

Ich liebe meine Arbeit im *Sky*. Mein Chef ist einfach der Beste. Sein Name ist Amaniel und er ist eine gute Seele. Er bleibt immer gelassen und nett, egal was passiert. Und ich sag euch - er musste viel miterleben und ertragen, so ungeschickt, wie ich bin!

Ein Wunder, dass er mich noch nicht entlassen hat.

»Na, Lu! Alles klar?«, erkundigt er sich, während ich das Geschirr aus der Spülmaschine ausräume und in die Schränke verstaue.

»Ja, läuft alles rund.« Ich lächle ihn debil an. »Bis jetzt zumindest.«

Amaniel lacht. »Wehe, du lässt heute wieder irgendwelches Geschirr fallen, Lu! Ich warne dich!«

»Ich werde mein Bestes geben, damit mir das nie wieder passiert«, entgegne ich kichernd.

Ich liebe diesen Mann einfach! Amaniel kommt ursprünglich aus Nigeria, er ist gutaussehend, muskulös und etwa Mitte dreißig. Vor allem liebe ich seine gute Laune. Er ist einfach immer vergnügt und fröhlich.

»Sag mal, Lu«, sagt er plötzlich ernst und ich schaue überrascht auf.

»Ja?«

»Ein Kunde hat nach dir gefragt.« Mein Chef kommt näher auf mich zu.

Ich runzele die Stirn. »Welcher Kunde denn, Amaniel?«

»Ich weiß es auch nicht. Er war noch nie zuvor bei uns. Der Mann sitzt am Tischplatz Nummer 10 und wartet auf dich«, teilt er mir nun flüsternd mit. »Übrigens ist er ganz in Schwarz gekleidet. Wahrscheinlich ist er ein Mafioso oder noch viel schlimmer: ein böser Engel.«

»Böser Engel?«, frage ich atemlos nach.

»Na, Luzifer. Der gefallene Engel. Keine Ahnung. Seine Aura ist dunkel und mystisch.«

Ich reiße erschrocken die Augen auf. »Du machst mir Angst«, flüstere ich leise zurück.

»Er sitzt immer noch hier und wartet geduldig darauf, dass du ihn bedienst«, wispert Amaniel beschwörend. Seine dunklen Augen funkeln amüsiert.

»Warum bedient ihn nicht einfach Anna?«, schlage ich befangen vor. Anna ist meine Kollegin.

»Er möchte nur von dir bedient werden. Mister Unbekannt hat nach Luana gefragt.« Mein Chef zuckt ratlos die Achseln. »Du schaffst das schon.«

»Amaniel!«, rufe ich empört. »Du überlässt mich diesem Luzifer? Dem gefallenen Engel? Was, wenn er meine reine Seele möchte?«

»Lu, ich glaube nicht, dass deine Seele so rein ist, dass er an ihr interessiert wäre.« Er zwinkert mir zu und geht einfach davon.

Ich reiße empört den Mund auf und stemme meine Hände auf die Hüften. »Das war gerade ganz schön fies.«

Na gut. Dann ran an die Arbeit. Ich straffe meine Schultern und gehe zu dem Tischplatz Nummer 10. Hoffen wir, dass meine reine Seele unbeschadet bleibt.

Der Mann sitzt mit dem Rücken gewandt zu mir und lehnt sich lässig zurück. Verdammt! Amaniel hatte recht. Der unbekannte Kunde ist ganz in Schwarz gekleidet. Wahrscheinlich ist er wirklich Luzifer höchstpersönlich.

Ich nehme meinen ganzen Mut zusammen und stelle mich direkt vor ihm. »Was darf es denn sein?«, frage ich cool, während ich so unauffällig wie möglich einen Blick auf den Unbekannten werfe.

Das kann nicht sein …

Benommen stolpere nach hinten und halte mich an der Kante von dem benachbarten Tisch fest. Ein Glück, dass der Platz noch frei ist und dort niemand sitzt.

»Riaan? Du hier?«, wispere ich baff.

Er legt den Kopf leicht schief, während seine Mundwinkel amüsiert zucken. »Luana, mein süßes Mädchen. Ich habe auf dich gewartet.«

Mein Puls schießt in die Höhe und meine Atmung wird flach. Verdammt, ich muss zugeben, dass ich ihn vermisst habe.

Seine mystische, dunkle Aura. Seine makellose Schönheit. Selbst seine arrogante Art hat mir gefehlt.

Verflucht! Was hat dieser Mann nur an sich, das ihn so unwiderstehlich macht?

Okay, ganz ruhig bleiben. Ich atme tief ein und aus. »Was kann ich dir bringen, Riaan?«

»Was kannst du mir denn empfehlen?« Er lächelt mich an. Oh Gott, sein Lächeln ist unglaublich. So liebevoll und so warm.

»Erdbeertörtchen schmecken ganz gut«, schlage ich vor, bevor ich meine Schürze glattstreiche, um seinem Blick zu entkommen.

»Dann möchte ich ein Erdbeertörtchen und eine Tasse Kaffee.«

»Okay«, entgegne ich so gelassen wie möglich und eile davon. Nichts wie weg!

Völlig außer Puste bleibe ich dann in der Küche stehen.

Was macht Riaan hier? Woher weiß er, dass ich hier arbeite? Und warum klopft mein Herz so, wenn ich ihn sehe?

»Alles okay, Maus?« Amaniel runzelt verwirrt die Stirn.

»Ja«, hauche ich und versuche, zu Atem zu kommen.

»Und? Hat Mister Darkness deine Seele gestohlen?«, fragt er grinsend.

»Nicht nur die«, entgegne ich ernst.

»Du kennst ihn, oder?«

»Ja.«

Mein Chef nickt sinnierend und ich mache mich daran, Kaffee mit dem Erdbeertörtchen vorzubereiten.

»Hör mal, Lu«, beginnt Amaniel plötzlich.

Ich schaue ihn erwartungsvoll an. »Ja?«

»Ich habe irgendwie kein gutes Gefühl bei diesem Mister Darkness oder wie auch immer er heißen mag. Pass auf dich auf, Maus.«

Meine Nackenhaare sträuben sich. Mein Chef ist

sonst immer fröhlich und heiter. Und jetzt scheint er besorgt und ernst zu sein. Irgendetwas stimmt da nicht...

Was, wenn er mit seiner Behauptung recht haben könnte? Was, wenn Riaan wirklich gefährlich ist?

Ich lache unsicher und versuche beherrscht zu klingen, während jeder Muskel meines Körpers angespannt ist. »Jetzt übertreibst du aber! Mach dir keine Sorgen um mich. Riaan ist bestimmt kein Serienmörder.«

Hoffe ich zumindest. Denn genauer gesagt, kenne ich ihn so gut wie gar nicht.

Ich platziere seine Bestellung auf das Serviertablett und atme noch einmal tief durch, bevor ich die Küche verlasse.

Unsicher gehe ich auf Riaan zu. »Bitte schön«, sage ich, während ich den Kaffee sowie das Erdbeertörtchen vor ihm auf den Tisch platziere.

»Setzt dich doch zu mir«, er deutet auf den freien Platz ihm gegenüber.

»Ich habe zu tun«, entgegne ich und möchte gerade wieder gehen, als er mich an meinem Handgelenk festhält.

»Luana, bitte. Nur fünf Minuten. Die wirst du doch wohl haben.«

»Na gut«, murmele ich. »Aber nur fünf Minuten und nicht länger.«

Ich lasse mich auf den freien Stuhl ihm gegenüber fallen, bevor ich das Serviertablett auf dem Tisch abstelle.

Riaan lächelt mich warm an.

Wie kann er ein Teufel sein, wenn er doch so ein liebenswertes Lächeln hat? Das alles ergibt einfach keinen Sinn.

»Warum bist du hier? Und woher weißt du überhaupt, wo ich arbeite?«, komme ich direkt zur Sache.

Er zieht verwundert die Augenbrauen hoch. »Fühlst du dich von mir verfolgt, süßes Mädchen?«

»Ja«, antworte ich ehrlich.

Riaan nimmt die Kaffeetasse und schlürft seelenruhig daraus, bevor er diese wieder auf dem Tisch abstellt.

»Schmeckt scheußlich«, stellt er fest und verzieht dabei sein Gesicht. »Und kalt noch dazu.«

Ich zucke apathisch mit den Schultern. »Na und! Dann geh doch woanders hin! Oder mach dir deinen Kaffee selbst!«

Sein Mundwinkel zuckt amüsiert. »Ich möchte aber gerne in deiner Nähe bleiben, Luana«, kontert er und ich halte den Atem an.

»Du bist mit Emmi zusammen. Was soll das, Riaan?«

»Ich werde mit ihr Schluss machen«, beschließt er sinnierend und pickt mit seinen Fingern eine Erdbeere aus dem Törtchen heraus.

»Mach dir keine falsche Hoffnung, was uns beide betrifft.« Ich schaue ihn ernst an. »Du solltest lieber an deiner Beziehung mit Emmi arbeiten.«

Seine Augen werden schmaler, während er die Erdbeere in seinen Fingern begutachtet. »Emmi hat dich doch auch schon mal enttäuscht und verraten. Oder etwa nicht? Sehnst du dich nicht heimlich nach Vergeltung?«

»Was willst du mir damit sagen?« Das, was damals

geschehen ist, ist nun mal geschehen. Es ist Vergangenheit. Schnee von gestern.

»Rache kann so süß schmecken«, gibt Riaan beschwörend von sich und tunkt die Erdbeere in die Vanillecreme, die sich auf dem Biskuitboden befindet. »Wenn du nur einmal davon gekostet hast, wächst dein Verlangen nach mehr und du kannst gar nicht mehr damit aufhören.«

Sein Blick wirkt bedrohlich, als er mich wieder anschaut. »Du solltest mal davon kosten, Luana.«

Ich schüttele verärgert den Kopf. »Nein, danke. Ich bin nicht wie du, Riaan.«

Er lacht amüsiert. »Ich meinte, die Erdbeere. Los, Mund auf!«

Riaan streckt seine Hand aus und schiebt mir die Erdbeere zu. »Das Erdbeertörtchen war für dich, süßes Mädchen. Ich mag keine Süßigkeiten.«

Beklommen mache ich den Mund auf und entnehme ihm die Erdbeere mit den Zähnen. Er streicht mir mit seinem Daumen die restliche Vanillecreme von dem Mundwinkel, während ich steif an der Erdbeere kaue.

»Zwei Wochen ohne dich, Luana, waren ziemlich einsam. Ich musste nur noch an dich denken«, sagt Riaan kehlig.

Ich erstarre. Er ist Emmis Freund. Das ist so falsch. Das darf nicht sein.

»Hat dir Emmi den Kuss verziehen?«, frage ich leise, obwohl ich genau weiß, dass sie ihm alles verzeihen würde. Sie ist so vernarrt in ihn.

Er nickt träge. »Sie würde mir alles verzeihen.«

»Dann erlaube dir keine Ausrutscher mehr«, entgegne ich ernst, während ich die Erdbeere herunterschlucke.

Riaan schiebt mir das restliche Törtchen zu. »Ich will dich, Luana. Nicht sie.«

Adrenalin rauscht durch meine Venen. Fuck. Ich will ihn auch! Aber das könnte ich Emmi niemals antun. Vor allem hege ich immer noch die Hoffnung, dass sie mir eines Tages verzeihen könnte. Vielleicht nicht heute. Aber irgendwann …

»Übrigens kommt sie gleich«, sagt er plötzlich und ich verschlucke mich beinahe an meinem eigenen Speichel.

»Emmi?«, krächze ich verzweifelt.

Riaan nickt gefasst, bevor er sich zurücklehnt, seine Tasse erneut in die Hand nimmt und seelenruhig daraus schlürft.

»Fuck, Riaan! Was wird das?« Abrupt erhebe ich mich, greife nach dem Serviertablett und möchte gerade gehen - als Emmi vor mir steht.

Kapitel 13

Wer bist du, Riaan?

Ihre blonden Haare sind geglättet. Ihre Wangen etwas gerötet und sie trägt ein leichtes, gelbes Sommerkleid mit Flip Flops.

Erst jetzt wird mir so richtig bewusst, wie sehr sie mir gefehlt hat. Am liebsten würde ich sie umarmen, doch die Kälte in ihren Augen hindert mich daran. Ich wünschte, sie würde mir meinen Ausrutscher mit Riaan verzeihen…

»Warum hast du mich hierhinbestellt, Baby?«, fragt sie Riaan.

»Das frage ich mich mittlerweile auch«, entgegnet er sinnierend. »Der Kaffee schmeckt fad und wird auch noch kalt serviert. Aber … die Bedienung ist hier ganz schön heiß.«

Ich öffne empört meinen Mund und möchte etwas erwidern, aber es kommen keine Worte heraus. Was wird das hier? Was spielt er eigentlich für fucking Spiele?

Emmi starrt ihn an, als wäre er ein Ungeheuer. Ist er in einer gewissen Hinsicht auch … »Riaan, ich verstehe nicht, was das hier alles soll! Ich verstehe nicht, weshalb ich hierhinkommen sollte, wo Lu arbeitet!« Ihre Stimme ist rau und ihr Blick vernichtend. Sie scheint ziemlich wütend zu sein. Zu Recht.

Ich verstehe das alles ja auch nicht …

Riaan bleibt gelassen, während er Emmi aus den

Augenwinkeln inspiziert. »Baby, zwischen uns beiden funkt es nicht mehr. Es ist aus. Ich empfinde keine Gefühle für dich.«

Oh Gott … was wird das hier? Warum tut er das? Was habe *ich* hier überhaupt verloren? Ich möchte in die Küche fliehen, aber mein Körper ist steif. Meine Beine führen nicht die Befehle aus, die mein Gehirn an sie weiterleitet. So bleibe ich wie angewurzelt stehen und vergesse sogar zu atmen. Fuck!

»Ich habe mich wohl verhört«, lacht Emmi theatralisch.

»Nein, das hast du nicht«, widerspricht Riaan ihr gelassen. Er ist so ein Arsch … »Es ist aus, Emmi. Ich habe Gefühle für Luana.«

WAS ZUM TEUFEL WIRD DAS? Oh Gott. Am liebsten würde ich im Erdboden versinken. Ich möchte das nicht! Warum tut er mir das an?

Emmi schaut mich an, als wäre ich eine Hochkriminelle. Fuck! Sie hasst mich. Die Animosität und der Abscheu in ihren Augen sind beängstigend.

»Ich hasse dich, Lu!«, zischt sie mit zusammengebissenen Zähnen. Dann wendet sie sich wieder Riaan zu. »Ich hasse dich, du Bastard!«

»Ich hasse euch beide!«, schreit sie.

Oh mein Gott! Riaan hat eindeutig seinen Verstand verloren. Warum klärt er das nicht alleine mit ihr? Warum möchte er mich hier dabeihaben? Ich fühle mich so fehl am Platz. Und so schuldig.

Mein Blick flattert nervös zwischen den beiden hin und her.

Emmi schäumt vor Wut. Ihr Gesicht ist inzwischen

rot angelaufen. Ihre Augen sind glasig und mit Tränen gefüllt.

Scheiße. Ich breche gleich auch in Tränen aus.

Emmi schaut Riaan lange an, dann schüttelt sie träge den Kopf und läuft aus dem Laden hinaus.

»Siehst du«, wendet er sich dann wieder mir zu, als wäre nichts geschehen. »Ich habe die Beziehung mit ihr beendet. Du bist die Einzige, die ich will.«

Ich kann es einfach nicht fassen.

»Warum tust du mir das an, Riaan?«, frage ich paralysiert, als ich endlich wieder Worte finde. »Sie war meine einzige Freundin.«

Er zuckt lässig mit den Schultern. »Sei nicht naiv, Luana. Sie hätte dir so oder so niemals verziehen. Also löse dich von deinen letzten Hoffnungen und gib uns beiden eine Chance.«

»Du bist doch gestört!«, gifte ich ihn an. »Du bist tatsächlich ein Teufel!«

Riaan legt ein paar Scheine auf den Tisch und erhebt sich. Wir stehen nah beieinander, während er mir behutsam eine Strähne hinters Ohr streicht.

»Wohl eher ein Racheengel, mein süßes Mädchen«, entgegnet er ruhig. »Ich werde dich nach der Arbeit abholen.«

Dann haucht er mir einen Kuss auf die Wange, bevor er den Raum verlässt.

Was war das?

Ich stehe immer noch da und bin unfähig irgendetwas zu tun. Ich will ihn. So sehr.

Aber es fühlt sich so falsch an. So verdammt falsch.

Was soll ich nur machen?

»Hey«, Amaniel gesellt sich zu mir und legt seine Hand auf meine Schulter. »Alles okay, Maus? Was wollte er von dir? Was war das eben?«

»Ich weiß es nicht, Amaniel«, wispere ich unsicher. »Ich weiß es nicht.«

»Hast du seinetwegen Streit mit Emmi?«, fragt er besorgt nach. Amaniel kennt Emmi. Sie war schon öfters hier bei uns im Laden.

»Nicht nur seinetwegen. Ich bin auch mitschuldig. Aber ja … Wir sind nicht mehr befreundet«, gebe ich ehrlich zu.

»Er führt doch irgendetwas im Schilde, Lu. Halte dich von diesem Mann fern. Ich habe kein gutes Gefühl bei ihm.«

Ich nicke stumm. Alle warnen mich vor Riaan. Doch warum fühle ich mich so dermaßen zu ihm hingezogen? Warum sehne ich mich nach seinen Berührungen und seinen Küssen? Warum will ich diesen Mann so sehr?

***

Riaans Sicht

Der Himmel ist bewölkt und die Luft ist frisch. Endlich keine Hitze mehr. Der dunkelgraue Schleier legt sich bedrohlich über die Baumwipfel. Der Wind weht immer stärker, während die Äste bedrohlich schaukeln. Wahrscheinlich wird es heute noch gewittern.

Das Glühen meiner Kippe flackert in der Dunkelheit, als ich noch einmal kräftig daran ziehe, bevor ich den Rauch behäbig gen Himmel stoße.

Mein Handy klingelt ununterbrochen. Genervt schalte ich das Gerät auf stumm. Es ist Emmi, die mich die ganze Zeit versucht zu erreichen. Sie hat mir auch schon tausende Nachrichten hinterlassen, die ich natürlich ignoriere.

So etwas wie: *Es tut mir leid, Riaan. Ich habe überreagiert. Gib uns doch beiden noch eine Chance.*

Und: *Was habe ich falsch gemacht? Was ist der wahre Grund, weshalb du mich nicht mehr willst? Hast du mir etwa alles nur vorgespielt?*

Und: *Mit Lu wirst du sowieso nicht glücklich! Ich verfluche euch beide! Karma wird euch holen!*

Und noch so etwas wie: *Ich nehme alles wieder zurück. Ich liebe dich! Bitte lass uns noch einmal darüber reden.*

Ich glaube, wenn sie so weitermacht, muss ich sie leider blockieren. Denn so langsam fühle ich mich echt ein wenig terrorisiert.

Luana, mein süßes Mädchen. Ich kann nur noch an dich denken und es fuckt mich total ab! Denn das war nicht mein Plan. Ich hätte echt nicht gedacht, dass es jemals eine Frau geben wird, die in meinem Gehirn spucken wird!

Du bist so unglaublich süß, so schön, so unschuldig und so loyal. Doch ich darf mich auf keinen Fall von deiner Schönheit ablenken lassen. Ich muss weitermachen. Ich muss den Plan zu Ende bringen.

Ich inhaliere noch ein einmal an meiner Zigarette, während ich hier angelehnt an der Wand stehe und auf dich warte. Wann kommst du denn endlich raus? Es ist bereits halb acht und meines Wissens nach müsstest du bereits um achtzehn Uhr den Laden verlassen. Anscheinend wurdest du heute aufgehalten. Warum auch immer.

Die Tür wird endlich aufgerissen und ich höre dich vergnügt kichern: »Mach's gut, Amaniel! Und bringe morgen bitte noch mehr von den Keksen mit! Die waren unglaublich lecker!«

Welche Kekse? Und was gibt es da eigentlich zu kichern? Ich drücke nachlässig die Kippe an der Wand ab, bevor ich sie auf dem Boden fallen lasse.

Ich sehe, wie du nun etwas auf dem Handy tippst und das Gerät schließlich in der Tasche verstaust. Vielleicht hast du ja vergessen, dass ich dich abholen wollte. Oder du hast mich mit Absicht so lange auf dich warten lassen.

Wie auch immer. Ich atme gestresst durch und schreite auf dich zu. »Luana! Warte.«

Du wirbelst herum und bleibst dann stehen. Starrst mich an. Ich lege meinen Kopf etwas schief, während ich dich ebenfalls mit meinen Blicken fixiere.

Fuck, bist du schön! Warum musst du auch nur so verdammt schön sein? Deine schulterlangen schwarzen Haare sind etwas wirr. Aber du bist immer noch perfekt. Du bist immer perfekt. Deine grünbraunen Augen funkeln mich enigmatisch an.

»Ich habe ganz schön lange auf dich warten müssen, süßes Mädchen«, sage ich, während ich dir eine Strähne hinters Ohr streiche.

»Tut mir leid.« Du zuckst apathisch mit den Schultern. »Ich habe noch etwas mit meinem Chef gequatscht. Wir haben Tee getrunken und Kekse gegessen. War ganz schön lustig.«

»Aha«, entgegne ich schneidend. Kekse gegessen also. Und Tee getrunken auch noch. Das gefällt mir ganz und gar nicht. »Während ich hier auf dich warte, isst du also noch seelenruhig Kekse. Ganz schön unverschämt, mein freches Mädchen!«

Du reißt empört die Augen auf. »Riaan! Ich wusste doch gar nicht, dass du hier auf mich gewartet hast!«

So langsam werde ich ein wenig sauer! Abrupt greife ich nach deinem Handgelenk und ziehe dich noch enger an mich. Du schnappst überrascht nach Luft. »Reiz mich nicht, Luana! Ich habe dir gesagt, dass ich dich abholen werde. Und du hast mich mit Absicht warten lassen!«

Deine Augenlider flattern nervös. »Ich wusste nicht, dass du es ernst gemeint hast«, sagst du leise.

»Jetzt weißt du es.« Ich lasse dich wieder los und nehme nur deine Hand. »Los, komm mit!«

»Wohin gehen wir denn?«, fragst du atemlos, während du bemüht bist, mit mir Schritt zu halten.

Eigentlich hatte ich vor, dich in meine Kneipe zu entführen. Aber irgendetwas hält mich noch davon ab. Was auch immer es ist.

Ich werde dir eine andere Seite von mir zeigen. Die helle Seite zuerst. Die dunkle wirst du noch früh genug kennen lernen.

»Ich werde dir meine Welt zeigen. Möchtest du mich denn kennen lernen, Luana?«

Du nickst beklommen, während wir zu dem Parkplatz eilen. »Warum, Riaan?«

»Warum?« Ich bleibe stehen und schaue dich träge von der Seite an. »Du fragst noch, warum? Dein Ernst,

Lu? Ich mag dich. Darum! Und ich möchte, dass du mich besser kennen lernst. Ich möchte, dass du weißt, wer ich bin.«

»Und wer bist du, Riaan?« Deine Stimme ist leise und deine Augen dunkler als sonst. Das Grün darin ist verblasst. Die braune Farbe dominiert nun vollständig.

Fuck, du sollst mich nicht so anschauen! So verliebt, so berauscht, so hoffnungsvoll …

»Racheengel, mein süßes Mädchen. Das habe ich doch schon bereits erwähnt.« Ich fahre mit meiner Hand liebevoll an deiner Wange entlang. »Hast du Angst vor mir?«

Du nickst träge. »Schon … Ein bisschen … Ich habe das Gefühl, dass du irgendein böses Spiel mit mir treibst. Warum auch immer …«

Ich nicke ebenfalls. »Intelligentes Mädchen. Behalte dir diese Vorsicht bei.«

Du wirkst verwirrt, doch ich lasse dir nicht viel Zeit, über meine Worte nachzugrübeln, weil ich dich an deinem Handgelenk weiterziehe. Etwas desorientiert stolperst du hinter mir her, bis wir endlich auf dem Parkplatz ankommen.

Ich öffne die Tür und lasse dich in mein weißes Audi S5-Cabriolet einsteigen. Du wirkst etwas eingeschüchtert. Befangen streichst du dein dunkelblaues Kleid glatt, nachdem du auf dem Beifahrersitz Platz genommen hast. Ich umrunde den Wagen und lasse mich auf den Fahrersitz gleiten, bevor ich die Tür hinter mir zuschließe.

»Wohin fahren wir denn?«, fragst du mich ratlos.

»Ich werde dir meine Welt zeigen, Luana. Bereit?«

Ich drehe an dem Zündschlüssel und schalte die Musik an, bevor ich auf das Gaspedal drücke und wir endlich losfahren.

Im Radio läuft gerade *Devil Side* von Foxes. Wie passend. Innerlich verdrehe ich die Augen.

»Ich glaube, du willst mich einfach nur ins Bett bekommen«, murmelst du nach einer Weile nachdenklich.

Ich werfe dir ein schelmisches Lächeln zu, bevor ich nach rechts abbiege. »Wenn ich das gewollt hätte, dann hätte ich es schon längst getan.«

»Sicher doch.« Du seufzt theatralisch.

»Glaub mir, du wärst nicht abgeneigt, Luana«, versichere ich dir.

Jetzt schüttelst du entrüstet den Kopf. »Du bist so arrogant. Kaum zu glauben, dass Emmi es so lange mit dir ausgehalten hat.«

Ich werfe dir ein mildes Lächeln zu. »Du bist jetzt schon verrückt nach mir. Du willst es dir nur nicht eingestehen.«

Empört verschränkst du die Arme vor deiner Brust. »Ich kenne dich doch gar nicht, Riaan.«

»Dann wirst du mich gleich kennen lernen«, erwidere ich träge und biege endlich auf den Parkplatz ab. »Wir sind nämlich schon da.«

Du schaust aus dem Fenster und erstarrst. Dein Körper ist angespannt und du atmest kaum noch.

»Was ist?«, knurre ich genervt. Warum bist du denn so blass geworden?

Macht dir meine Welt etwa Angst?

Vielleicht wirst du mich dadurch ein bisschen besser verstehen…

Warum ich all das tu, was ich tun muss.

Kapitel 14

Willkommen in meiner Welt, Luana!

»Ein Irrenhaus?«, flüstere ich atemlos. »Was wollen wir hier, Riaan?«

Oh Gott. Warum sind wir denn hier? Ich wusste, irgendetwas stimmt nicht mit ihm. Aber was will er denn in einer Nervenheilanstalt?

Ist das hier etwa seine Welt? Ich verstehe es nicht …

Und es jagt mir Angst ein. Ich schlucke schwer, während ich Riaan aus den Augenwinkeln inspiziere.

»Nervenklinik. Klapsmühle. Psychiatrie. Nenn es, wie du willst«, entgegnet er gereizt. Warum ist er denn so gereizt? Habe ich etwas falsch gemacht? Habe ich ihn in irgendeiner Weise verletzt, ohne es zu wissen? Bedrückt senke ich meine Augenlider.

Riaan beugt sich zu mir vor. »Willkommen in meiner Welt, Luana!«, raunt er mir ins Ohr. »Los, steig jetzt aus!«

Ich reiße erschrocken meine Augen auf. Aussteigen? Jetzt? Und was, wenn ich mich weigere? Was, wenn ich seine Welt gar nicht kennen lernen möchte?

Er legt den Kopf etwas schief, während er mich weiterhin mit seinen Blicken fixiert. »Was ist? Hast du etwa Angst?«

Ich schaue ihn an und meine Sorgen lösen sich langsam auf. Er wird mir nichts tun. So ist er nicht. Oder?

Warum ist er nur so hübsch? Riaan ist ganz in Schwarz gekleidet. Mein wunderschöner Racheengel.

Seine ebenfalls schwarzen Haare sind wirr und verdecken teilweise seine enigmatischen Augen. Und dieser kleine Pigmentfleck unter seinem rechten Auge … Fuck, wie kann ein Mensch nur so vollkommen sein?! So perfekt. So sexy. So verlockend.

Verdammt, ich bin jetzt schon verrückt nach ihm! Dabei kenne ich ihn doch noch gar nicht! Wer ist er wirklich? Und was für einen Plan führt er im Schilde? Warum betont er immer wieder, dass er mich vernichten möchte?

Und warum sind seine Augen so traurig? Ich erkenne eine erdrückende Melancholie in seinem Blick. Er sieht so verletzlich aus. So gebrochen.

»Komm«, flüstert er mir zu und steigt dann aus.

»Okay«, wispere ich zurück, öffne die Tür und begebe mich ebenfalls nach draußen.

Der Wind weht inzwischen viel stärker und mein Kleid flattert nach oben. Verdammt! Ich versuche, den unteren Teil meines Kleides mit den Händen festzuhalten, während ich die Autotür hinter mir zuschlage.

Riaan lacht amüsiert und erntet dafür einen zornigen Blick von mir.

»Soll ich dir behilflich sein, süßes Mädchen?«

»Das hättest du wohl gerne!«

Er kommt auf mich zu, zieht seine schwarze Jeansjacke aus und reicht diese an mich weiter. »Zieh dir das über«, kommentiert er schlicht.

»Danke«, murmele ich und schlüpfe in seine Jeansjacke. Sie ist viel zu groß, aber das stört mich nicht. Und sie duftet nach ihm. So warm. So holzig.

Fuck! Ich drehe langsam durch! Schon allein sein Geruch bringt mich durcheinander und verursacht mir Kribbeln im Magen.

»Los, komm«, sagt er lächelnd und nimmt meine Hand.

Zusammen nähern wir uns dem Gebäude. Mein Herzschlag beschleunigt sich.

So viele Fragen schießen gerade durch meinen Kopf. Aber ich versuche, Riaan zu vertrauen, und lasse mich von ihm in das Gebäude führen.

Wir betreten einen klinisch reinen Korridor mit weißen Wänden. Angespannt beiße ich mir auf die Unterlippe, während Riaan mich zu der Empfangstheke weiterzieht.

Mir ist etwas mulmig zumute. Alles ist so sauber, so weiß, so trostlos, so eintönig. Ich wickele Riaans Jeansjacke enger um meinen Körper und sein vertrauter Geruch beruhigt mich ein wenig.

An dem Empfang steht eine ältere Dame, die uns nett anlächelt. Sie ist gerade dabei, irgendwelche Papiere zu sortieren.

»Riaan Moon«, stellt er sich stoisch vor. »Wir haben bereits telefoniert.«

»Ja, stimmt«, entgegnet die Frau freundlich. »Ich bräuchte nur noch Ihren Personalausweis und eine Unterschrift hier.« Sie holt ein Dokument heraus und deutet mit dem Zeigefinger darauf. Riaan reicht ihr seinen Ausweis, bevor er halbherzig die Unterschrift auf das Papier kritzelt.

Ich verstehe überhaupt nichts. Was wollen wir hier?

»Alles gut. Ihr könnt jetzt gehen.« Sie reicht ihm ein

Kärtchen mit der Zimmernummer, welches Riaan entgegennimmt und in seine Hosentasche steckt.

Gehen? Wohin? Warum?

Weshalb sind wir eigentlich überhaupt hier?!

»Keine Angst«, flüstert er mir zu und legt liebevoll seine Hand um meine Hüfte. »Das hier ist meine helle Seite, Luana. Die dunkle wirst du später auch noch kennen lernen.«

Wenn das hier hell ist, wie tief ist dann die Dunkelheit, die mich noch erwartet?

»Wer bist du, Riaan?«, flüstere ich zurück, während wir den langen trostlosen Korridor entlangschreiten. Seine Hand ruht dabei immer noch auf meiner Hüfte. »Ein Dämon?«

Seine Mundwinkel zucken amüsiert. »Und wenn schon. Spielt es etwa eine Rolle? Du bist mir so oder so schon verfallen. Selbst wenn ich ein Dämon wäre.«

»Sei dir da nicht so sicher«, murmele ich in seine Richtung.

»Wer bist *du* denn, Luana?«, stellt er mir plötzlich die Gegenfrage und mein Magen verkrampft sich. Mein Körper wird steif.

Die Wahrheit darf niemand erfahren. Niemals.

Für mich persönlich ist die Gegenwart die einzige Wirklichkeit. Die Vergangenheit existiert für mich nicht mehr. Schon lange nicht mehr. Sie ist nicht mehr ein Teil meines Lebens. Ich habe sie erfolgreich aus meinem Gedächtnis gelöscht. Hoffe ich zumindest…

»Vielleicht bin ich ja auch eine Dämonin«, nuschele ich nüchtern vor mich hin.

Er hebt überrascht die Brauen. »Sollte ich mich etwa in Acht vor dir nehmen?«

»Das wirst du noch früh genug herausfinden«, entgegne ich dumpf.

»Ich freue mich schon darauf, dich als eine kleine Dämonin zu erleben.« Riaan bleibt vor einer geschlossenen Tür stehen. Seine Augen fixieren mich begierig. »Im Bett«, fügt er noch leise hinzu und ich schnappe beklommen nach Luft.

Dieser Mistkerl!

»Wir sind da.« Er nimmt die Karte heraus und öffnet damit die verriegelte Tür.

Mein Herz klopft wie verrückt. Ich bin sehr gespannt, was mich erwarten wird. Ich bin gespannt auf seine helle Seite, die er mir versprochen hat.

Wie hell diese allerdings in Wirklichkeit ist, werde ich ja noch sehen …

Riaan betritt den Raum und zieht mich hinter sich her, bevor er dann die Tür wieder verschließt.

Und dann sehe ich *sie* …

Sie sitzt zusammengekauert auf ihrem Bett. Ihre dunklen Haare sind zerzaust. Sie hat tiefe Augenringe und unglaublich traurige Augen …

Graue Augen.

So grau wie das linke Auge von Riaan. Und so grau wie die beiden Augen von Shakur.

»Hallo Mama«, sagt Riaan leise.

Mein Magen zieht sich schmerzhaft zusammen und eine Gänsehaut überkommt mich.

Mama? Das ist seine Mama?

Und FUCK! Das hier ist so emotional, dass ich jeden Augenblick in Tränen ausbrechen könnte!

Er nimmt meine Hand und zieht mich weiter in den Raum hinein. Wir nähern uns langsam seiner Mutter. Riaan beugt sich vor und drückt ihr liebevoll einen Kuss auf die Wange.

»Ich habe dich vermisst, Mama. Gestern konnte ich leider nicht kommen. Aber ich weiß, dass Shakur hier war.« Er lächelt milde, dann wendet er sich mir zu. »Meine Mutter ist schwer depressiv. Und wundere dich nicht, dass sie keinerlei Reaktionen zeigt. Sie redet schon lange nicht mehr.«

Ich schlucke schwer. Meine Augen sind gerötet. »Das muss sehr schwer für dich sein«, entgegne ich flüsternd und Riaan nickt träge.

Seine Mutter sitzt immer noch steif auf dem Bett und starrt ins Leere. Kein Lächeln. Keine Freude. Keine Beachtung Riaan gegenüber.

Es muss für ihn verdammt hart sein, sie so zu erleben. So abwesend. So starr. So leblos.

Fuck, es zerreißt sogar mir das Herz!

»Früher war sie immer fröhlich, hat viel gelacht und viele Späße mit uns gemacht«, erzählt er mir leise. »Aber nachdem unser Vater gestorben ist, ist sie verstummt. Seit diesem Tag hat sie kein Wort mehr mit uns gewechselt. Mit niemandem mehr. Und von da an ging es nur noch steil abwärts. Jede mögliche Art von Therapie war erfolglos. Sie hat ja nicht gesprochen. Sie hat nicht einmal zugehört. Sie war einfach weg. Von jetzt auf gleich. Und nachdem sie mehrere Male versucht hat, sich das Leben zu nehmen, war das hier leider die letzte Möglichkeit, sie zu retten.«

»Es tut mir so leid, Riaan«, wispere ich betroffen. Er lächelt mich warm an und umschließt meine Hand in seiner.

»Mom, das ist meine Freundin Luana. Sie ist sehr hübsch, nicht wahr?«, sagt er zu seiner Mutter gewandt, bevor er sich zu ihr auf die Bettkante setzt und mich an sich zieht. Paralysiert bleibe ich auf seinem Schoß sitzen.

Ich bin so baff. Zu Tränen gerührt.

Seine Freundin. Wie schön das klingt. Und wie sehr ich mir nichts lieber als das wünsche. Seine Freundin zu sein.

Das hier ist tatsächlich seine helle Seite. Riaan hat mir nicht zu viel versprochen. Er ist so liebevoll, so besorgt um seine Mutter. Und ich liebe ihn jetzt schon. Verdammt, ich liebe ihn jetzt schon! Wie kann das sein?

Diese helle Seite von ihm ist so leuchtend, dass sie mein Inneres erwärmt. Sie ist so schillernd, dass ich vollkommen geblendet bin. Geblendet von ihm. Geblendet von seiner unglaublichen Wärme. Von seiner Ausstrahlung. Von seiner Güte.

Seine Mutter schaut mich träge von der Seite an. Sie sagt nichts und ich weiß echt nicht, wie ich mich ihr gegenüber verhalten soll. Deshalb murmele ich einfach nur leise: »Freut mich, Sie kennenzulernen.«

Riaan drückt mich enger an sich und streicht mir eine Strähne hinters Ohr. »Sie mag dich, mein süßes Mädchen. Ich spüre das«, raunt er mir ins Haar.

Es sieht zwar nicht so aus, aber ich hoffe, dass er recht

hat. Schließlich ist es seine Mutter und er kennt sie wohl am besten.

Und ich muss zugeben, ich habe mich geirrt. Er ist kein Dämon. Auf keinen Fall. Er ist ein Engel.

Alle haben mich zu Unrecht vor ihm gewarnt. Dabei hat er so ein gutes Herz.

Es bedeutet mir viel, dass er sich mir gegenüber so geöffnet hat und mir ein Stück von seinem Leben gezeigt hat. Und ich wünschte, ich könnte ihm etwas von mir erzählen. Aber ich kann es nicht …

Riaan legt seine Hand liebevoll auf den Unterarm seiner Mutter. »Ich bin ganz schön verrückt nach ihr, Mom«, erzählt er weiter. »Luana und ich kennen uns noch nicht so lange, aber ich glaube, ich habe mich verliebt.«

Ich halte paralysiert die Luft an. Adrenalin rauscht durch meine Venen und benebelt mich. Wahrscheinlich ist das alles nur ein Traum. Das hat er jetzt nicht gesagt …

Nein, das hat er jetzt unmöglich seiner Mutter anvertraut.

OH MEIN GOTT! Ich drehe durch! Mir fehlen einfach die Worte.

Es klingt höchstwahrscheinlich verrückt, aber ich habe mich auch verliebt. In seine helle Seite. In ihn.

Und ich hoffe, dass ich stark genug sein werde, auch seine dunkle Welt, die mich noch erwartet, kennen zu lernen.

Wenn es schwierig sein sollte, werde ich mich einfach an seiner sonnigen Seite festhalten.

Kapitel 15

Hast du mich hypnotisiert, Riaan?

Wir verlassen das Gebäude und all meine Ängste, die ich zuvor hatte, sind wie weggeblasen. So schlimm war das ja doch nicht, wie ich es am Anfang befürchtet habe.

Der Wind hat sich etwas beruhigt. Doch die schweren Wolken hängen immer noch bedrohlich am Himmel.

Ich werfe unauffällig einen Blick auf Riaan, während wir zu seinem Cabrio voranschreiten. Er sieht etwas bedrückt aus, nachdenklich. Seine schwarzen Strähnen hängen wirr in seiner Stirn. Seine Augen sind noch unergründlicher als zuvor.

So gerne würde ich ihn in den Arm nehmen und ihm versichern, dass alles gut sein wird. Am Ende wird doch immer alles gut, oder etwa nicht?

Aber das hier ist kein verdammtes Märchen. Und er ist auch kein Prinz.

Auch wenn er sich mir gegenüber geöffnet hat und mir seine Verletzlichkeit offenbart hat, heißt es noch lange nicht, dass er es ernst mit mir meint. Also sollte ich meine rosarote Brille ganz schnell wieder abnehmen und die Sache nüchtern betrachten.

Oder meint er es doch ernst mit mir? Warum würde er mir sonst seine Welt zeigen wollen? So etwas Vertrauliches. So etwas Intimes.

Er war so anders als bisher. So liebevoll. So aufmerksam.

Nun kenne ich Riaan etwas besser. Er hat es nicht leicht im Leben. Sein Vater ist gestorben und seine Mutter befindet sich in einer Nervenklinik unter strenger Aufsicht. Sie scheint schwer depressiv zu sein. Ich möchte nicht wissen, was es in ihm ausgelöst hat, als seine Mutter mehrmals versucht hat, sich das Leben zu nehmen.

»Danke«, sage ich leise. »Für dein Vertrauen.«

Riaan wirft mir ein mildes Lächeln zu. »Ich mag dich wirklich, Luana. Das solltest du wissen.«

Das ist so emotional! Ich wische mir die Freudentränen aus dem Gesicht. »Ich mag dich auch.«

»Und was magst du sonst so? Außer mich natürlich.« Er hebt erwartungsvoll die Brauen.

Nun lächle ich auch. Ein bisschen kann ich ihm ja auch etwas von mir erzählen. Das bin ich ihm irgendwie schuldig, nachdem er mir so viel von sich preisgegeben hat.

»Ich mag Schokoladeneis sehr gerne.«

Riaan lacht. »Dass du gerne Süßigkeiten magst, ist mir nicht entgangen. Schokoladeneis also. Dann werden wir gleich an einer Eisdiele vorbeifahren und ich kaufe dir eins. Und nachher fahren wir an den See. Wie wär's denn damit?«

»Das wäre toll«, entgegne ich verträumt, während wir den Parkplatz entlanglaufen.

»Und was magst du noch so?«, erkundigt er sich neugierig.

»Ich liebe meinen Bruder über alles. Er ist meine Sonne. Mein Ein und Alles.«

Riaan nickt. »Deine Sonne also. Dann bin ich deine Finsternis.«

»Wenn du meinst«, entgegne ich lachend. »Die Dunkelheit ist genauso wichtig wie die Sonne.«

»Die Dunkelheit ist beängstigend, Luana. Sie ist für die Albträume zuständig. Für die tiefen Abgründe.«

»Und doch braucht man sie, um die wunderschönen funkelnden Sterne sehen zu können.«

»Du bist ganz schön optimistisch veranlagt. Kann das sein?« Riaan lacht kehlig, bevor er nach oben zum Himmel aufschaut und mit dem Zeigefinger darauf deutet. »Ich sehe keine Sterne. Ich sehe nur die dunklen Wolken.«

Ich verdrehe die Augen. »Weil es heute höchstwahrscheinlich noch gewittern wird, du Pessimist!«

»Wohl eher Realist«, gibt er grinsend zurück und bleibt vor seinem Cabrio stehen. »Steig ein. Wir fahren an den See.«

»Aber nur, wenn du mir vorher noch ein Schokoladeneis kaufst.«

»Was auch immer du willst, mein süßes Mädchen.«

***

Ich glaube, ich befinde mich gerade in einer Traumblase, denn ich war noch nie in meinem Leben so glücklich wie an diesem Abend.

Riaan und ich schreiten gerade über die Wiese zum See hinab. Davor waren wir in einer Eisdiele und ich habe einen großen Becher Schokoladeneis mit Sahne verdrückt. Riaan mag keine Süßigkeiten. Er hat nur geduldig an seinem Kaffee genippt und darauf gewartet, bis ich endlich fertig mit dem Essen bin.

Zwischendurch habe ich mich wie immer bekleckert und Riaan hat amüsiert darüber gelacht. Leider habe ich aber auch seine Jeansjacke mit der Schokolade verunreinigt, das fand er wiederum gar nicht mehr amüsant.

Während wir nun hier am See entlanglaufen und Riaan seine Zigarette raucht, klingelt sein Handy.

»Ja?«, fragt er in den Hörer, bevor er tief an seiner Kippe inhaliert. »Yvonne, was gibt's?«

Yvonne? Wer zum Teufel ist Yvonne?

Ich weiß, ich sollte nicht eifersüchtig sein, denn eigentlich sind wir ja nicht einmal richtig zusammen. Und doch bin ich irgendwie enttäuscht und traurig.

Riaan stößt bedächtig den Rauch gen Himmel. »Es ist nichts Neues, dass du mich vermisst. Rufst du mich nur deshalb an?«

Wie bitte? Ich bleibe abrupt stehen. *Wie,* sie vermisst ihn? Ist das seine Neue?

Oh Gott. Ich war so blöd. So was von naiv. Wie konnte ich auch nur eine Sekunde daran glauben, dass er es ernst mit mir meinen könnte?

Ich hätte auf meinen Bruder hören sollen. Er hat mich vor ihm gewarnt.

Riaan merkt, dass ich stehen geblieben bin, kommt auf mich zu und zieht verwundert die Brauen nach oben. »Nein, Yvonne, ich komme nicht. Danke, dass du meine Aufgaben übernimmst. Ich verlass mich auf dich. ... Okay. Bye.«

Er legt auf und verstaut sein Handy in der Hosentasche. »Was ist los, Luana?«

Was ist los? Das fragt er noch? Er tickt doch nicht ganz richtig!

»Du hast eine Freundin und hängst mit *mir* ab, Riaan! Das ist los! Bist du eigentlich vollkommen übergeschnappt? Hast du sie noch alle?!«, gifte ich ihn an. Er soll ruhig wissen, dass er mich nicht für dumm verkaufen kann!

Riaan reißt überrascht seine Augen auf, bevor er die Kippe fallen lässt und diese nachlässig mit dem Fuß ausdrückt.

»Yvonne ist eine meiner Mitarbeiterinnen«, erklärt er mir ruhig und nimmt meine Hand.

Ich schnaube verächtlich. »Ja, Mitarbeiterin mit gewissen Vorzügen! Willst du mich eigentlich verarschen?«

»Ich hatte nur ein einziges Mal etwas mit ihr. Sie ist nicht mein Typ, Luana.«

Ich zucke belanglos die Schultern. »Soll mir auch egal sein. Interessiert mich eh nicht.«

Riaans Mundwinkel zucken süffisant, während er seinen Kopf etwas schief neigt. »Und weshalb bist du dann eifersüchtig, mein süßes Mädchen? Wenn es dich doch nicht interessiert …«

Ich möchte mich von seinem Griff losreißen, aber er verstärkt seinen Händedruck und lässt mich nicht los. Stattdessen zieht er mich enger an sich. Sein Blick ist hypnotisierend. Magisch. Sein graues Auge funkelt wie ein tobender Sturm, während das rechte eine Wärme ausstrahlt, die mein Herz schneller schlagen lässt.

Verdammt, dieser Mann ist so … speziell. Außergewöhnlich. Ein Unikat.

Es würde mich nicht wundern, wenn diese gewisse Yvonne ebenfalls nach Riaan verrückt ist.

»Sie interessiert mich nicht im Geringsten«, raunt er mir ins Ohr. »Du bist die Einzige, die ich will, Luana.«

Ich halte den Atem an. Versuche, ihm keinen Glauben zu schenken. Aber diese verfluchte rosarote Brille sitzt leider viel zu fest! Verdammt!

»Hast du mich hypnotisiert, Riaan?«, frage ich leise und verstumme im gleichen Augenblick, denn seine Lippen sind so nah an meinen …

»Vielleicht«, gibt er zurück und küsst mich sanft. Benommen ringe ich nach Luft, als seine Zunge fordernd in meinen Mund vorstößt. Ich spüre sein Zungenpiercing und schmecke den Rauch seiner Zigarette.

Und ich glaube, ich bin gerade dabei zu hyperventilieren! Seine Küsse sind so betörend. So intensiv. So … verdammt gut!

Ich kann nicht genug davon bekommen. Ich kann nicht genug von ihm bekommen! Das Verlangen nach Mehr ist unersättlich.

»Fuck, Riaan«, flüstere ich benebelt, als ich mich von ihm löse. »Hast du ein Zungenpiercing?«

Er nickt und sein Mundwinkel zuckt. »Ja. Macht es dich an, mein süßes Mädchen?«

»Ja«, hauche ich berauscht.

Seine Hände wandern an meinen Hintern, während er mir langsam das Kleid hochzieht. »Ich will dich spüren, jetzt.«

»Ja«, hauche ich erneut. Denn ich bin einfach nur - verdammt noch mal - nicht ganz bei mir! Sein Rauschgift hat eine viel zu starke Wirkung auf mich. Ich bin ihm vollkommen verfallen.

Riaan hievt mich hoch und trägt mich auf die Wiese.

Ich spüre den ersten Regentropfen auf meiner Nase. Und dann den zweiten auf meiner Wange.

Der Mond scheint nur schwach durch die dunklen Wolken und es ist niemand hier. Nur wir beide. Der nächste Regentropfen erreicht mich auf meiner Stirn.

Es ist so magisch.

Riaan küsst mich erneut, nachdem er mich auf die Füße abgestellt hat. Zwischen den Küssen streift er mir seine übergroße Jeansjacke von meinem Körper.

Die feinen Regentropfen rieseln nun immer regelmäßiger. Wow, das hier ist mehr als nur magisch. Das hier ist das Paradies!

»Ich wollte dich schon, als ich dich das erste Mal gesehen habe, Luana«, sagt Riaan mit gedämpfter Stimme, als er sich von mir löst und die Jeansjacke auf dem weichen Gras ausbreitet.

Ich wollte dich auch, nachdem ich dich das erste Mal gesehen habe, Riaan. Aber du warst der Freund meiner besten Freundin. Vielleicht ist das hier falsch, was wir machen. Moralisch inkorrekt. Aber ich will nichts lieber als dich in diesem Augenblick.

Seine Hand gleitet an meinem Körper hinab, während er mir aus dem Kleid hilft. »Du bist so unglaublich schön«, murmelt er und lässt mein Kleid unachtsam auf den feuchten Boden gleiten. Dann befreit er sich ebenfalls aus seinem T-Shirt.

Und verdammt! Sein Körper ist so muskulös und vollkommen …

Ich beiße mir auf die Unterlippe und fahre mit meinen Händen an seinem perfekt definierten Sixpack entlang. »So vollkommen«, staune ich verblüfft. Warum ist dieser Mann nur so fucking perfekt?

Er neigt seinen Kopf leicht schief und zieht amüsiert eine Braue nach oben.

»Leg dich hin, Luana, und spreiz deine Schenkel für mich.«

Was auch immer du willst, Riaan ...

Der Regen prasselt auf uns nieder und sein Oberkörper sieht so verdammt sexy aus, so durchnässt. Ich lasse mich langsam auf die Jeansjacke gleiten und tu das, was er von mir verlangt hat.

Riaan nickt zufrieden. Seine schwarzen Haare hängen ihm nass in der Stirn, während er mich mit seinem Schlafzimmerblick mustert. Schon alleine die Art und Weise, wie lüstern er meinen Körper begutachtet, macht mich an.

Ich bin völlig benebelt. Bezaubert. Überwältigt. Von ihm.

Riaan kniet sich zu mir hin. »Sobald ich in dir bin, wirst du mir gehören«, seine Hand fährt an meinem Körper entlang und er öffnet gekonnt den BH, den ich von meinem Körper streife.

»Nur mir«, fügt er rau hinzu. »Verstanden?«

Ich nicke zaghaft.

»Wiederhole es, Luana«, verlangt er dicht an meinem Ohr. Mit seiner Zungenspitze fährt er mir an der Ohrmuschel entlang und ich erschaudere.

»Ich werde nur dir gehören, Riaan«, stöhne ich überwältigt.

»Gutes Mädchen. Und jetzt zieh deinen Slip aus.«

146

Wieder einmal nicke ich nur und befreie mich von dem letzten Kleidungsstück.

Oh Gott. Ich will diesen Mann. So sehr.

»Du bist so unglaublich schön«, sagt er mit weicher Stimme. Seine rechte Hand umschließt sanft meine Brust, wandert dann langsam an meinem Bauch hinab und bleibt zwischen meinen Schenkeln ruhen. Ich stöhne lustvoll auf.

Seine Berührungen bringen mich vollkommen durcheinander. Fuck, der Mann hat magische Hände!

»Du machst mich ganz verrückt«, murmelt Riaan, während er weiter mit seiner Hand an meiner heißen Mitte entlangfährt.

Ich bin berauscht. Vollkommen paralysiert. Ich werfe meinen Kopf nach hinten und versuche meine hektische Atmung unter Kontrolle zu bekommen.

»Riaan, bitte«, meine Stimme bebt. Genauso wie mein Körper. Ich habe noch nie jemanden so sehr begehrt wie ihn.

Er ist so hübsch, so einzigartig, so speziell …

Verdammt, ich will ihn! Ich will diesen Mann so sehr!

»Bitte was, Luana?«, fragt er mit geneigtem Kopf. »Möchtest du meine Finger in dir spüren?«

»Ja«, hauche ich berauscht. Sein Mundwinkel zuckt zufrieden und mit einem Ruck dringt er zwei Fingern in mich ein. Ich stöhne lustvoll auf.

Riaan verengt die Augen und schaut mich eindringlich an. »So bereit für mich, mein süßes Mädchen. Das gefällt mir.«

Langsam und qualvoll schiebt er seine Finger in mir vor und zurück. Seine warmen Lippen umschließen eine empfindliche Stelle an meiner Kehle, während er daran saugt. Fuck, das hier fühlt sich so gut an! Scheiß auf den Knutschfleck! Scheiß auf den Regen, der auf uns niederprasselt! Scheiß auf Verbote! Scheiß auf alles!

Selbst wenn er ein Dämon ist, interessiert es mich nicht. Nicht mehr. Er kann von mir aus auch ein verfluchtes Alien sein! Ich bin ihm so oder so schon verfallen!

»Oh Gott«, stöhne ich. »Ich will dich spüren, Riaan. Bitte.«

Er lässt von mir ab und lächelt mich zufrieden an. »Ich liebe es, wenn du darum bettelst.« Schließlich streift er sich endlich seine schwarze Jeanshose ab, genauso wie seine Calvin-Klein-Boxershorts.

Oh wow. Dieser Mann ist eine Granate!

»Ich werde dich so hart ficken, Lu«, sagt er heiser. »Und ich kann es kaum erwarten!«

»Dann tu es«, erwidere ich japsend.

Mit dem Daumen fährt er mir an meiner Unterlippe entlang und ich öffne bereitwillig meinen Mund. Er. Macht. Mich. So. Verrückt.

Dann schiebt er zwei Finger zwischen meine Lippen, bevor er hart in mich eindringt. Ich stöhne auf. Fuck. Ich sterbe. Er fühlt sich so gut an. So verdammt gut.

»Sauge daran«, verlangt er mit laszivem Blick. Er ist so dominant. So bestimmend. Und irgendwie macht mich sein Tonfall an. Also tu ich das, was er von mir verlangt.

Seine harten Stöße und seine Finger in meinem Mund bringen mich vollkommen durcheinander. Ich bin berauscht. Mein Körper glüht. Explodiert.

»Riaan«, stoße ich mühsam auf und eine Welle der Lust überwältigt mich. Ich erzittere unter ihm.

Sein Mundwinkel zuckt zufrieden, seine Finger gleiten aus meinem Mund und streichen mir behutsam am Hals entlang. Mein Körper kribbelt unter seiner Berührung.

»Gefällt dir das, mein süßes Mädchen?«

Gott, ja! »Ja«, keuche ich. Er bringt mich noch um! Eindeutig!

Riaan umschließt mit seiner Hand meine Kehle und drückt leicht zu. Ich stöhne lustvoll auf.

»Macht es dich an, wenn ich dich würge?« Seine Stöße werden immer härter dabei.

Ich schließe trunken meine Augen, ohnmächtig, eine Antwort zu geben.

Ist er ein Sexgott oder so? Fuck, das hier ist mehr als perfekt! Das hier ist eine Vollkommenheit! Und nein, das kann kein Paradies sein. Ich habe mich geirrt. Unmöglich. Eher die Hölle. Aber ich fühle mich hier heimisch. So heimisch.

Vielleicht gehöre ich ja hierhin.

Plötzlich hört Riaan mittendrin auf und entzieht sich aus mir. Angespannt halte ich die Luft an.

»Ich will dich von hinten nehmen«, erklärt er rau, bevor er mich herumwirbelt. »Auf die Knie!«

Ich stemme meine Handflächen auf den nassen Rasen und strecke ihm meinen Hintern entgegen. Er dringt hart in mich ein und stößt erbarmungslos zu. Fuck. Mein Körper glüht unter ihm und ich erschaudere. Vage nehme ich wahr, dass es inzwischen in Strömen regnet. Ich höre den Donner grollen und in der Ferne

Blitze aufleuchten. Und während Riaan mich von hinten nimmt, prasselt der Regen unaufhörlich auf uns ein.

Ich. Bin. Hin. Und. Weg.

Kapitel 16

Ich muss dich zerstören, Baby

Riaan hat mich nach Hause gefahren. »Jetzt gehörst du nur mir, mein süßes Mädchen«, hat er mir zugeflüstert und einen Kuss auf den Mund gehaucht. »Einzig und allein nur mir.«

Ich habe seine helle Seite kennen gelernt und ich habe mich von ihm vögeln lassen.

Ich bin immer noch berauscht. Und ich spüre ihn immer noch in mir. Ich spüre immer noch seine Küsse. Seine Berührungen. Seine Präsenz.

Und ich glaube, ich habe mich verliebt.

Leise öffne ich die Tür und hoffe, dass mein Bruder bereits schläft und es nicht mitbekommen hat, dass ich so lange unterwegs war, ohne ihm Bescheid zu sagen.

Doch falsch gedacht. Er steht bereits im Flur und wartet geduldig auf mich.

»Hi«, murmele ich und werfe ihm ein unschuldiges Lächeln zu.

»Du siehst aus wie ein begossener Pudel«, stellt er nüchtern fest. Ja, fuck! Ich bin vollkommen durchnässt. Aber scheiß drauf! Heute bin ich so glücklich wie noch nie zuvor in meinem Leben.

Ich zucke arglos mit den Schultern. »Es regnet auch in Strömen.«

»Ist mir nicht entgangen«, gibt er trocken zurück. »Und weshalb treibst du dich bei diesem Wetter draußen herum?«

Ich streife meine Schuhe ab und möchte mich gerade an meinem Bruder vorbei ins Bad schleichen, als er mich am Handgelenk festhält.

»Dein Gesicht ist gerötet, Lu. Deine Lippen sind geschwollen. Und deine Augen sind glasig.« Wow. Er ist ein Genie.

»Und… du hast einen Knutschfleck«, fügt er hinzu.

»Sehr aufmerksam, Bruderherz. Und jetzt lass mich los, ich muss unter die Dusche.«

»Warum wohl«, entgegnet er schnippisch, bevor er mein Handgelenk loslässt. Schnell husche ich an ihm vorbei und hoffe, dass er mich nicht weiterhin ausfragt.

Noch bin ich nicht bereit dazu, ihm alles zu erzählen. Aber ich werde es nachholen. Irgendwann werde ich das tun. Und ich hoffe, dass er Verständnis zeigen wird. Selbst wenn ich ihm erzähle, dass ausgerechnet der Mann mein Herz gestohlen hat, vor dem er mich gewarnt hat.

***

Riaans Sicht

Ich bin bereits frisch geduscht, umgezogen und sitze nun bei uns auf der Dachterrasse, während ich dem Regen lausche, der auf die Dächer der Stadt niederprasselt. Shakur lässt sich ebenfalls auf die Loungeliege neben mich nieder und zündet sich eine Kippe an.

»Auch?«, fragt er, bevor er die Zigarettenpackung mit dem Feuerzeug an mich weiterreicht. Ich stecke mir eine davon zwischen die Lippen und zünde sie an.

Genau das habe ich gebraucht. Ich inhaliere tief an der Kippe, bevor ich den Rauch bedächtig nach oben stoße.

Shakur schaut mich mit zusammengezogenen Brauen an. »Du hast die Kleine gefickt, Bro. Gehörte das etwa auch zu deinem Plan?«

Ich nicke kurz angebunden. Dann ziehe ich erneut an meiner Zigarette. »Schon.«

»Und wo ist das fucking Problem?«, bohrt er interessiert nach und stößt den Rauch in meine Richtung.

Ich zucke apathisch mit den Schultern. Wenn ich das wüsste.

»Sie geht dir nicht mehr aus dem Kopf, was?«

Dazu sage ich nichts, sondern inhaliere wieder einmal an meiner Kippe. Mein Bruder kennt mich ohnehin besser als sonst jemand auf dieser Erde.

Shakur stoßt mich mit seinem Ellenbogen an. »Ich werde dir einen gutgemeinten Ratschlag geben. Schließlich ist es meine Aufgabe als dein großer Bruder, dich auf den richtigen Weg zu führen.«

»Na dann mal raus mit der Sprache, du Genie!«, knurre ich leicht genervt.

»Vergiss den Plan!«, sagt er ernst.

Als hätte ich das nicht schon selbst in Erwägung gezogen! Wenn es nur so leicht wäre.

»Und was ist mit unserem Vater? Was ist mit unserer Mutter?« Verärgert ziehe ich die Brauen zusammen und ziehe erneut kräftig an der Zigarette. »Sind wir das ihnen etwa nicht schuldig?«

Unser Vater ist verdammt noch mal tot! Und unsere Mutter ist auch nicht gerade lebendiger als unser Dad unter der Erde! Sie leidet! Tagtäglich! Und ich soll den Plan einfach vergessen? Alles vergessen? Und so tun, als wäre nie etwas geschehen?

Mein Bruder wirkt nachdenklich. »Ich verstehe es, dass du unserem alten Leben immer noch nachtrauerst …Aber vielleicht solltest du die Vergangenheit ruhen lassen und nicht den Racheengel spielen, der du nicht bist. Denn eigentlich bist du der bessere von uns beiden. Der mit dem guten Herz.«

Bin ich das denn wirklich? Der mit dem guten Herz?

»Wir sind vor Jahren in diese Stadt gezogen, Bro! Wegen dem Plan! Und jetzt sagst du mir, dass ich das alles einfach nur vergessen soll? Und sorglos weiterleben, als wäre nichts passiert?!« Ich glaube, ich höre nicht richtig! Wie kann er das alles vergessen, geschweige denn verzeihen?

»Kann es vielleicht sein, dass du dich in diese Sache zu sehr hineinsteigerst? Ich meine, diese ganze Rachegeschichte war am Anfang noch ganz spannend, aber jetzt…«

»Was jetzt?«, blaffe ich ihn gereizt an.

»Jetzt scheinst du Gefühle für dieses Mädchen zu entwickeln. Und das war wohl nicht geplant, nicht wahr?«

Ich schlucke schwer. Fuck! Ja, das war wirklich nicht geplant!

Schon als ich dich das erste Mal gesehen habe, war ich überwältigt von deiner Schönheit, Luana. Von deiner Ausstrahlung.

Ich wollte dich besitzen, koste es, was es wolle! Nicht weil ich mich an dir rächen wollte, sondern aus anderen

Gründen. Und nun sitze ich hier und bin hin und her gerissen.

»Ich weiß einfach nicht, was ich tun soll«, gebe ich offen zu. »Ich habe sie mir anders vorgestellt. Nicht so hübsch. Nicht so liebevoll. Nicht so süß.«

»Manchmal laufen Dinge eben nicht nach Plan.«

»Du sagst es. Fuck, Bro! Ich habe sie heute unserer Mutter vorgestellt«, weihe ich ihn ein. Und das zum Beispiel gehörte nicht zu meinem Plan. Ich habe das einfach getan. Warum auch immer.

Vielleicht wollte ich deine Reaktion darauf sehen. Oder dich verschrecken. Aber du bist nicht weggelaufen. Du bist geblieben, Luana.

Shakur hustet abfällig und drückt seine Kippe in dem Aschenbecher aus, der auf dem Glastisch bereitsteht. Dann schaut er mich entgeistert an. Als wäre ich ein durchgeknallter Irrer, der ich höchstwahrscheinlich auch bin.

»Du hast WAS getan, Riaan?«

»Ich habe Luana unserer Mutter vorgestellt«, wiederhole ich ruhig. »Und ich habe ihr erzählt, dass ich mich in dieses Mädchen verliebt habe.«

Und… ich habe dabei nicht einmal gelogen.

Das ist ja das Verzwickte daran!

»Das wird kein gutes Ende nehmen, Bro.« Shakur schüttelt fassungslos den Kopf. »Das wird so was von schief laufen.«

»Was soll ich denn deiner Meinung nach tun?« Ich runzele die Stirn und drücke meine restliche Kippe im Aschenbecher aus.

»Du bist ein Herzmensch, Riaan. Dann denke auch

mit dem Herzen und vergiss den blöden Racheplan!«
Shakur schaut mich eindringlich an. Dann steht er auf
und klopft mir brüderlich auf die Schultern. »Es ist
Vergangenheit. Lass los.«

Mit diesen Worten geht er wieder rein und ich bleibe
noch eine Weile auf der Dachterrasse sitzen, während
ich dem Regen lausche.

Fuck, fuck, fuck!

Warum bist du nur so hübsch? So süß, so unschuldig,
so loyal?

Ich sollte dich da nicht mit reinziehen! Aber ich kann
einfach nicht damit aufhören. Ich muss dort weitermachen, wo ich angefangen habe. Ich darf mich auf
keinen Fall von deiner Unschuld ablenken lassen. Ich
muss den Plan zu Ende bringen.

Ich muss dich zerstören, Baby.

Das ist so falsch, dass du mir dein Vertrauen schenkst.
So falsch.

Sei vorsichtig, wem du vertraust, mein süßes Mädchen.

***

Glaubst du an Märchen, Luana? Ich auch nicht. Aber
die Tage mit dir sind zauberhaft.

Ich besuche dich täglich im Sky Café, wo du arbeitest.
Es macht mir nichts aus, einfach nur dazusitzen und
dich bei deiner Arbeit zu beobachten. Ich trinke sogar
diesen widerlichen Kaffee, den du immer servierst. Und
der schmeckt nun wirklich furchtbar! Vielleicht soll-

test du dir meine Kritik zu Herzen nehmen und daran arbeiten. Ich weiß echt nicht, warum dein Chef dich immer noch nicht entlassen hat. Wahrscheinlich nur aus reinem Mitgefühl.

Denn der furchtbare und dazu auch noch kalte Kaffee scheint wohl nicht dein einziges Problem zu sein. Ständig lässt du irgendwelches Geschirr fallen, du kleiner Tollpatsch! Aber man kann dir einfach nicht böse sein, stimmt's? Du brauchst nur einmal unschuldig zu gucken und schon hast du einen um den Finger gewickelt.

Nach der Arbeit kaufe ich dir täglich Schokoladeneis, das du so liebst. Damit habe ich wahrscheinlich auch dein Herz erobert, denn du strahlst mich an, als wäre ich ein Superheld.

Und fuck, Luana! Ich habe mich wirklich in dich verliebt!

Und fuck, das gehörte definitiv nicht zu meinem Plan!

Ich weiß, dass du nicht schuld daran bist, was geschehen ist. Doch du warst am Tatort. Und du deckst einen Schuldigen. Wahrscheinlich ist dir nicht bewusst, was ihr getan habt. Noch schlimmer - du lebst einfach weiter, als wäre nie etwas gewesen.

Und das wiederum hasse ich an dir.

Du hast mir erzählt, dass dich deine eigene Mutter denunziert hat, Luana. Ich weiß genau, was du damit meinst. Lass mich raten ... sie hat euch beide an die Polizei verraten? Doch ihr konntet entkommen.

Fuck, Lu! Warum deckst du ihn?

Du erwähnst täglich, dass er deine Sonne ist und der wichtigste Mensch in deinem Leben.

Doch was, wenn die Sonne viel zu gefährlich für dich auf Dauer wird? Viel zu orgiastisch? Viel zu ungezügelt? Viel zu glühend?

Was, wenn die Sonne dich nicht erwärmen, sondern verbrennen möchte? Was tust du dann? Und vor allem, wer schützt dich davor?

Kapitel 17

Halte dich von meiner Schwester fern!

Es ist bereits Sonntag und ich bin so aufgeregt wie noch nie in meinem Leben, denn heute wird mein Bruder endlich Riaan kennen lernen.

Ich glaube, ich bin ein wenig verliebt in ihn. Okay, vielleicht auch ein wenig zu sehr.

Er ist so aufmerksam, so liebevoll. Jeden Tag besucht er mich auf der Arbeit und danach kauft er mir immer ein Schokoladeneis.

Anschließend verführt er mich. Wir treiben es überall. In seinem Wagen, auf der Wiese und in dem See. Es ist unglaublich. Riaan ist unglaublich.

Ich liebe die Art, wie er mich berührt. Ich liebe es, seine Hände auf meinem Körper zu spüren. Ich liebe seine fordernden Küsse. Ich liebe seine dominante Art.

Ich habe meinem Bruder erzählt, dass es der Mann mit dem protzigen Cabrio ist, mit dem ich jetzt zusammen bin. Und wie es nun mal zu erwarten war, ist er nicht begeistert davon. Elliot wäre ihm lieber gewesen.

»Irgendwie habe ich kein gutes Gefühl bei ihm. Ich weiß auch nicht warum, Schwesterherz.« Dion runzelt besorgt die Stirn. »Dennoch bin ich bereit, ihn kennenzulernen. Und ich hoffe wirklich, dass mich mein Gefühl täuscht.«

»Dein Beschützerinstinkt ist einfach nur viel zu stark ausgeprägt, Bruderherz. Das ist alles. Riaan ist kein schlechter Mensch. Du wirst ihn mögen. Versprochen«, versuche ich ihn zu beschwichtigen.

Dion seufzt. »Warum konntest du nicht bei Elliot bleiben? Der hätte mir weniger Sorgen bereitet.«

»Ach, nun hör jetzt aber auf damit! Du übertreibst!« Ich gehe in die Küche, um nach der Lasagne zu schauen, die sich bereits im Backofen befindet. Heute habe ich ganz alleine die Lasagne zubereitet. Damit möchte ich Riaan überraschen, der übrigens jeden Moment kommen sollte.

»Für mich hast du nie so etwas Leckeres gebacken!«, meckert Dion, der mir nachgegangen ist.

»Ich habe das Gericht doch für uns alle zubereitet«, entgegne ich lächelnd. »Meinst du, Riaan wird sich darüber freuen?«

Nun verkneift sich mein Bruder das Lachen. »Also wirklich, Schwesterherz! Wer mag denn bitte schön keine Lasagne?«

»Da hast du allerdings recht! Übrigens ist die schon fertig.« Ich öffne den Backofen und ziehe mir Hitzehandschuhe über, bevor ich die Lasagne heraushole.

»Riecht unglaublich lecker!«, gibt Dion von sich, während er Teller und Besteck aus den Schränken herausholt. Damit begeben wir uns wieder in das Esszimmer, wo wir den Tisch decken. In die Mitte platziere ich die Lasagne. Anschließend streife ich mir die Hitzehandschuhe von den Händen und lege sie auf den Tisch.

»Tu mir einen Gefallen, Bruderherz und sei bitte nett.« Ich schürze meine Lippen und klimpere verführerisch mit den Wimpern. Dion ist nämlich nie nett zu den Männern, die ich nach Hause bringe. Außer, *er* hat sie für mich ausgesucht. So wie bei Elliot.

»Na gut. Aber nur dir zuliebe«, knurrt er. »Aber wenn er einen unsympathischen Eindruck auf mich macht, dann kann ich für nichts mehr garantieren!«

»Ist okay«, murmele ich. »Er wird dir gefallen, versprochen. Riaan ist ganz nett. Etwas speziell, aber ganz nett.«

»Das hoffe ich«, entgegnet mein Bruder ernst, »denn ich möchte nicht, dass du am Ende verletzt wirst.«

»Wird nicht passieren.« Ich werfe ihm ein aufmunterndes Lächeln zu. »Wie sehe ich aus?« Heute habe ich ein enges schwarzes Kleid angezogen. Meine Haare sind straff nach hinten gebunden. Damit kann man eigentlich nichts falsch machen.

Dions Augen leuchten gerührt. »Bezaubernd, Schwesterherz. Wie immer. Du wirst ihn umhauen.«

Ich kichere verlegen. »Das sagst du nur, weil du mein Bruder bist! Aber danke.«

Er möchte etwas erwidern, als es endlich klingelt.

»Riaan ist da!«, flüstere ich aufgeregt und laufe in den Flur. Ich hoffe sehr, dass es ein schöner Abend wird und dass die beiden gut miteinander auskommen.

Denn die beiden sind die einzigen Menschen, die ich noch habe. Die einzigen Menschen, die mir viel bedeuten. Viel zu viel.

Meine Sonne und meine Finsternis.

Und beides ist doch wichtig, nicht wahr?

Ich reiße die Tür auf und Riaan lächelt mich warm an. »Mein süßes Mädchen«, sagt er zur Begrüßung, während er sich zu mir nach vorn beugt und mir einen zärtlichen Kuss auf den Mund haucht. »Du siehst hinreißend aus.«

»Danke«, entgegne ich flüsternd. Mein Herz schlägt Purzelbäume. Riaan hat eine schwarze Jeanshose und ein weißes körperbetontes T-Shirt an. Er sieht wie immer perfekt aus! Er neigt den Kopf leicht schief und schaut mir tief in die Augen. Gott, diese Augen …

Er hat so schöne Augen. Und so ein warmes Lächeln. Verdammt! Ich zerfließe gleich unter seinem Blick!

»Wollt ihr beide eigentlich noch lange an der Türschwelle stehen und euch gegenseitig anstarren?«, knurrt Dion. »Los, rein mit euch!«

Ups, wie peinlich. Ich kichere verlegen und deute Riaan vorzugehen, bevor ich die Tür hinter ihm zuschließe.

»Ich bin Dion, Luanas Bruder«, stellt sich Dion vor.

»Riaan«, entgegnet mein Freund gelassen. »Freut mich. Luana hat mir viel über dich erzählt. Eigentlich hat sie ja nur hauptsächlich über dich gesprochen. Du scheinst ihr viel zu bedeuten.«

»Meine Schwester ist auch der wichtigste Mensch in meinem Leben«, kommt mein Bruder gleich zur Sache. »Und deshalb warne ich dich gleich: Solltest du es nicht ernst mit ihr meinen, dann verpiss dich lieber!«

Ich räuspere mich verlegen, komme auf die beiden zu und lehne mich an Riaans Schulter an. Muss Dion mich so dermaßen blamieren? *Ach, Bruderherz!* Ich werfe ihm einen tadelnden Blick zu. *Hör bitte auf damit*, teile ich ihm stumm mit.

Riaan bleibt zum Glück gelassen. »Das verstehe ich vollkommen. Wäre *ich* Luanas Bruder, würde ich genauso reagieren. Aber ich kann dich beruhigen, Dion. Ich liebe deine Schwester wirklich.«

Wow, ich bin so zutiefst gerührt! Mein Herz rast vor Glück. Riaan hat nicht nur seiner Mutter damals gestanden, dass er sich in mich verliebt hat, sondern auch noch meinem Bruder!

Ich bin baff. Sprachlos. So glücklich. So unglaublich glücklich wie noch nie in meinem Leben!

»Das will ich hoffen«, faucht mein Bruder. Diese Kratzbürste! Ich verdrehe die Augen. Er kann es aber auch nicht lassen!

»Okay«, unterbreche ich die beiden. »Wir sollten lieber in den Essraum gehen. Ich verhungere nämlich schon!«

»Typisch Lu! Immer hungrig«, lächelt nun mein Bruder milde und geht schon vor.

»Er meint das nicht so«, flüstere ich Riaan zu, bevor wir uns ebenfalls auf den Weg in das Esszimmer machen.

»Ich weiß«, gibt Riaan mit einem Zwinkern zurück.

Wir betreten das Esszimmer und mein Bruder nimmt auch schon gleich an dem Tisch Platz. »Lu, könntest du mir noch ein Bier aus dem Kühlschrank holen?«

Wie so ein Macho! Sag mal, geht's noch? Dabei ist er eigentlich nicht so. Er spielt sich nur vor Riaan so auf. Damit möchte er ihm zeigen, wer die größte Macht über mich hat.

Um den Streit zu meiden, tappe ich zum Kühlschrank und hole drei Flaschen Bier heraus, die ich auf den Tisch stelle.

»So, stets zu deinen Diensten!«, stoße ich ironisch aus.

Erst jetzt fällt mir auf, dass Riaan immer noch dasteht und stumm die Lasagne anstarrt, die in der Mitte des Tisches platziert ist.

Was ist denn mit ihm los? Angespannt runzele ich die Stirn. Seine überschatteten Augen blicken kurz in meine. Sein Gesichtsausdruck ändert sich schlagartig, als er dann wieder auf den Tisch schaut.

»Ich werde die dann mal anschneiden«, sagt mein Bruder, bevor er das Messer in die Hand nimmt. »Setzt euch doch beide endlich hin, verdammt!«

Ich nicke und möchte mich gerade hinsetzen, doch irgendetwas hält mich davon ab. So bleibe ich weiterhin stehen und schaue besorgt zu Riaan, der ebenfalls nicht vorhat, sich in Bewegung zu setzen.

Seine Mimik ist regungslos.

Sein Blick ist leer.

Was ist denn verdammt mit ihm los?

Was hat er plötzlich?

Jeder meiner Muskeln verkrampft sich und ich werde zunehmend nervöser.

»Meine Schwester hat die übrigens ganz alleine zubereitet«, verkündet Dion stolz, während er die Lasagne anschneidet. »Sonst ist sie immer faul, was das Kochen angeht. Aber du scheinst ihr wohl viel zu bedeuten, sodass sie sogar dazu bereit war, stundenlang für dich in der Küche zu stehen.«

»Ach, Bruderherz«, widerspreche ich verlegen und werfe erneut einen skeptischen Blick auf Riaan. Warum sagt er nichts? Warum bewegt er sich nicht einmal?

Mag er vielleicht keine Lasagne? Ich verstehe es nicht und so langsam werde ich ganz schön unsicher.

Nun schaut auch mein Bruder zu uns auf, weil wir immer noch dastehen und gar nicht vorhaben, uns endlich hinzusetzen.

»Braucht ihr eine Extra-Einladung oder was?«, faucht er und zieht seine Augenbrauen mürrisch zusammen, als er dann Riaans starren Gesichtsausdruck bemerkt.

Ich mache einen Schritt auf Riaan zu und berühre sanft seinen Unterarm. »Hey, alles gut?«, frage ich besorgt nach.

Doch er schüttelt meine Hand weg. »Fass mich nicht an, Lu!«, schmettert er mir wütend entgegen. Aber warum ist er denn plötzlich so zornig?

Erschrocken reiße ich meine Augen auf und halte inne.

Mein Herz pocht schmerzhaft in der Brust. Und mir ist heiß und kalt zugleich.

Ich verstehe es nicht …

Warum ist er so?

Habe ich etwas falsch gemacht?

Ich schlucke den Kloß in meinem Hals herunter. »Riaan«, beginne ich vorsichtig. »Was ist denn los?«

»Es war ein Fehler hierhinzukommen!«, presst er zwischen zusammengebissenen Zähnen hervor. Mein Magen verkrampft sich schmerzhaft.

»Ein Fehler? Aber warum?«, frage ich zittrig. Ich verstehe es nicht. Was geschieht hier? Warum geschieht das alles hier, verdammt noch mal? Das alles ist so surreal. Tausende Fragen schwirren in meinem Kopf, auf die ich keine Antwort finden kann.

Erneut berühre ich ihn sanft an seinem Unterarm, doch wieder einmal schlägt er meine Hand weg.

»Fass mich nicht an, Lu!«, zischt Riaan und ich zucke zusammen. Bei seinen ablehnenden Worten fährt mir ein Stich durch das Herz.

Nun kann ich mich nicht mehr beherrschen, denn Tränen bilden sich in meinen Augen, die an meinen Wangen entlangkullern.

Abrupt schiebt Dion den Stuhl nach hinten und erhebt sich. Dann knallt er das Messer laut auf den Tisch. Ich zucke erneut zusammen und blicke in das verärgerte Gesicht meines Bruders. Er mahlt angespannt mit den Zähnen und sieht aus, als könnte er jeden Augenblick explodieren. Sein kalter Blick jagt sogar mir Angst ein.

»Mach dich vom Acker!«, blafft er Riaan an und deutet angewidert mit dem Zeigefinger auf ihn. »Aber sofort!« Seine Stimme klingt voller Hass.

Riaan wirft ihm einen apathischen Blick zu.

Ich verstehe überhaupt nicht, was hier los ist. Ich verstehe Riaan nicht. Warum ist er plötzlich so kalt?

Meine Kehle ist wie zugeschnürt. Ich bin wie betäubt. Zu keinerlei Reaktion mehr fähig.

»Verlasse auf der Stelle unser Haus!«, brüllt Dion erneut und knallt seine Faust mit voller Wucht auf den Tisch.

Ich hoffe, Riaan ist vernünftig genug, um zu gehen. Wenn mein Bruder wütend ist, dann könnte es gefährlich werden. Vor allem, wenn es um mich geht. Wir beide haben einfach eine viel zu enge Bindung zueinander.

Da unsere Mutter nicht imstande war, uns die Liebe zu geben, gaben wir uns beide diese gegenseitig. Wir gaben einander Halt und Trost, den wir benötigten.

Und wenn es Tage gab, an denen wir das Gefühl hatten, dass sich die ganze Welt gegen uns verschworen hat - dann hatten wir beide immer noch einander.

Riaan wendet sich wortlos von uns ab und geht.

»Und wage es ja nicht, dich noch einmal hier blicken zu lassen!«, droht Dion zischend. »Wehe, ich sehe dich noch einmal mit meiner Schwester!«

Die Haustür schlägt zu und es vibriert durch das ganze Haus. Vibriert durch meinen Körper. Vibriert durch meine Seele.

Ich lasse mich auf den Stuhl sinken und schluchze.

Dion kommt auf mich zu und legt mir tröstlich die Hand auf meinen Rücken.

»Hey, nicht weinen. Er hat deine Tränen nicht verdient«, sagt er leise. »Er war ein Arsch. Sei froh, dass du ihn los bist!«

Doch ich bin nicht froh. Ich fühle mich leer. Das kann doch nicht alles gewesen sein. Irgendetwas stimmt nicht. So ist Riaan nicht.

Habe ich etwas falsch gemacht?

Kapitel 18

Dion ist meine Sonne

Es ist inzwischen eine Woche vergangen. Eine Woche, seitdem sich Riaan nicht mehr bei mir gemeldet hat.

In solchen Tagen wird mir bewusst, dass der einzige Mensch, auf den ich mich immer verlassen kann, nur mein Bruder ist. Er ist der Einzige, der mich niemals im Stich lässt.

Dion ist meine Sonne, denn er spendet Licht in meiner dunklen Welt. Er erwärmt mich in meinen kalten Tagen.

Und doch gehe ich ein. Ohne ihn. Ohne meine Dunkelheit.

Die ganze Woche habe ich darüber nachgedacht, was ich falsch gemacht haben könnte. Warum Riaan so überreagiert hat.

Ich wollte ihn anrufen und fragen, was der Grund für seine Reaktion war. Doch mein Stolz ließ es nicht zu, dass ich den ersten Schritt auf ihn zugehe.

So habe ich einfach akzeptiert, dass er wirklich die Finsternis ist. Oder eher das schwarze Loch, das mich verschlingen wollte. Ins Nichts.

Und soweit ich weiß, sind schwarze Löcher ein unerklärliches Phänomen für die Menschheit. So wie Riaan ein Mysterium für mich ist.

Ein schwarzes Loch erzeugt in seiner unmittelbaren Umgebung eine so starke Gravitation, dass nicht einmal Licht entkommen kann. Und so hat mich auch

Riaan mit seiner Anziehungskraft in seine Welt hineingezogen. Der Sog war intensiv. Betörend. Berauschend. Ich hatte das Gefühl, als würde mich das Paradies hinter dem Ganzen erwarten. Doch ich habe mich geirrt. Es ist ein Nichts.

Einfach nur ein Nichts, eine Leere, in der ich jetzt gefangen bin.

Es war ein Ausflug ohne Rückkehr.

Und nun bin ich eine leere Hülle. Gefangen in diesem Vakuum.

***

Selbst meinem Chef ist aufgefallen, dass ich still geworden bin. Es hat aber auch gute Aspekte. Denn ich arbeite nun konzentrierter und bin nicht mehr so ungeschickt wie sonst. Amaniel beobachtet mich allerdings mit einer tiefen Sorgenfalte auf der Stirn.

Ich glaube, es wäre ihm lieber, wenn ich die alte tollpatschige Lu wäre.

»Was ist los, Maus? Alles okay bei dir? Du siehst so nachdenklich und traurig aus. Ist es wegen dem mysteriösen Mister Darkness?«, fragt er besorgt nach. »Er wurde zu unserem Stammkunden und nun lässt er sich nicht mehr blicken. Ist alles in Ordnung zwischen euch beiden?«

Ich nicke einfach nur stumm, um weiteren Fragen aus dem Weg zu gehen. Ich bin nämlich nicht imstande, irgendwelche davon zu beantworten. Ich kenne ja selbst nicht einmal die Antwort darauf, warum er damals an dem Abend so merkwürdig drauf war. Und warum er sich nicht mehr bei mir meldet. Einfach so. Von heute auf morgen. Ohne Erklärung. Ohne irgendetwas.

Traumblase geplatzt, würde ich mal sagen. Willkommen in der fucking Realität, Lu! Wahrscheinlich hatte Riaan einfach nur genug von mir.

Mein Bruder kauft mir täglich mein Lieblingseis, um mich aufzumuntern. Doch selbst das Schokoladeneis schmeckt mir nicht mehr. Weil mein Bruder es für mich kauft und nicht Riaan.

Wenn ich meine Sorgen doch wenigstens Emmi anvertrauen könnte. So wie früher, als wir noch unzertrennlich waren. Aber selbst sie hat mich auf ihrem Handy blockiert und möchte nichts mehr mit mir zu tun haben.

Wie fühlt es sich an, so ganz alleine zu sein und keine Freunde mehr zu haben? Das waren ihre letzten Worte an mich gerichtet.

Ganz schön einsam. Verdammt einsam ist es!

Schon damals in meiner Schulzeit wollte niemand etwas mit mir zu tun haben.

»Spielt nicht mit ihr! Amanda ist ganz komisch«, hat meine Sitznachbarin den anderen Klassenkameraden angeordnet.

»Genau! Sie ist viel zu verschlossen und gibt wenig von sich preis!«, pflichteten ihr die anderen Kinder bei.

»Ich finde es richtig blöd, dass sie niemanden besucht!«, mischte sich ein anderes Mädchen ein.

»Finde ich auch!«, stimmte ihr ihre beste Freundin zu. *»Zu meiner Geburtstagsfeier ist sie neulich auch nicht erschienen!«*

»Sie lädt auch nie jemanden zu sich nach Hause ein. Das finde ich total blöd!«

»Ich habe einmal ihre Mutter gesehen. Sie ist genauso merkwürdig wie Amanda.«

Ich sagte nichts dazu, versuchte es zu überhören. Zu ignorieren. Ich gab mein Bestes, stark zu bleiben. Nicht zu weinen.

Schultern straffen, Kinn nach oben. Keine Schwäche zeigen.

So hat es mir mein Bruder beigebracht.

Tja, das war meine Grundschulzeit.

Ich fühlte mich nicht angenommen von meiner Klassengemeinschaft. Ich fühlte mich ausgeschlossen und nicht verstanden.

Eigentlich sieht jeder das, was er sehen möchte. Ohne es zu hinterfragen. Ohne auch nur eine Chance zu geben, Verständnis dafür zu entwickeln.

Und das ist das beschissene Problem dieser Fake-Gesellschaft!

Emmi habe ich erst viel später kennen gelernt. Sie ist ins Sky Café hineinspaziert, glücklich vor sich hin pfeifend, um sich ein Erdbeertörtchen zu bestellen. Wir haben uns auf Anhieb gut verstanden.

Emmi kommt aus einem gut behüteten Zuhause. Ihre Eltern sind beide Ingenieure und lesen ihr jeden Wunsch von den Lippen ab.

Sie fehlt mir wirklich als Freundin. Ich vermisse ihre quirlige Art. Ich vermisse ihr Lachen. Ihre Späße. Ich vermisse unsere Gespräche.

***

»Bis dann, Amaniel!«, rufe ich an der Tür und winke zum Abschied.

»Mach's gut, Maus«, entgegnet er. »Ich hoffe, ich erlebe dich morgen etwas fröhlicher!«

Wenn es nur so einfach wäre! Seufzend öffne ich die Tür und verlasse den Laden.

Ich habe gehofft, dass mich die Arbeit ablenken würde, aber das tut sie nicht. Meine Gedanken kreisen immer noch um Riaan und das ist frustrierend.

Abwesend streiche ich mir mein graues T-Shirt glatt und möchte gerade weitergehen, als mir jemand den Weg versperrt. Für einen kurzen Augenblick setzt mein Herz aus und ein kleiner Hoffnungsschimmer schleicht sich leise in meinen Kopf.

Doch als ich dann hochschrecke, sehe ich Elliot vor mir stehen.

Die Enttäuschung steht mir bestimmt ins Gesicht geschrieben. Ich muss zugeben, dass ich gehofft habe, dass es Riaan ist.

»Was willst du?«, frage ich genervt.

Er senkt beschämt den Kopf und wirkt sichtlich nervös. »Können wir bitte reden, Lu?«

Ich verkneife mir gerade noch so ein Schnauben. »Reden? Worüber denn? Ist denn nicht alles schon längst gesagt?«

Elliot schluckt schwer. »Es tut mir leid. Ich habe mich wie ein Idiot benommen. Dabei bin ich gar nicht so.«

»Entschuldigung angenommen«, entgegne ich nüchtern. »Und jetzt lass mich vorbei.«

»Lu, bitte!«, er hält mich am Arm fest. »Geh noch nicht. Ich vermisse dich.«

Ich hebe angriffslustig die Brauen. »Hattest du nicht erwähnt, dass ich deine goldene Zeit verschwendet habe? Und jetzt stehle mir bitte nicht meine!«

»Du hast doch jetzt niemanden mehr, Lu!«, schmettert er mir entgegen. »Ich weiß von Emmi, dass auch sie nichts mit dir zu tun haben möchte. Sie hat mir alles erzählt!«

»Und was jetzt?«, frage ich sachlich und schüttele seine Hand ab.

»Ich könnte wieder dein Freund sein. Wenn du uns beiden noch eine Chance gibst.«

»Aha«, entgegne ich pikiert. »Danke, kein Bedarf!«

»Ich hätte dich echt gerne wieder als Freundin.« Er klingt jämmerlich. Ein bisschen tut er mir auch leid. Und ich verzeihe ihm ja! Ich verzeihe immer schnell. Ich habe jeder einzelnen Person verziehen, die mich verletzt hat. Selbst meiner Mutter.

Aber darum geht es ja nicht. Vergebung bedeutet noch lange nicht, jemanden wieder in sein Herz schließen zu können.

»Ich brauche keine Freunde, die mir in den Rücken fallen, Elliot.« Ich dränge mich an ihm vorbei und möchte endlich weitergehen, als er mich erneut am Arm packt.

»Bitte, Lu. Lass uns wenigstens nur noch ein letztes Mal etwas zusammen trinken gehen und reden, wie in alten Zeiten.« Er lässt meinen Arm los und rückt nervös seine Fliege zurecht.

Ich verdrehe die Augen. Warum zum Teufel trägt er

ständig diese lächerliche Fliege? Wer trägt denn so etwas noch heutzutage? Gott, ist dieser Typ altmodisch!

Wie auch immer. Mit Elliot etwas trinken zu gehen, würde mir jedenfalls nicht schaden. Vielleicht könnte es mich sogar ablenken.

»Na gut«, gebe ich seufzend nach. »Aber bilde dir nichts drauf ein.«

Er grinst debil. »Ich freue mich auf den schönen Abend mit dir. Gehen wir ins *Dark Paradies,* unsere Stammkneipe?«

Ich nicke. »Gerne.«

***

Riaans Sicht

Ich sitze hier im *Dark Paradies,* nippe an meinem Whiskey und rauche eine Zigarette. Eigentlich sollte ich nicht hier sein. Eigentlich sollte ich in meiner eigenen Kneipe sein. Aber scheiß drauf! Mir ist nicht danach. Außerdem wird Yvonne sowieso meine Aufgaben übernehmen. So wie immer.

Ein Glück, dass sie alles für mich tut. Wirklich ALLES. Tatsächlich hofft sie auf einen weiteren Fick mit mir. Aber das wird nicht passieren. Es war eine einmalige Sache damals. Und es bleibt auch so.

Ich ziehe kräftig an meiner Kippe, in der Hoffnung, dich ein für alle Mal aus meinen Gedanken zu verbannen, Luana. Fuck! Warum gehst du mir nicht aus dem Kopf?

Ich weiß, du fragst dich bestimmt, was du falsch gemacht hast an dem besagten Abend. Fakt ist: Du hast gar nichts falsch gemacht, süßes Mädchen! ABSOLUT NICHTS!

Aber das werde ich dir nicht sagen…

Durch die Lasagne, die du für mich zubereitet hast, wurde ich getriggert und dabei ist meine dunkle Seite wieder zum Leben erwacht. Der Teufel in mir, der mich daran erinnert hat, was ich eigentlich vorhabe. Und fuck, Luana! Glaub mir, das, was ich vorhabe, möchtest du nicht erfahren!

Also lasse ich dich weiterhin daran glauben, dass ich ein Bastard bin. Vertrau mir, es ist besser so. Es ist besser, wenn du dich von mir fernhältst.

Eine Blondine sitzt gerade neben mir und leistet mir Gesellschaft. Ich muss zugeben, ich konnte mir nicht einmal ihren Namen merken. Wie denn auch, wenn du ständig in meinen Gedanken spukst, Luana?!

Sie redet wie ein Wasserfall, doch ich höre ihr nicht einmal richtig zu. Bedächtig stoße ich den Rauch in ihre Richtung, in der Hoffnung, dass sie nun endlich verstummt.

Es interessiert mich nämlich einen Scheiß, wie ihre Katze heißt oder wie viele Geschwister sie hat!

Du interessierst mich, Lu! Nur du! Aber du bist nicht hier. Und das ist wahrscheinlich auch besser so.

Die Blondine kichert und wedelt mit der Hand vor ihrem Gesicht, um den Rauch zu vertreiben. »Riaan, das war nicht gerade nett, mir den Rauch ins Gesicht zu pusten! Ich verzeih dir trotzdem. Und wenn du magst, dann können wir nachher zu mir. Ich wohne hier in der Nähe.« Sie klimpert verführerisch mit ihren langen

Wimpern und setzt sich einfach auf meinen Schoß. Ich lasse sie. Noch.

»Mal schauen«, entgegne ich leicht genervt und drücke die restliche Kippe im Aschenbecher aus.

»Du bist mir hier sofort aufgefallen«, schnurrt sie. »Du bist anders als die meisten Männer. Und du solltest wissen, ich hatte ganz schön viele …«

»Laura, bitte!«, unterbreche ich sie. »Es interessiert mich einen Scheißdreck, wie viele Männer du schon hattest!«

Sie reißt entsetzt die Augen auf. »Ich bin nicht Laura! Ich heiße Cassie!«

»Na, dann meinetwegen Cassie!« Ermüdet lasse ich meinen Kopf in den Nacken sinken.

»Du bist trotzdem heiß, selbst wenn du Schwierigkeiten hast, dir die Namen zu merken«, flötet sie weiter und fährt mit ihrer Hand an meiner Brust entlang. »Und dieser Körper … so muskulös und hart. Gefällt mir…« Ihre Augen funkeln anerkennend.

Ich fühle mich etwas bedrängt und schiebe sie wieder zurück auf ihren Platz. Sie verzieht irritiert ihr Gesicht, doch sagt nichts mehr. Endlich.

Und dann entdecke ich dich, Luana. Fuck. Was tust du hier? Du sitzt an der Theke, deine Beine sind elegant übereinandergeschlagen und du nippst an deinem Getränk.

Ich nehme den Tumbler und kippe mir den restlichen Whiskey in den Rachen, während ich dich weiterhin aus den Augenwinkeln beobachte.

Du bist mit Elliot hier. Warum hängst du wieder mit deinem Ex ab, Lu? Das pisst mich so dermaßen an, dass ich den Tumbler laut auf den Tisch knalle. Ich mag diesen komischen Vogel nicht!

Moment… er trägt doch nicht ernsthaft eine Fliege? Hier in dieser Kneipe? Der Typ hat sie doch nicht mehr alle!

Ich schnaube verächtlich.

»Ist alles in Ordnung?«, fragt Cassie oder wie auch immer sie heißen mag.

Nun registriere ich, wie Elliot aufsteht und sich Richtung Waschräume begibt. Das muss wohl mein Glückstag sein! Ich erhebe mich mit einem gehässigen Grinsen.

»Wo gehst du hin, Riaan?«, fragt Blondie.

»Hab was vor. Bye, bye!«, entgegne ich trocken und schiebe sie beiseite, um mich an den Tischen vorbeizudrängen.

»Wie bye?« Sie scheint verwirrt zu sein. Juckt mich nicht, denn sie war eh nicht mein Typ! Außerdem wartet eine wichtige Mission auf mich.

So unauffällig wie möglich folge ich Elliot die Treppen nach unten. Nun befinden wir uns beide in dem schmalen Flur, der zu den Waschräumen führt.

Elliot möchte gerade die Toilettentür öffnen, aber dazu kommt es nicht, denn ich packe ihn an seinem beschissenen Kragen mitsamt seiner lächerlichen Fliege und presse ihn hart gegen die Wand.

Erschrocken keucht er auf.

Ich grinse überheblich. »Na, wie geht's denn so, mein alter Freund?«

»Was machst du hier, Riaan?«, presst er atemlos hervor. Seine Brille ist beschlagen. Sein Gesicht gerötet.

»Spiele spielen, was denn sonst. So wie immer«, entgegne ich amüsiert. »Wahrheit … oder Pflicht?«

»Was willst du von mir?«, fragt er zittrig. Gott, sieht er jämmerlich aus! Und ein Feigling ist er wohl auch noch dazu! Ich frage mich, was du von einem solchen Typen willst, Luana. Du brauchst einen richtigen Mann an deiner Seite. So einen wie mich. Ich korrigiere: Du brauchst MICH.

»Nimm Pflicht, wenn du kein Jammerlappen sein willst!«, fauche ich gereizt. »Also noch einmal: Wahrheit oder Pflicht?«

»Pflicht«, murmelt Elliot leise. Sein Gesicht wird nun blass. Och, Gott! Wie rührend! Er wird doch nicht etwa anfangen zu flennen? Dabei habe ich ihm noch gar nicht seine Aufgabe verraten …

»Halte dich von Luana fern!«, zische ich mit zusammengebissenen Zähnen, bevor ich ihn noch enger an die Wand presse. »Sie gehört mir! Haben wir uns verstanden, Vogelscheuche?«

Er nickt hastig.

»Gut«, sage ich nachdrücklich und überlege, ob ich die Warnung nicht lieber mit einem harten Schlag in seine beschissene Fresse verdeutlichen sollte!

Doch dann höre ich deine Stimme, Luana.

»Lass ihn sofort los, Riaan!«

Loslassen, Lu? Aber der Spaß hat doch gerade erst angefangen …

Ich wende dir langsam meinen Blick zu, ohne Elliot jedoch loszulassen. Fuck, du bist so schön. Selbst wenn du sauer bist, siehst du immer noch süß aus.

»Warum verteidigst du ihn immer? Kann er das etwa nicht selbst?«, frage ich dich mit hochgezogener Braue.

»Ich hasse Menschen, die sich an Schwächeren vergreifen!«, blaffst du mich an. Warum so zornig, mein süßes Mädchen?

»Also wirklich!« Ich schnaube verächtlich. »Elliot ist kein kleiner Junge, sondern in meinem Alter! Ein ebenbürtiger Gegner also. Wäre er ein richtiger Mann, würde er sich zu wehren wissen! Tut er aber nicht, weil er ein Feigling ist!«

»Ach und du bist mutig, oder was?« Deine Stimme ist kalt. Du bist wütend auf mich, Luana. Aber nicht wegen Elliot. Es ist wegen dem Vorfall neulich. Ich werde es einfach überhören, denn tief in deinem Inneren liebst du mich immer noch. Das weiß ich. Und das weißt du auch.

»Du brauchst einen richtigen Mann an deiner Seite«, sage ich weich und lasse Elliot los, der gleich darauf die Toilettentür aufreißt und in die Kabine stürzt.

»So einen wie dich?«, fragst du gereizt. »Danke, kein Bedarf.«

Ich komme ein paar Schritte auf dich zu und lege meinen Kopf etwas schief, während ich dein wunderschönes Gesicht inspiziere. »Wie kann einer wie Elliot dich in Schutz nehmen, wenn er nicht mal in der Lage ist, sich selbst zu wehren?«

»Ich brauche keinen Beschützer! Ich kann alleine auf mich aufpassen!« Deine Augen funkeln mich angriffslustig an.

»Und deshalb hast du deine Sonne, nicht wahr?«, kontere ich mit einer hochgezogenen Braue. Du weißt genau, dass ich deinen Bruder damit meine. »Deinen Beschützer. Verarsch mich nicht, Luana. Du bist nicht so stark, wie du dich nach außen hin zeigst!«

Du schluckst schwer, drehst dich dann um und gehst davon.

Oh, Lu! Sag nicht, ich habe deinen wunden Punkt getroffen…

Kapitel 19

Du bist die Dunkelheit, Riaan

Ich verlasse die beschissene Kneipe. Es war ein Fehler hierhinzukommen. Als ich Riaan dort gesehen habe, kamen wieder Gefühle hoch, die ich die letzten Tage versucht habe, zu verdrängen. Er hat den Platz in meinem Herz eingenommen, ohne dass ich es wollte, und nun muss ich damit leben.

Riaan meint, mich zu kennen. Dabei kennt er mich nicht im Geringsten. Seine Worte kreisen immer noch in meinem Kopf.

Und deshalb hast du deine Sonne, nicht wahr? Deinen Beschützer. Verarsch mich nicht, Luana. Du bist nicht so stark, wie du dich nach außen hin zeigst!

Oh doch. Ich bin stark. Viel stärker, als er es glaubt! Obwohl … ohne meinen Bruder wäre ich nicht so. Er gibt mir Stärke, Mut und Selbstvertrauen. Ohne ihn wäre ich ganz unten. Ohne ihn … könnte ich nicht einmal eine verdammte Sekunde überleben. Er ist mein Leben. Mein Herz.

Vielleicht hat Riaan ja recht mit seiner Behauptung, auch wenn ich es nur ungern zugebe. In Wirklichkeit bin ich schwach.

Mein Bruder schenkt mir die Stärke, die ich zum Leben benötige. Nur dank ihm bin ich der Mensch, der ich jetzt bin. Entschlossen. Mutig. Stark.

»Luana, warte!«, höre ich Riaans Stimme hinter mir. Niemand hat so eine unglaublich warme und gleichzeitig sexy Stimme. Ich drehe mich um und sehe ihn direkt vor mir stehen.

Fuck, Riaan. Warum bist du nur so verdammt hübsch?
Bekümmert senke ich meine Lider. »Was willst du?«

»Schau mich an, Luana, bitte.« Er hebt mein Kinn mit seinem Zeigefinger und Daumen und ich öffne meine Lider. Schaue ihn an. Bewundere seine wirren schwarzen Haare, seine wunderschönen hypnotisierenden Augen, seinen perfekten Pigmentfleck unter dem rechten Auge.

»Bist du ein fucking Veganer, Riaan?«, frage ich leise.

Amüsiert runzelt er die Stirn. »Wie kommst du denn darauf? Und warum fragst du mich das jetzt?«

»Weißt du«, erkläre ich ruhig. »Ich habe mir die ganze Woche Gedanken darüber gemacht, was der Grund für deine Reaktion sein könnte, nachdem du die Lasagne gesehen hast. Und ich bin zu dem Entschluss gekommen, dass du ein Veganer bist. Oder Vegetarier.«

Riaan schluckt schwer. Seine Lippen verziehen sich zu einem schmalen Strich.

»Aber weißt du was?«, rede ich weiter. »Selbst diese Tatsache würde dein Verhalten mir gegenüber nicht rechtfertigen.«

Sein Körper ist angespannt und er wirkt nachdenklich.

Ich wünschte, ich könnte in ihn hineinschauen und sehen, worüber er gerade nachdenkt. Was er fühlt. Aber sein Blick ist hermetisch. Vollkommen ausdruckslos.

»Ich bin zwar Vegetarier, aber das ist nicht der Grund, weshalb ich damals ausgeflippt bin«, unterbricht er die Stille.

»Okay«, sage ich nur apathisch. »Dann verstehe ich dich noch weniger.«

»Es gibt auch nichts zu verstehen. Versuche mich so akzeptieren, wie ich bin.«

»Und was, wenn ich es nicht kann?«, frage ich leise.

Er schaut mir tief in die Augen und beugt sich etwas vor. »Das kannst du, Luana.«

Ich schüttele dezent den Kopf. »Du bist einfach nicht der Richtige für mich, Riaan.« Es tut mir weh, diese Worte auszusprechen. Aber es die verdammte Wahrheit. Ich wünschte, er wäre der Richtige für mich, denn ich empfinde so viel für ihn. Viel zu viel für diese kurze Zeit, die wir zusammen verbracht haben.

»Du meinst, ich bin nicht hell genug, um deine Sonne zu sein?« Sein Blick wirkt leer.

Ich nicke schwach. »Du bist die Dunkelheit, Riaan. Du kannst keine Sonne sein. Du könntest mich niemals erwärmen.«

»Verstehe«, entgegnet er bitter. Dann wendet er sich von mir ab und geht davon.

Das war's dann wohl. Anscheinend akzeptiert er meine Entscheidung. Ohne zu kämpfen. Damit hätte ich nicht gerechnet.

Es schmerzt, ihn gehen zu lassen. Mein Herz bricht dabei in tausend Teile, aber er ist einfach nicht der Richtige für mich. Er ist viel zu aggressiv, aufbrausend, fordernd und vor allem unberechenbar.

Ich schlucke den Kloß in meinem Hals runter und versuche, stark zu bleiben. So wie immer. Also straffe ich meine Schultern, hebe den Kopf und schreite mit selbstsicheren Schritten nach Hause.

Nur nicht daran denken, was wäre wenn.

Die letzten Strahlen der Abenddämmerung durchbohren den Blätterbaldachin, während ich die Straßen entlanglaufe. Die dichten Wolken verdrängen die letzte Lichtquelle. Leise und beinahe unauffällig schleicht sich die Dunkelheit ein und umhüllt den Himmel in ihrer ganzen Pracht.

Erinnert mich an dich, Riaan. Fuck, ich sollte dich gehen lassen. Vergessen. Aber ich kann's nicht. Ich möchte es, aber ich kann es nicht.

Verdammt, ich brauche die Finsternis genauso so sehr wie die Sonne. Ich brauche dich.

Ich bin gerade dabei, die Straße zu überqueren, als ein schwarzer Audi Q8 direkt vor mir stehen bleibt. Die Fensterscheiben werden heruntergelassen.

»Hey Lu!« Jemand winkt mich heran. Diese fucking sexy Stimme kommt mir sehr bekannt vor. So rau, so sinnlich. Das kann nur einer sein …

»Shakur«, sage ich, als ich ein paar Schritte auf den Wagen zugehe.

»Steig ein!«, er zwinkert mir verführerisch zu.

Ich zögere kurz. »Warum sollte ich?«

»Ich werde dir meine Welt zeigen, Lu.« Shakur deutet mir mit seiner Kopfbewegung, endlich einzusteigen.

Seine Welt? Shakurs Welt? Aber genau den gleichen Satz hat doch auch Riaan von sich gegeben. Ein Deja-Vu durchfährt mich.

»Wie ist denn deine Welt so?« Unsicher streiche ich mir mein graues T-Shirt glatt und frage mich, ob ich überhaupt seine Welt kennen lernen möchte.

»Gefährlich, Mondschein. Sehr gefährlich«, entgegnet er lächelnd. »Los, jetzt! Rein mit dir. Ich werde dich unterwegs schon nicht auffressen!«

Ich nicke etwas beklommen, umrunde das Auto und lasse mich auf den Beifahrersitz sinken. Keine Ahnung, weshalb ich das tu. Ich erkenne mich selbst nicht wieder. Aber anscheinend möchte ich gerne Shakurs Welt kennen lernen. Warum auch immer.

Shakur zündet sich eine Zigarette an, bevor er auf das Gaspedal drückt.

Die Straßen sind wie leergefegt, während wir fahren.

»Was läuft da eigentlich zwischen dir und Riaan?«, fragt er und stößt den Rauch Richtung offenes Fenster aus.

Ich zucke konfus die Schultern. »Nichts.«

»Eine Art Affäre also?« Shakur zieht erneut an seiner Kippe, während er inzwischen an einer Kreuzung abbiegt.

»Ich weiß es nicht«, murmele ich in mich hinein. Denn ich weiß es wirklich nicht.

»Du solltest dich besser von ihm fernhalten.«

»Warum sagst du das?« Ich bin ein wenig verwirrt. Shakur ist Riaans Bruder. Aber auf welcher Seite steht er letztendlich?

»Weil ich dich vor ihm warnen möchte, Mondschein. Du bist ein gutes Mädchen. Er ist ein böser Junge. Ende der Geschichte.«

»Die Story zwischen Riaan und mir ist eh schon zu Ende«, gebe ich offen zu.

»Na so was aber auch! Und das, bevor sie überhaupt angefangen hat … Das ging ja ziemlich schnell.« Shakurs Mundwinkel zucken amüsiert. »Dann war das wohl eher eine Kurzgeschichte.« Er lacht kehlig und zieht erneut an seiner Zigarette.

»Du findest wohl alles lustig, was?«, speie ich ihm entgegen.

»So bin ich eben.« Er zuckt lässig die Achseln und biegt auf einen Parkplatz. »Wir sind übrigens schon da.«

Die Kippe hängt lässig in seinem Mundwinkel, während er seinen Audi Q8 in eine Parklücke lenkt.

Ich spähe neugierig aus dem Fenster. »Ein Tattoo-Studio?«

Shakur lacht. »Hast du etwas anderes erwartet? Steig aus, Mondschein.«

»Gehört der Laden etwa dir?« Ich öffne die Autotür und hüpfe aus dem Wagen.

Shakur steigt ebenfalls aus. »Ja, das hier ist meine Welt, Luana«, verkündet er stolz, bevor er die Tür hinter sich zuknallt.

»Cool.«

»Es wird dir gefallen.« Shakur gesellt sich neben mich. Noch ein letztes Mal zieht er kräftig an seiner Kippe, bevor er diese auf den Boden fallen lässt.

So unauffällig wie möglich betrachte ich ihn aus den Augenwinkeln.

Wie er den Kopf nach oben neigt und den Rauch bedächtig ausstößt.

Wie er sich mit der Hand durch seine kurzrasierten Haare entlangfährt.

Und wie er mich dabei ertappt, dass ich ihn beobachte...

Seine Mundwinkel zucken leicht und er wendet sich mir zu. Neigt seinen Kopf leicht schief, während seine grauen Augen schmaler werden und mich sibyllinisch anschauen.

Wow. Wenn einer den berühmten Schlafzimmerblick beherrscht, dann ist es Shakur. Selbst Riaan gelingt dieser Blick nicht ansatzweise so gut wie ihm.

»Du bist viel zu süß für meinen Bruder«, behauptet er schlicht.

Ich hebe angriffslustig die Brauen. »Willst du mir etwa damit sagen, dass du die bessere Wahl bist, Shakur?«

»Wer weiß.« Ein leichtes Schmunzeln umspielt sein Gesicht.

»Er ist dein Bruder. Du würdest ihm doch nicht etwa in den Rücken fallen?«, werde ich direkter.

Shakur beugt sich vor und sein Gesicht ist nun dicht an meinem. Ich reiße die Augen auf, während ich angespannt den Atem anhalte. Er ist sehr attraktiv, keine Frage. Doch was sind seine Absichten? Was will er wirklich von mir?

»Ich werde dir jetzt ein kleines Geheimnis verraten«, sagt er mit gedämpfter Stimme. »Riaan ist der bessere von uns beiden. Das Problem ist: Er hat vor einer langen, langen Zeit sein Herz verloren. Und zurzeit sieht es einfach nicht danach aus, als würde er es wiederfinden wollen.«

Mit diesen Worten entzieht er mir wieder sein Gesicht und deutet lässig mit einer Kopfbewegung zu dem Studio, als wäre nichts geschehen. »Komm, wir gehen rein.«

Das Tattoo-Studio trägt den Namen *The Danger*. Wahrscheinlich daher Shakurs Anspielung, dass seine Welt gefährlich sei. Die Inneneinrichtung ist sehr individuell und dunkel gehalten. In dem Raum sind antike Möbelstücke aufgestellt. Es ist, als würden diese eindrucksvollen Gegenstände eine eigene Geschichte erzählen. Sie verleihen dem Gesamtbild eine persönliche Note und erwecken die Nostalgie in mir.

Die Wände sind dunkelgrau und die schummrige Beleuchtung erzeugt ein gemütliches Flair. Ich drehe mich langsam um meine eigene Achse und lasse alles auf mich einwirken. Die unzähligen schwarzweißen Bilder an den Wänden imponieren mir. Jede einzelne dieser eingerahmten Zeichnungen hat etwas Verlockendes, Bezauberndes an sich.

»Wahnsinn«, flüstere ich. »Du hast echt Geschmack.«

Shakur lächelt stolz. »Kunst ist mein Leben.«

»Du meinst wohl Kunst auf der Haut«, schlussfolgere ich, während ich weiterhin die Bilder an der Wand bewundere.

»Ich bin in vielen Dingen begabt, Mondschein.«

»Ganz schön arrogant«, entgegne ich.

Shakur kommt näher auf mich zu. »Du verwechselst wohl Arroganz mit Selbstsicherheit.«

Er nimmt mein Handgelenk und ich zucke leicht zusammen. Seine rechte Braue schnellt belustigt nach oben. »Keine Angst, Lu. Ich wollte mir nur die Tätowierung auf deinem linken Handgelenk anschauen.«

Zärtlich streicht er an meiner Hautfläche entlang. Ein Schauder überkommt mich und ich senke meine Augenlider, um nicht komplett die Kontrolle zu verlieren.

Verdammt, ich hätte niemals damit gerechnet, dass mich Shakurs Berührungen so derart aus dem Konzept bringen könnten!

»Sonne und Mond. Sehr schön und sauber gestochen«, sagt er leise, während er das Bild genauer inspiziert. »Lass mich raten, der Mond symbolisiert dich, Luana.«

Ich nicke. Er ist gut. Ein Genie.

»Und die Sonne ist jemand, der eine große Rolle in deinem Leben spielt«, fügt er rau hinzu.

»Gut geraten, Shakur.«

»Ich habe gute Menschenkenntnisse«, sagt er schlicht.

»Das kann jeder von sich behaupten.«

»Du möchtest Beweise«, stellt er fest und nickt träge. »Na gut. Du bist sehr loyal. Und du verzeihst ziemlich schnell. Außerdem liebst du Süßigkeiten, vor allem aber Schokoladeneis.«

Ich seufze theatralisch. »Das war ja auch nicht schwer herauszufinden.«

»Okay.« Shakur legt seinen Kopf etwas schief. »Wie wär's dann damit? Du fragst dich, wie es ist, von mir gefickt zu werden.«

»Wie bitte?« Ich reiße entrüstet die Augen auf. »In deinen Träumen vielleicht!«

Was bildet er sich ein?

»Ganz ruhig, Mondschein«, lacht er amüsiert. »War nur Spaß. Trotzdem kann ich dir versichern, dass es unvergesslich sein wird, solltest du es dir doch anders überlegen.«

Dann zwinkert er mir noch zu, dieser unverschämte Kerl!

»Ich sollte wieder gehen«, überlege ich laut.

»Bleib noch etwas. Wenn du magst, kann ich dir ein Tattoo deiner Wahl stechen.« Er lässt mein Handgelenk los und hebt stattdessen mein Kinn an, sodass ich direkt in seine stechenden grauen Augen blicke. Fuck, dieser Mann ist so sexy.

»Mal schauen.« Ich zucke mit den Schultern.

Aber ich bleibe. Ich bleibe, obwohl ich gehen sollte.

Kapitel 20

*S*chnipp, schnapp

Riaans Sicht

Okay, Luana. Ich bin also nicht deine Sonne. Ich könnte dich nicht erwärmen. Meinst du. Vielleicht irrst du dich aber. Vielleicht bringst du auch etwas durcheinander. Vielleicht hältst du einfach nur den falschen Mann für deine Sonne. Dabei ist *er* die Dunkelheit. Aber das werde ich dir nicht verraten. Noch nicht.

Zwar verstehe ich immer noch nicht, warum du ihn deckst. Aber ich werde es noch herausfinden. Bald.

Ich öffne die Tür und betrete Shakurs Tattoo-Studio *The Danger*. Buh, die Gefahr! Dass ich nicht lache! Es ist mir ein Rätsel, warum mein Bruder immer so übertreiben muss. Unser Genie in der Familie. Unser Ruhepol. Schachprofi. Gedankenleser. Alleskönner.

Mal schauen, ob er wirklich ein Alleskönner ist, denn ich brauche verdammt noch mal seinen klugen Ratschlag, was dich betrifft, mein süßes Mädchen.

»Hey Bro!«, rufe ich in den Raum und erstarre, denn Shakur scheint nicht alleine zu sein …

Du bist hier, Luana. Du sitzt auf dem schwarzen Ledersessel und blätterst in seinem Tattoo-Vorlage Buch. Deine Augen leuchten begeistert dabei. Du scheinst vertieft in diese Zeichnungen zu sein. Und es gefällt mir nicht.

Warum bist du hier? Mit meinem Bruder.

Stehst du etwa auf Shakur? Hast du mich deshalb abgewiesen?

Ich beiße fest die Zähne aufeinander und schlucke schwer. Ich bin so wütend, Lu. So verdammt sauer auf dich, dass ich hier alles kurz und klein schlagen könnte!

Fuck! Was wird das hier?

Shakur schaut auf. Seine Brauen schnellen amüsiert nach oben. »Hi Bruderherz.«

Ich balle meine Hände fest zu Fäusten. Mein Kiefer mahlt angespannt.

Auch du starrst mich an. Ist was, Babygirl? Habe ich etwa eure vertraute Zweisamkeit gestört? Na so was aber auch! Tzz, tzz … was habe ich mir bloß dabei gedacht?

»Luana, mein süßes Mädchen«, begrüße ich dich gehässig. »Willkommen in Shakurs Welt. Gefällt sie dir?«

Deine Augenlider flattern nervös und du hältst angespannt den Atem an.

»Was ist?«, frage ich und komme auf euch beide zu. »Hat es dir etwa die Sprache verschlagen, Lu?«

Deine Atmung erfolgt nur noch stoßweise. Hast du etwa Angst vor mir? Solltest du besser haben.

Auch Shakur schweigt. Er weiß genau, dass ich verdammt noch mal angepisst bin. Warum hat er dich hierhergeholt? Wollte er mich provozieren? Dieser Bastard!

Ich beuge mich zu dir vor. Mein Gesicht ist deinem so verdammt nah. Ich spüre dein Herz rasen. Deine Augen sind glasig und gleichzeitig voller Verlangen.

Na, Lu? Kannst du dich etwa nicht zwischen uns beiden entscheiden? Soll ich dir vielleicht dabei behilflich sein?

Ich hebe angriffslustig meine Brauen. »Shakurs Studio ist sehr bekannt hier in der Gegend. Er ist ein Profi. Der Beste auf seinem Gebiet. Nicht wahr, Bruderherz?«

Ich wende mich nun von dir ab und werfe Shakur einen skeptischen Blick zu.

»Das stimmt«, entgegnet dieser Mistkerl süffisant mit einem hinterhältigen Grinsen. Am liebsten würde ich ihm in seine beschissene Fresse donnern!

»Shakurs Zeichnungen sind ausgefallen. Jede einzelne davon ist ein Unikat. Hast du dich schon für ein Motiv entschieden?«, frage ich dich diabolisch. Du schüttelst stumm den Kopf.

»Wie schade«, entgegne ich bissig.

»Was wird das, Riaan?«, mischt sich nun Shakur ein.

Ich ignoriere ihn. Schaue nur dich an, Luana. Du siehst ein wenig konsterniert aus. Was ist los, Babygirl? Soll ich etwa damit aufhören? Dabei habe ich doch gerade erst angefangen …

»Ich kann dir bei der Motivsuche behilflich sein, mein süßes Mädchen.« Ich schenke dir ein warmes Lächeln und du entspannst dich etwas. Atmest durch.

Fühlst du dich nun etwas besser?

Sinnierend hebe ich meinen Zeigefinger in die Höhe und verziehe das Gesicht. »Hmm … Welche Motive sind wohl zurzeit angesagt? Was meinst du, Shakur? Hast du vielleicht irgendwelche neuen Zeichnungen entworfen?«

Er schaut mich missbilligend an. »Fuck, Bro! Hör sofort auf damit!«

Ach, wie schön, er kennt mich und weiß genau, worauf ich hinausmöchte. Ein wahres Genie! Absolut bewundernswert. Man kann ihn einfach nicht täuschen. Er kann sogar Gedanken lesen. Cool, nicht?

Ich schreite auf eine antike Kommode zu und öffne diese. Wie erwartet finde ich sein Notizblock auf Anhieb. Sein Ventil.

Weißt du, Lu, jeder von uns verarbeitet seine schlimmsten Erlebnisse auf seine eigene Art und Weise. Und Shakur ... er zeichnet gerne. ALLES. Das bedeutet, alles, was ihn gerade belastet oder beschäftigt. Möchtest du vielleicht einen kurzen Blick auf diese Zeichnungen werfen?

Ooohh ... ich sehe schon, wie blass sein Gesicht wird.

»Ganz ruhig, Bro. Tief ein- und ausatmen«, sage ich süffisant. »Ich möchte Luana doch nur ein paar Motive zeigen, die gerade sehr angesagt sind.«

»Lass das!«, zischt er, während sich seine Lippen zu einem schmalen Strich verziehen. Sieh mal an, das wird ja noch amüsanter, als ich dachte!

»Komm her, Luana«, ich winke dich mit dem Zeigefinger zu mir. Du erhebst dich und schreitest unsicher auf mich zu. Braves Mädchen.

»Übertreib nicht, Bro!«, wirft Shakur ein. »Du könntest es am Ende bereuen.«

Na sicher doch!

»Ach was!«, speie ich ihm entgegen. »Dabei sind es doch nur ein paar harmlose Entwürfe, die ich Luana zeigen möchte.«

Du schluckst schwer, als ich dich näher an mich heranziehe und das Notizbuch aufschlage. Oh, was haben wir denn da? Direkt meine Lieblingszeichnung! Was ein Zufall! Nicht.

»Na so was aber auch! Mein absolutes Lieblingsmotiv!«, verheißungsvoll deute ich auf die Zeichnung, die ich gerade aufgeschlagen habe. »Eine blutige Schere.« Die letzten Worte lasse ich absichtlich langsam auf der Zunge zergehen.

Jetzt atmest du nicht einmal, Lu. Du bist starr. Upsi, habe ich vielleicht etwas Falsches gesagt?

»Wie wäre es denn damit? Was meinst du, Shakur? Wie würde dieses wundervolle Motiv wohl auf Luanas reiner Haut aussehen?«

Was ist, mein süßes Mädchen? Warum so blass geworden? So angespannt. Geht es dir etwa nicht gut? Prüfend betrachte ich dein Gesicht.

Ich könnte damit aufhören. Aber ich kann nicht. Ich glühe vor Wut! Und deshalb werde ich weitermachen. Denn du hast es nicht anders verdient, Luana!

»Schnipp, schnapp. Schnipp, schnapp. Eine blutige Schere«, wiederhole ich und streiche dir eine Strähne aus deinem verschwitzten Gesicht. »Auf welcher Körperstelle könnte die wohl am besten zur Geltung kommen?«

Sinnierend hebe ich den Zeigefinger und tippe ihn mir auf die Schläfe. »Am Bauch vielleicht? Oder … Wie wäre es denn direkt unter die linke Brust?«

»Es reicht, Riaan!« Shakur steht auf und kommt auf mich zu. Seine Nasenflügel sind aufgebläht und er sieht wütend aus. Warum denn? Dabei ist es doch so lustig gerade!

Wütend reißt er mir den Block aus der Hand und

schmeißt ihn in die Ecke. Aus dem Augenwinkel nehme ich wahr, dass dein Körper zittert.

Sorry not sorry, Luana. Du hast mich provoziert. Und ich bin noch lange nicht mit dir fertig!

»Es ist schwach von dir, Riaan.« Shakur schüttelt fassungslos den Kopf. »So schwach.«

»Hinter meinem Rücken mein Mädchen zu begehren, zeugt auch nicht gerade von Stärke, Bruderherz!«, entgegne ich kalt.

»Fick dich, du Mistkerl!«, schmettert er mir entgegen. »Du hast sie doch gar nicht verdient!«

Dann nimmt er deine Hand und führt dich hinaus aus dem Studio. Benommen stolperst du hinter ihm her.

Ja, lauf nur! Lauf ruhig weg, Luana! Ich werde dich sowieso wieder einfangen!

Sobald sich die Tür hinter euch schließt, fange ich damit an, alles in diesem Raum zu verwüsten. Ich zerreiße all seine Zeichnungen und schmettere die Bilder gegen die Wand.

Fickt euch einfach!

Ich hasse euch! Verräter!

***

Shakur parkt direkt vor meinem Haus. Ich bin immer noch konfus. Total durcheinander. Was war denn mit Riaan los? Warum war er so wütend auf mich? So aggressiv geladen. So gehässig.

War er etwa eifersüchtig gewesen? Auf seinen eigenen Bruder?

Ich verstehe das alles nicht. Seine Worte gehen mir nicht mehr aus dem Kopf:

Hinter meinem Rücken mein Mädchen zu begehren, zeugt auch nicht gerade von Stärke, Bruderherz!

Denkt Riaan ernsthaft, dass mich Shakur interessieren könnte? Sein Bruder ist attraktiv, keine Frage. Aber nur Riaan hat mein Herz.

Shakur ist viel ruhiger und bedachter. Ich habe das Gefühl, dass er eher ein Kopfmensch ist. Er nutzt viel mehr seinen Verstand als sein Herz. Außerdem scheint er ziemlich intelligent zu sein. Ich wette, niemand könnte ihn so einfach hinters Licht führen.

Riaan dagegen ist eher ein Herzmensch. Aufbrausend. Impulsiv. Enthusiastisch. Eine tickende Zeitbombe. Und doch hat er etwas Verlockendes an sich. Er zieht mich magisch in seinen Bann und ich weiß nicht, warum. Vielleicht beherrscht er ja einwandfrei die Hypnose und ich bin ihm deshalb verfallen.

Was auch immer der Grund sein mag, ich werde ihn niemals vergessen können. Und diese Einsicht zerreißt mich innerlich.

»Vergiss ihn«, unterbricht Shakur die Stille, als hätte er meine Gedanken gelesen. »Er ist ein aggressives Arschloch.«

Ich wende meinen Kopf zu ihm und schaue ihn bekümmert an. Shakurs Hände ruhen immer noch auf dem Lenkrad. Eigentlich sollte ich nun endlich aussteigen.

Ich möchte nämlich nicht, dass Dion einen unbekannten Audi Q8 vor unserem Haus entdeckt. Doch ich habe so viele Fragen an Shakur. Deshalb bleibe ich erst einmal weiterhin in seinem Wagen sitzen.

»Was waren das eigentlich für Zeichnungen?«, erkundige ich mich mit zittriger Stimme. Denn das ist zum Beispiel auch etwas, was mir nicht aus dem Kopf geht. Diese Zeichnungen erinnern mich an meine Vergangenheit.

Ich sehe immer noch diese blutige Schere vor meinem inneren Auge. Bei dieser Erinnerung läuft mir ein eiskalter Schauer über den Rücken.

Ich höre immer noch Riaans süffisante Worte: *Schnipp, schnapp. Schnipp, schnapp. Eine blutige Schere. Auf welcher Körperstelle könnte die wohl am besten zur Geltung kommen?*

Warum ausgerechnet die Schere? Und weshalb blutig?

Und warum kommen diese Erinnerungen wieder?

Die Bilder, wie ich *ihm* die Schere in den Bauch ramme, kehren einfach zurück. Ohne jegliche Vorwarnung.

Und wie Dion diesen Mann kurz darauf ersticht, um mich zu schützen.

Wie dieser Mann zu Boden sinkt und stirbt. Vor meinen Augen stirbt.

Wir haben diesen Mann ermordet. Wir sind verdammte Killer.

Fuck. Fuck. Fuck.

Ich möchte mich nicht mehr daran erinnern! Ich hyperventiliere. Ich ersticke!

»Hey, Lu«, Shakur legt tröstlich seine Hand auf meinen Rücken. »Du siehst sehr blass aus. Es ist wohl besser, du gehst jetzt rein und ruhst dich aus.«

»Warum die Schere?«, frage ich mit kratziger Stimme noch einmal nach und werfe ihm einen trübsinnigen Blick zu. »Warum, Shakur?«

»Das ist doch nur eine Zeichnung, Lu. Sie hat keinerlei Bedeutung. Wieso fragst du überhaupt?«, antwortet er ruhig und zieht eine Braue nach oben. »Aber was noch viel wichtiger ist: Weshalb hat dich eine einfache Zeichnung so sehr aus dem Konzept gebracht? Möchtest du vielleicht darüber reden?«

»Ich weiß nicht, was du meinst«, entgegne ich trocken. Ich muss hier weg. Er stellt Gegenfragen, auf die ich niemals antworten könnte. Nicht könnte und nicht dürfte. »Danke fürs Nachhause bringen. Mach's gut, Shakur!« Dann öffne ich die Autotür und steige aus.

Ich überspringe direkt ein paar Stufen, um gleich auf die Terrasse zu gelangen. Und bevor ich überhaupt dazu komme, meinen Schlüssel rauszuholen, wird die Eingangstür schon aufgerissen und das besorgte Gesicht meines Bruders kommt zum Vorschein.

Er schaut an mir vorbei, direkt zu dem Audi Q8, der immer noch vor unserer Tür steht. Ich hoffe, dass Shakur intelligent genug ist, nun endlich zu verschwinden. Das ist er. Zum Glück.

Denn gleich darauf höre ich, wie der Motor aufheult und er mit quietschenden Reifen davonfährt.

»Wer war es denn diesmal?«, seufzt Dion und schenkt mir wieder seine Beachtung.

»Kein Grund zur Sorge«, versuche ich meinen Bruder zu beschwichtigen. »Es ist Shakur. Der große Bruder von Riaan. Er ist ganz nett.«

Mein Bruder schlägt bekümmert die Hand gegen seinen Kopf. »Ach Schwesterherz. Warum bereitest du mir immer solche Sorgen?«

»Er ist ganz anders als sein Bruder«, versichere ich ihm.

»Ach, Lu.« Er schluckt angestrengt. »Du hängst mit Männern ab, die es nicht gut mit dir meinen. Sei bitte vorsichtiger und schenke falschen Menschen nicht so schnell dein Vertrauen.«

Ich nicke nur. Zu mehr bin ich einfach nicht imstande.

Kapitel 21

Du wolltest mich doch eliminieren. Schon vergessen?

Der gestrige Abend geht mir immer noch nicht aus dem Kopf. Ich werde aus Riaans Verhalten einfach nicht schlau. Und was sollte diese Zeichnung von Shakur? Ich versuche die Geschehnisse in meinem überlasteten Gehirn zu ordnen und zu entziffern, aber vergeblich.

Ich versuche, Riaan zu verstehen. Ebenfalls erfolglos. Denn die Dunkelheit ist unergründlich, nicht wahr? Und trotz allem ist sie verlockend. Schillernd. Hinreißend. Faszinierend. Betörend. So wie er.

Riaan, meine Finsternis. Er fehlt mir so. Aber ich sollte auf meinen Bruder hören. Ihn vergessen. Selbst wenn es unmöglich ist.

Ich beschließe, heute Abend auszugehen. Vielleicht werde ich ja neue Freunde kennen lernen. Oder zumindest für ein paar Stunden nicht mehr an ihn denken müssen. Ablenkung ist immer gut.

Entschlossen öffne ich meinen Kleiderschrank und hole ein enges rotes Kleid heraus, das ich eigentlich nur selten trage.

Dion ist schon unterwegs. Dealen. Bei dem Gedanken zieht sich mein Magen schmerzhaft zusammen. Ich hasse es, dass er an diesen Job gebunden ist. Mit der Zeit gewöhne ich mich zwar daran, aber die Angst um ihn bleibt trotzdem. Ich möchte mir nicht ausmalen, was passieren könnte, wenn er eines Tages dabei erwischt wird und somit hinter Gitter landet. Das könnte ich nicht überleben. Ich könnte keinen einzigen Tag ohne ihn überleben. Er ist alles, was ich habe. Das Wichtigste in meinem Leben. Er ist mein Herz. Meine Sonne.

Ich schiebe meine Ängste beiseite und schlüpfe aus meinen alten Klamotten, bevor ich mir das rote Kleid überstreife. Ich muss mich definitiv ablenken! Sonst drehe ich noch komplett durch.

Im Badezimmer schminke ich mich. Smokey Eyes. Auf meine Lippen trage ich einen durchsichtigen Lipgloss auf. Fertig.

Ich bin nicht mehr wiederzuerkennen und das ist auch gut so. Denn heute Abend möchte ich alles vergessen. Mich selbst vergessen.

Entschlossen tappe ich in die Küche, um eine Flasche Sekt aus dem Kühlschrank zu holen, die ich sofort öffne. Ich gebe mir nicht einmal die Mühe, ein Glas zu nehmen, sondern trinke direkt aus der Flasche.

Als ich die ganze Flasche geleert habe, schwanke ich leicht.

Ach, Riaan. Selbst mit Alkohol in meinem Blut kann ich dich nicht vergessen. Wer bist du? Ein verfluchter Außerirdischer, dass du mich so derart verzaubert hast? Fuck, fuck, fuck!

Warum gehst du mir nicht aus dem Kopf?

***

Ich befinde mich gerade im *Devilish Club*. Alleine. Aber scheiß drauf! Ich kann mich auch alleine gut amüsieren.

Die Diskothek ist überfüllt und die Menschenmenge um mich herum tanzt ausgelassen auf der Tanzfläche. Einige sitzen an der Bar und versuchen sich so weit es geht zu unterhalten. Es ist mir ein Rätsel, wie man sich bei dieser Lautstärke überhaupt noch verständigen kann. Die dröhnende Musik betäubt meine Ohren. Die funkelnden Lichter benebeln meinen Verstand. Und allmählich geht es mir besser. Allmählich geht mir auch Riaan aus dem Kopf. Und meine Sorge um meinen Bruder löst sich auch so langsam auf.

Ich torkele auf die Tanzfläche zu, stolpere und kann mich gerade noch so an einem Bartisch festhalten. Dann kichere ich blöde vor mich hin. Verdammt, ich bin so dicht. So betrunken. Ich vertrage einfach keinen Alkohol.

Nur nicht daran denken, wie ich in *Dark Paradies* mit Riaan getanzt habe. An dem besagten Abend, als ich ihn das erste Mal gesehen habe.

Ich sollte diese Gedanken beiseiteschieben und einfach weitertanzen. Ein schwarzhaariger Mann erregt meine Aufmerksamkeit. Seine pechschwarzen Haare erinnern mich an Riaan. Trotz allem könnte er ihm niemals das Wasser reichen. Riaan ist einzigartig. Seine Augen sind einmalig. Alles an ihm ist phänomenal.

Der Unbekannte lächelt mich an und bewegt sich auf mich zu.

»Hi, ich bin Kevin«, versucht er die Musik zu übertönen. »Und du?«

»Luana«, entgegne ich laut.

»Freut mich, Luana.« Er nickt mir zu. »Lust zu tanzen?«

Ich zucke mit den Schultern. Warum auch nicht. Schließlich bin ich deshalb hier.

Kevin zieht mich an sich und schlingt seine Arme um meine Hüften. Wir bewegen uns im Takt der Musik, als ich plötzlich *ihn* am Rand der Tanzfläche entdecke. Sein braunes Auge ist dunkler als die Nacht und sein graues Auge funkelt mich eiskalt an.

Mein Körper wird starr. Ich bewege mich nicht mehr. Mein Herz stockt vor Sehnsucht nach ihm.

»Was ist?« Auch Kevin bleibt stehen und lässt mich los. »Warum tanzt du nicht mehr?«

Unfähig, irgendetwas zu antworten, starre ich weiterhin Riaan an, der sich nun auf uns zu bewegt.

Verdammte Scheiße, er sieht ziemlich wütend aus.

Und verdammte Scheiße … Ich begehre diesen Mann so sehr!

»Oh!«, nun versteht auch Kevin, was hier los ist, und tritt benommen ein paar Schritte nach hinten. »Ich wusste nicht, dass du einen Freund hast.«

»Er ist nicht mein Freu…« Ich schaffe es nicht, den Satz zu beenden, denn Riaan holt aus und versetzt Kevin einen harten Schlag ins Gesicht. Fuck. Was tut er da?

Ich stelle mich schützend vor Kevin, der sich die blutige Nase mit dem Handrücken abwischt und mit schnellen Schritten davoneilt. Sehr gut. Anscheinend ist er schlau genug, sich nicht mit Riaan anzulegen.

»War das gerade wirklich notwendig gewesen?«, frage ich dysphorisch. Anscheinend hat er ernsthafte Aggressionsprobleme.

Riaan packt mich an meinem Handgelenk und zieht

mich abrupt an sich. Mein Herz schlägt schneller. Seine Nähe ist so berauschend. Ich habe seine Wirkung auf mich vollkommen unterschätzt.

»Du gehörst nur mir«, raunt er mir zu und ich nicke nur. Denn … ich will wirklich nur ihm gehören.

»Komm mit«, er zieht mich zu dem Ausgang und ich stolpere benommen hinter ihm her.

Sobald wir den Club verlassen, führt er mich immer weiter an dem Parkplatz entlang und ich habe Mühe, mit ihm Schritt zu halten. Irgendwann hinter dem Club bleibt er dann endlich stehen und presst mich hart gegen die Wand. Perplex schnappe ich nach Luft. Warum ist er denn plötzlich so grob?

»Was soll das, Luana?« Seine Augen funkeln mich angriffslustig an.

»Was denn?« Ich weiß nicht, was er meint. Wirklich nicht.

»Erst Shakur und dann dieser Typ hier!« Er atmet scharf ein. »Hast du den Verstand verloren?«

Ich runzele verwirrt die Stirn. »Wir sind nicht zusammen, Riaan! Du kannst nicht über mich bestimmen! Ich kann machen, was ich will.«

Er schnaubt verächtlich. »Das sehe ich aber anders! Ich habe dich gewarnt, dass sobald ich dich gefickt habe, du nur mir gehörst. Und du warst einverstanden. Also tu jetzt nicht so, als hättest du es dir nun anders überlegt!«

»Ich hab das doch nur so im Rausch gesagt«, murmele ich benommen.

»Gib doch einfach zu, Luana«, Riaan beugt sich vor und ich halte den Atem an, weil sein Gesicht so nah an meinem ist. »Du *willst* nur mir gehören.«

Ich schlucke und senke meine Augenlider. Ja, das will ich. Aber ich werde ihm jetzt nicht den Gefallen tun und das laut aussprechen.

»In deinen Träumen vielleicht«, entgegne ich tapfer und hoffe, dass meine Stimme fest genug klingt, um mir Glauben zu schenken.

»Mach mich nicht sauer, Lu«, zischt er und legt seine Hand um meinen Hals, während er mich mit seinem Körper weiterhin an der Wand gedrückt hält.

Adrenalin schießt durch meine Venen und ein Deja-Vu durchfährt mich. Wie er mich auf der Wiese genommen hat und dabei meine Kehle leicht zugedrückt hat.

»Du kannst das Verlangen in deinen Augen nicht vor mir verbergen«, raunt er mir ins Haar, während er den Druck auf meinen Hals verstärkt. Ich spüre, wie die pure Lust durch meine Ader fließt. Jeder Muskel meines Körpers spannt sich erwartungsvoll an. Mein Körper verzehrt sich nach ihm. Das Verlangen wächst ins Unermessliche.

Riaan entgeht das nicht. Selbstgefällig zieht er eine Braue nach oben. »Macht es dich an, mein süßes Mädchen? Möchtest du von mir genommen werden?«

Fuck, ja! So sehr, dass ich es nicht mehr länger leugnen kann, also nicke ich hastig.

Der Druck an meiner Kehle wird sanfter, bis er schließlich nachlässt. Stattdessen lässt Riaan seine Hand an meinem Körper herabwandern.

»Dieses Kleid ist viel zu eng und viel zu aufreizend, Lu«, sagt er leise, während seine Hand auf meiner Brust verharrt und er diese zärtlich umschließt. »So bist du nicht.«

Berauscht senke ich meine Augenlider und spüre, wie er seine Finger an meinem Bauch bis hin zu meiner Hüfte entlangwandern lässt. Dann schiebt er mir das Kleid etwas nach oben. Sein Gesicht ist meinem gefährlich nahe. »Und diese komische Karnevalsschminke gefällt mir überhaupt nicht. Das passt nicht zu dir«, murmelt er dicht an meinen Lippen. »Wo ist mein süßes Mädchen, das ich kenne?«

»Warum bist du hier?«, frage ich benommen, obwohl ich mir nicht sicher bin, ob ich die Antwort hören möchte. Vielleicht wollte er hier nur irgendwelche Frauen aufreißen. Bei diesem Gedanken verkrampft sich mein Magen.

»Ich habe dich vermisst, Luana. Ist es etwa ein Verbrechen?« Seine Hand liegt nun auf meinem Innenschenkel. Langsam lässt er sie zwischen meine Beine wandern. Ich ziehe scharf die Luft ein. Bin berauscht. Dieser alles verzehrende Rausch wird noch mein Untergang sein!

Ich wünschte, ich könnte Riaan widerstehen. Aber ich kann es nicht.

»Also bist du mir gefolgt«, flüstere ich keuchend.

»Warum so atemlos, Luana?«, fragt er mit einem Schmunzeln dicht an meinem Mund. »Du wirst mir niemals widerstehen können. Egal, wie sehr du dich dagegen sträubst. Also versuch es erst gar nicht. Denn das wird dir nicht gelingen.«

»Bist du ein fucking Alien, Riaan?«, wispere ich, während das Herz in meiner Brust fast am Explodieren ist.

»Vielleicht«, murmelt er und ich spüre den Druck seiner Lippen auf meinen. Dann küsst er mich so sanft und voller Gefühl, dass ich erschaudere. Seine Zunge dringt in meinen Mund und dieses fucking Zungenpiercing bringt mich nun vollständig aus der Fassung. Ich zergehe vor Lust in seinen Armen. Unter seinen Küssen.

Gleichzeitig spüre ich, wie er meinen Slip beiseiteschiebt und mit den beiden Fingern in mich eindringt. Mein Herz rast vor Verlangen und ich stöhne in seinem Mund auf.

Lächelnd löst er sich von meinen Lippen.

»Wage es ja nicht, von mir wegzulaufen, Luana«, raunt er mir zu, während er seine Finger in mir auf und ab bewegt. »Denn ich werde dich sowieso wieder einfangen. Du gehörst mir, seit ich dich das erste Mal gesehen habe.«

Ich nicke trunken und kann meinen Blick einfach nicht von seinen Augen abwenden. Durch seine Heterochromie sieht er außergewöhnlich aus. Beinahe wie ein Außerirdischer. Seine ausdrucksvollen Augen verleihen ihm eine gewisse Intensität und Tiefe. Ich neige meinen Kopf leicht schief, während ich fasziniert in seine Augen starre.

Ich. Bin. Entzückt. Von. Ihm.

Vielleicht bin ich aber einfach nur betrunken. Vielleicht einfach nur voller Ekstase.

Riaan entzieht mir seine Finger, nur um diese einen kurzen Augenblick später wieder tief in mich zu stoßen. Keuchend presse ich ihm mein Becken entgegen.

»Du wolltest mich doch eliminieren, vernichten«, erinnere ich ihn japsend. »Schon vergessen?«

Ich verstehe immer noch nicht, warum er so etwas

von sich gegeben hat. Wollte er den harten Macker spielen? Den Bad Boy? Dachte er etwa ernsthaft, dass er mir mit so einer Aussage imponieren könnte? Falsch gedacht.

»Ich sollte dich gehen lassen, aber ich kann es nicht«, sagt Riaan, während er anfängt, meinen Hals zärtlich zu liebkosen. Ich werfe meinen Kopf nach hinten und versuche, das Stöhnen zu unterdrücken. Immerhin sind wir draußen hinter der Diskothek und wer weiß, ob mich jemand zufällig hören könnte.

Riaan saugt an meiner Kehle und ich kralle mich fest in seinen Nacken. Gleich darauf spüre ich seine Zähne an meinem Hals. Er beißt zu. Der bittere Schmerz durchzuckt meinen Körper und vermischt sich mit der süßen Lust.. Ich keuche auf.

Oh mein Gott, das hier fühlt sich einfach viel zu gut an!

Dann entzieht er mir seine Finger und wirbelt mich herum, sodass ich mit dem Kopf zur Wand gedreht stehe.

»Ich werde dich von hinten nehmen«, beschließt er mit rauer Stimme, bevor er mir das Kleid etwas mehr nach oben schiebt.

Ich stemme meine Hände an der Wand ab und spüre das erwartungsvolle Pochen in meinem Unterleib, während er seine Hose öffnet. Ich will ihn in mir spüren. So sehr.

Erregt warte ich darauf, dass er endlich in mich eindringt.

»Ich werde dich bis zur Bewusstlosigkeit vögeln«, raunt er mir von hinten ins Ohr. Bei den Worten erschaudere ich. Jede Faser meines Körpers wartet nur darauf.

Mit seinen Knien zwingt er meine Beine etwas weiter auseinander und schiebt mit den Fingern meinen Slip beiseite. Dann dringt er tief in mich ein. Ich kippe meinen Kopf nach hinten und stöhne auf. Erneut legt er seine Hand um meine Kehle und drückt leicht zu, während seine Stöße immer härter werden.

Ich bin berauscht. Vollkommen benebelt. Nehme nichts mehr um mich herum wahr.

Fuck. Das hier ist die Hölle und das Paradies zugleich.

Kapitel 22

Ganz schön angriffslustig, dein Bruderherz, Luana

Riaans Sicht

Ja, Lu, ich bin ein verdammter Außerirdischer, Magier - oder wie auch immer du mich nennen magst! Und jetzt schau mich bitte nicht so an! Du bist entzückt von meinem Körper, von meinen Augen, von meiner Art. Von mir. Und du wirst nie wieder einen Mann finden, der dich so dermaßen aus der Fassung bringt und gleichzeitig in seinen Bann zieht, wie ich das tue. Tja, Shakur ist eben nicht der Einzige, der Gedanken lesen kann. Liegt wohl in der Familie.

Und weißt du was? Der Gedanke gefällt mir. Denn ich möchte nicht, dass du jemals einen anderen Mann findest! Niemand außer mir darf dich jemals anfassen oder dir zu nahe kommen.

Dachtest du ernsthaft, diese beschissene Disko würde dich ablenken? Dachtest du ernsthaft, du könntest jemanden finden, der mich auch nur ansatzweise ersetzen könnte?

Oh, du hast überhaupt keine Ahnung, mein süßes Mädchen! Dein Selbstbetrug ist definitiv aufgeflogen. Du bist mir verfallen. Für immer.

Und soll ich dir etwas verraten? Ich kann verdammt noch mal nicht mehr ohne dich existieren! Ich habe dich in mein Herz geschlossen, Luana.

Jetzt stehst du da und streicht dir befangen dein Kleid glatt. Deine Wangen sind gerötet. Und du hast einen

Knutschfleck auf deinem Hals. Sehr gut. Soll ruhig jeder sehen, dass du mir gehörst.

Ich schlinge meine Arme um dich von hinten und lege meinen Kopf auf deine rechte Schulter. »Ich möchte, dass du heute bei mir übernachtest«, murmele ich dir ins Haar. »Ich fahre dich zu mir, Luana.«

»Was soll ich meinem Bruder sagen?«, wisperst du leise zurück.

»Du musst ihm gar nichts sagen«, entgegne ich ruhig. »Du bist erwachsen genug, um deine eigenen Entscheidungen treffen zu können.«

»Du verstehst das nicht, Riaan.« Ich spüre, wie du angespannt aufatmest. »Mein Bruder hat nur mich und ich habe nur ihn. Er wird sich Sorgen machen, wenn ich nicht nach Hause komme.«

»Dann sag ihm, dass du bei einer Freundin übernachtest«, schlage ich vor, während ich mein Gesicht in deinem Haar vergrabe. Ich liebe deinen Duft, Luana. Du riechst nach Frühlingsblumen. So zart. So süß.

»Dion weiß, dass ich keine Freundin mehr habe. Emmi war meine einzige Freundin gewesen«, erzählst du mir leise und versuchst, ruhig zu klingen. Dabei hyperventilierst du beinahe unter meinen Berührungen. Meine Nähe bringt dich vollkommen durcheinander, nicht wahr, mein süßes Mädchen?

»Dann lass dir etwas einfallen. Ich möchte dich heute Nacht gerne bei mir haben.« Und ich weiß, dass du das auch möchtest.

»Na gut. Ich werde ihn anrufen und einfach die Wahrheit sagen«, beschließt du mutig. Ich nicke an deiner Schulter, lasse dich aber nicht los. Du nimmst dein

Smartphone in die Hand, während du meine Nähe genießt. Dann wählst du seine Nummer und hältst den Hörer an dein Ohr.

»Hi Dion«, begrüßt du ihn befangen. Was ist los, Luana? Warum so ängstlich? Er ist dein Bruder. Er wird dich schon nicht beißen!

»Also … ich wollte dir nur mitteilen, dass ich heute nicht nach Hause komme«, sagst du und ich fange an, deinen Hals zu liebkosen, um dich ein wenig aus der Fassung zu bringen.

Du spannst deine Muskeln an und versuchst, kontrolliert zu atmen. Wie süß. Ich beiße dich daraufhin. Mal schauen, ob du immer noch dabei ruhig bleiben kannst.

»Oh«, stöhnst du ein wenig und ich verstärke meinen Biss etwas. Dann sauge ich an der wunden Stelle. »Ich… also… ich bleibe heute Nacht bei Riaan.«

Warum so atemlos, mein süßes Mädchen? Was wird bloß dein Bruder von dir denken? Schmerz gemischt mit Lust. Das macht dich an, nicht wahr?

»Ist er gerade bei dir?« Nun höre sogar *ich* Dions verärgerte Stimme durch den Hörer. Ich hauche dir einen flüchtigen Kuss auf die Wange und lasse dich los, als ich deine zunehmende Nervosität bemerke.

»Ja, er ist gerade hier«, sagst du plötzlich ernst und schluckst. »Muss das sein, Dion?«

Dann nickst du nur und hältst mir dein Smartphone entgegen. Ich ziehe überrascht die Brauen nach oben.

»Er möchte mit dir reden«, erklärst du mir leise. Dein Blick sagt *Sorry*.

Ich nehme dein Handy und halte mir das Gerät ans

Ohr. »Hi«, begrüße ich deinen Bruder lässig. »Was gibt's?«

»Hör mal gut zu, du Mistkerl!«, schmettert er mir sofort entgegen. Das kann ja amüsant werden!

»Bin ganz Ohr«, entgegne ich gelassen.

»Ich weiß zwar nicht, was du von meiner Schwester willst, aber ich werde dich im Auge behalten!«, zischt er in den Hörer. »Und noch etwas: Solltest du Luana in irgendeiner Weise verletzen, werde ich dir all deine Knochen brechen! Haben wir uns verstanden?«

Uh, ein ganz harter Bursche, dein Bruderherz. Ich zittere ja so vor Angst. Nicht.

»War das alles?«, frage ich, während ich die Zigarettenpackung aus meiner Hosentasche heraushole und mir eine Kippe zwischen die Lippen klemme.

»Nein«, sagt Dion daraufhin. »Noch etwas: ICH. KANN. DICH. NICHT. AUSSTEHEN. Und: Ich werde dich niemals als Freund meiner Schwester akzeptieren.«

Uh, welch eine Tragödie! Nicht dass ich hier noch in Tränen ausbreche!

Aber jetzt mal im Ernst: Als würde mich seine Meinung interessieren!

Juckt. Mich. Eh. Nicht.

»Das ist aber tragisch«, entgegne ich süffisant, bevor ich meine Zigarette anzünde und tief inhaliere. »Jetzt hast du mir aber mein Herz gebrochen.«

Dann seufze ich theatralisch. »Reg dich lieber nicht zu sehr auf, Dion! Das ist nicht gut für deinen Blutdruck.«

»Ich freue mich schon auf den Tag, an dem Luana endlich erkennen wird, was für ein Arschloch du bist!«, blafft er mich an. »Und glaub mir, dieser Tag wird kommen!«

Ganz schön angriffslustig, dein Bruderherz, Luana. Und ich dachte schon, *ich* wäre aggressiv. Man muss sich echt in Acht vor ihm nehmen. Mit dem ist nicht gut Kirschen essen. Nicht dass er mir noch die Kerne ins Gesicht spuckt.

Ich stoße bedächtig den Rauch aus. »Freu dich lieber nicht zu früh«, speie ich ihm entgegen. »Und jetzt verrate ich dir mal mein kleines Geheimnis: Ich habe mich in deine Schwester verliebt. Also, entspann dich lieber und lasse Luana einfach ihr Leben leben, so wie sie es will.«

Mit diesen Worten lege ich auf. »Und ich dachte immer, *ich* sei schwierig und kaum zu ertragen«, kopfschüttelnd reiche ich das Handy an dich weiter. »Aber dein Bruder übertrifft sogar mich!«

Du lächelst entschuldigend und ich zwinkere dir aufmunternd zu.

Alles gut, Lu. Du kannst nichts dafür. Aber dein Bruder und ich werden niemals Freunde. Er glaubt, mich zu hassen. Dabei ist sein Hass mir gegenüber nichts im Vergleich zu dem, was ich für ihn empfinde.

***

Riaan schließt die Tür auf und überlässt mir den Vortritt. Nervös betrete ich sein Penthouse.

»Wohnst du hier mit Shakur zusammen?«, frage ich, bevor ich meine High Heels abstreife und den Rest seiner luxuriösen Wohnung bestaune.

»Jap«, er schließt die Tür hinter sich ab und zieht sich ebenfalls die Schuhe aus. »Fühl dich wie zu Hause.«

Das ist ein fucking Penthouse! Wie kann ich mich denn hier wie zu Hause fühlen? Ich hätte es wissen sollen, dass die beiden Brüder im Geld schwimmen! Der Gedanke daran gefällt mir nicht. Dion und ich haben uns schon öfters über wohlhabende Menschen beschwert. Die meisten von ihnen mögen zwar alles Mögliche besitzen, nur kein Gewissen. Außerdem ist es wohl kein Geheimnis, dass solche Menschen ihr Geld durch unethische Methoden erworben haben.

Riaan geht vor und deutet in die großräumige Küche. »Möchtest du etwas trinken?« Ich gehe ihm nach.

»Ja, gerne.«

Neugierig lasse ich meinen Kopf kreisen. Oh wow. Alles ist hier so opulent, modern und geräumig. Die Wände sind schneeweiß, genauso wie die dazu passende Hochglanz-Küche. Ich fühle mich etwas fehl am Platz. So viel Luxus bin ich einfach nicht gewohnt. Tief in meinem Herzen bin ich immer noch das Mädchen, das in der Gosse aufgewachsen ist.

Riaan öffnet den schicken Side-by-Side-Kühlschrank und holt eine kühle Orangensaftflasche heraus. Anschließend nimmt er aus einem der Schränke zwei Gläser.

»Komm, ich zeig dir mein Zimmer«, sagt er zwinkernd.

Ich nicke. »Ist Shakur heute nicht da?«

Riaan zieht verwundert eine Braue nach oben. »Warum interessiert dich das?«

»Einfach so.« Ich zucke leicht mit den Schultern. »Ich

fühle mich einfach wohler, wenn ich nur mit dir alleine bin.«

»Keine Sorge, er kommt erst viel später nach Hause.« Riaan deutet mir, ihm zu folgen, und ich tappe ihm etwas unsicher hinterher.

»Hier ist mein Zimmer«, sagt er schließlich und bleibt vor einer geschlossenen dunklen Tür stehen. »Wärst du so lieb, die Tür zu öffnen? Meine Hände sind voll.« Er hält die Orangensaftflasche sowie die beiden Gläser demonstrativ in die Höhe.

»Natürlich.« Ich drücke auf die Klinke und öffne das dunkle Holz, bevor ich sein Schlafzimmer betrete. Riaan folgt mir und drückt die Tür mit dem Fuß hinter sich zu.

Ausladende Fenster mit weißen, luftigen Gardinen schmücken den Raum. In einer Ecke steht ein riesiges Boxspringbett in dunkelgrauer Farbe. Unter meinen Füßen streckt sich ein flauschiger weißer Teppich. Und… oh mein Gott, der Flokati ist so weich, dass ich das Gefühl habe, auf Wolken zu schweben.

Riaan bewegt sich auf einen Beistelltisch zu und stellt dort die Gläser zusammen mit der Orangensaftflasche ab.

Selbst der Beistelltisch ist in einem glamourösen Design gehalten. Das goldene Metallgestell ist in sich gedreht und verleiht dem Tisch einen extravaganten Look. Kombiniert mit der Tischplatte aus Glas ergibt sich ein edles Gesamtbild.

Ich fühle mich etwas eingeschüchtert und fehl am Platz. Riaan entgeht meine Unsicherheit nicht, denn er kommt auf mich zu. Sanft nimmt er meine Hand und zieht mich an sich. Meine Kehle fühlt sich etwas trocken an. Mist, ich hätte heute nicht so viel Alkohol trinken dürfen!

Und als hätte Riaan meine Gedanken gelesen, sagt er: »Du hast bestimmt Durst.« Er zieht mich zu dem Beistelltisch, öffnet die Flasche und schenkt die beiden Gläser voll.

Dankend nehme ich eines der Gläser entgegen und trinke alles in einem Zug leer. Der kühle Orangensaft ist so erfrischend, dass ich mich sofort besser fühle.

Riaan legt den Kopf etwas schief und lächelt mich an. »Ganz schön durstig, mein süßes Mädchen. Möchtest du noch mehr?«

Ich nicke, weil ich mich immer noch etwas schwindelig fühle.

Schmunzelnd reicht mir Riaan noch sein Glas, das ich ebenfalls in einem Zug leere.

»Schön hast du es hier«, sage ich leise und stelle das leere Glas wieder auf dem Beistelltisch ab. »Versteh mich nicht falsch, aber wie könnt ihr euch den ganzen Luxus eigentlich leisten?«

»Wie du bereits weißt, besitzt Shakur ein Tattoo-Studio, das hervorragend läuft. Außerdem gehört ihm noch eine Spielhalle«, erklärt Riaan. Dann beugt er sich zu mir vor und flüstert: »Du weißt doch, dass mein Bruder Spiele liebt.«

»Eine Spielhalle?«, hauche ich entsetzt. Was meint er damit? Doch nicht etwa einen schäbigen Sex-Club?

Riaans Mundwinkel zucken amüsiert. »Keine schmutzigen Gedanken, Lu. Ich meinte eine ganz gewöhnliche Spielhalle. Casino.«

Ich atme erleichtert aus. »Ach so. He, he. Casino. Na klar.« Der Alkohol in meinem Blut lässt mich debil grinsen. Oh Gott. Ich bin wirklich fix und fertig. »Und du, Riaan? Was machst du so beruflich? Bist du arbeitslos oder was? He, he.«

»Du bist ganz schön angetrunken«, seufzt er. »Vielleicht solltest du lieber duschen gehen und dich dann ins Bett legen.«

Aber ich möchte noch gar nicht schlafen! Stattdessen kichere ich blöde vor mich hin. »Bist du etwa arbeitslos, Riaan?«, ziehe ich ihn weiter damit auf. »He, he. Los, gib es doch zu! Schäm dich nicht. Lässt du dich von deinem Bruder aushalten?«

Erneut seufzt er und verdreht genervt die Augen. »Okay, das reicht jetzt! Die Müdigkeit und der Alkohol machen dich wohl drollig. Los, ab in die Dusche!«

»Wo ist denn die Dusche?«, frage ich gackernd. Gott, ich kann mich einfach nicht einkriegen! Was ist denn mit mir plötzlich los?

»Direkt hier«, meint Riaan und führt mich durch eine weitere Tür, die sich in seinem Zimmer befindet, direkt ins Bad.

»Ui, sieh mal an! Ein eigenes Badezimmer. Na so was aber auch.« Okay. Ich sollte nun wirklich damit aufhören, so dümmlich vor mich hin zu kichern.

Riaans Mundwinkel verziehen sich zu einem schmalen Strich, während er versucht, gelassen zu bleiben.

»Hör auf damit«, raunt er mir sanft zu, bevor er die Träger des Kleides von meinen Schultern streift. Ich schließe die Augen und beruhige mich allmählich. Seine Berührungen wirken wie ein Wunder auf mich.

Langsam zieht er den Reißverschluss, der sich hinten an meinem Kleid befindet, hinunter. Dann kniet er sich vor mich hin und streift mir das Kleid mitsamt meinem Höschen ab.

Angespannt halte ich die Luft an, doch Riaan erhebt sich wieder und entledigt sich ebenfalls seiner Kleidung. Anschließend hievt er mich hoch und trägt mich in die Duschkabine, wo er mich dann auf meine eigenen Füße stellt.

Bald darauf spüre ich warme Wasserstrahlen auf meinem Körper.

»Ist die Wassertemperatur okay so?«, fragt Riaan nach und fährt mit seinen Händen an meinen Körperkonturen entlang.

»Ja«, wispere ich atemlos. Seine Berührungen auf meiner Haut verursachen mir einen angenehmen Schauer.

»Du bist so schön, Luana«, flüstert er, während seine Hände zärtlich meinen Körper erkunden.

So langsam schleicht sich die Müdigkeit ein. Trotz allem halte ich meine Augen offen, denn ich kann meinen Blick nicht von ihm abwenden.

Wahnsinn, wie attraktiv er unter der Dusche aussieht. So ganz durchnässt. Oh Gott, und was für schöne dichte Wimpern er hat. Und diese schwarzen Haare, die an seiner Stirn kleben. Und dieser Körper ... So durchtrainiert. So muskulös.

Ich strecke meine Hände aus und lasse diese an seinem harten Sixpack entlang wandern. Wow. Dieser Mann ist einfach der Wahnsinn. Seine Augen funkeln mich enigmatisch an.

»Ich werde dich erst einmal waschen«, teilt er mir mit

einem lasziven Blick mit, »und dann werde ich dich in den Schlaf ficken, Luana.«

»Das hört sich wunderbar an«, murmele ich schläfrig.

Ich spüre, wie er mich einseift, während ich meine schweren Lider etwas senke. Fühle seine sanften Berührungen an meinem Körper. Registriere, wie er mich abspült und dann aus der Dusche hinausträgt.

Es fühlt sich so schön an. Ich fühle mich so geborgen. So geliebt.

Er ist so fürsorglich. So liebevoll.

Meine Augenlider werden immer schwerer und fallen beinahe zu. Riaan lässt mich behutsam auf sein Bett nieder. Dann holt er aus dem Kleiderschrank ein T-Shirt heraus, das er mir überstreift.

Ich bin inzwischen so müde, dass ich große Mühe habe, meine Augen offen zu halten. Irgendwann registriere ich nur noch vage, wie er mir meine Haare föhnt. Als er damit fertig ist, lasse ich mich auf sein weiches Bett sinken. Zufrieden schließe ich meine Augen. Seine Bettwäsche riecht nach ihm. Sein hölzerner männlicher Duft verursacht mir Kribbeln im Bauch.

»Dann werden wir wohl das Ficken auf morgen früh verschieben«, raunt er mir ins Haar, als er sich neben mich legt und seine Arme um mich schlingt.

Kurz bevor ich einschlafe, spüre ich noch, wie er mir zärtlich durch die Haare streicht. »Ich habe mich in dich verliebt, Luana«, gesteht er leise und ich lächele.

Das muss wohl das Paradies sein.

Kapitel 23

Du hast doch nicht etwa Angst vor der Dunkelheit, Luana?

Eine angenehme Brise streift sanft meine Haut und lässt meinen Körper prickeln. Die milden Sonnenstrahlen werfen ein warmes, gelbliches Licht in das Zimmer, als ich meine Augenlider aufschlage.

Riaan hat bereits das Fenster geöffnet und lächelt mich warm an. »Guten Morgen, süßes Mädchen. Hast du gut geschlafen?«

Seine dunklen Haare hängen nass in der Stirn und um seine Hüften ist lediglich nur ein Handtuch gewickelt. Oh mein Gott. Sein Körper ist so atemberaubend. Ich kann mein Glück einfach nicht fassen! Dieser verdammt sexy Mann gehört mir!

Oh wow. Wow. WOW!

Ich vergrabe grinsend mein Gesicht in dem weichen Kopfkissen, atme seinen vertrauten Geruch ein. Ist es ein Märchen? Befinde ich mich gerade in einem Märchen? Fuck, das hier ist so viel besser als in irgendeiner geschriebenen Lovestory. Denn das hier ist real.

»Bist du ein fucking Prinz, Riaan?«, murmele ich in das Kissen.

»Vielleicht«, entgegnet er schmunzelnd und setzt sich zu mir auf den Bettrand. »Bist du eine fucking Prinzessin?«

»Wohl eher ein Aschenputtel«, scherze ich verlegen.

»Ich muss erst ins Bad, um mich in eine Prinzessin verwandeln zu können.«

Er beugt sich zu mir vor und küsst mich sanft auf die Wange. »Du bist immer schön, Luana.«

»Danke, mein Prinz«, kichere ich, bevor ich aus dem Bett springe. »Ich bin dann mal im Bad.«

Es war die schönste Nacht meines Lebens, Riaan. Und ich glaube, ich habe mich in dich verliebt. Nein, ich weiß es.
Fuck, ich liebe dich tatsächlich jetzt schon. Fuck, fuck, fuck.

Sag mir, bist du gefährlich, Riaan? Ich spüre zwar die Bedrohung, die von dir ausgeht, aber ich kann sie nicht richtig zuordnen. Denn deine Gesichtszüge sagen mir etwas anderes. Dein Lächeln ist so liebevoll. So warm. Und deine Augen sind … der absolute Wahnsinn.

Wie kannst du also gefährlich sein, wenn mein Herz sich nach deiner Nähe sehnt?

Vielleicht blende ich aber auch all diese Warnungen bewusst aus. Überhöre sie, da mein Herz viel lauter klopft als diese alarmierenden Stimmen in meinem Kopf, die mich zu warnen versuchen.

Ich fühle mich so geborgen in deiner Nähe. So geliebt.

Der Morgensex mit dir ist unglaublich gefühlvoll. Du bist so zärtlich. So sanft. So liebevoll. Ganz anders als gestern Nacht hinter der Diskothek.

So wie du unterschiedliche Augenfarben hast, so hast du zwei Persönlichkeiten. Eine wilde, raue Seite und eine weiche, zärtliche. Die sonnige Seite und die dunkle.

Ich liebe sie beide, Riaan. Weil diese beiden Seiten dich ausmachen.

Ganz egal, wer auch immer du sein magst. Ein Alien, ein Magier, ein Veganer oder einfach nur ein Prinz. Ich brauche dich.

Du hast mal behauptet, dass du meine Finsternis bist. Da ich eine Sonne bereits schon habe, brauche ich nun noch die Finsternis, um mich vollkommen fühlen zu können.

***

Riaans Sicht

Du bist mein persönliches Märchen, Luana, und ich möchte dich am liebsten nie wieder gehen lassen. Denn Märchen sind schön, nicht wahr? Und man möchte nicht, dass sie jemals enden. Selbst wenn ich der böse Wolf bin und du das Rotkäppchen. Was ist schon dabei?

Besitzergreifend lege ich meinen Arm um dich, als wir gemeinsam in den Essbereich schreiten. Soll Shakur ruhig sehen, dass du mir gehörst.

Wie erwartet, sitzt er bereits am Esstisch und trinkt seinen Kaffee. Unser Frühaufsteher in der Familie. Unser Musterknabe.

Er ist immer noch angepisst, weil ich letztens sein Tattoo-Studio etwas deformiert habe. Shakur hasst Chaos. Ich *bin* das Chaos.

»Morgen Bro!«, brülle ich und er schreckt auf, schaut zu uns rüber. Ich verkneife mir das Lachen, denn beinahe hätte er seinen Kaffee verschüttet.

Dann hebt er überrascht eine Braue nach oben.

»Mein armes Trommelfell«, brummt er und stellt

seine Tasse auf dem Tisch ab. »Warum schreist du so, Riaan? Wie ich sehe, hast du Besuch. Hi, Mondschein. Nimm doch Platz und frühstücke mit uns.«

»Ich bin der Gastgeber hier und nicht du«, speie ich ihm gereizt entgegen. Dann wende ich mich dir zu. »Setz dich hin, Lu. Ich werde uns Kaffee machen.«

Ich spiele den Gentleman und schiebe den Stuhl etwas weg vom Tisch, damit du dich hinsetzen kannst. Du lächelst verlegen und nimmst Platz.

»Bequem so?«, frage ich, während ich den Stuhl wieder näher an den Tisch schiebe. Du nickst stumm und Shakur hustet abfällig.

»Ist was?«, knurre ich in seine Richtung.

»Nö«, gibt er missbilligend zurück. »Bin nur beinahe auf einer Schleimspur ausgerutscht. Aber sonst ist alles gut.«

»Du bist so ein Witzbold.« Ich verdrehe die Augen, bevor ich mich in die Küche begebe, um den Kaffee vorzubereiten.

Als ich damit fertig bin, schlendere ich zurück in den Essbereich, wo ich für dich Kaffee auf den Tisch stelle. Shakur reicht zwei Müslischalen an uns weiter sowie das passende Besteck. Ich nehme sie entgegen und fülle sie mit der kühlen Mandelmilch auf. Dann schüttele ich Cornflakes in die Schalen. Währenddessen schlürfst du bereits an deinem Kaffee.

Shakur wirft einen skeptischen Blick in unsere Richtung. »Vielleicht möchte Luana etwas anderes frühstücken. Soll ich für dich Spiegeleier zubereiten, Lu?«

Du schüttelst den Kopf. »Mach dir meinetwegen keine Umstände. Ich mag Cornflakes sehr gerne.«

»Ich kann dir auch Schokoladeneis anbieten«, wirft Shakur zwinkernd ein.

Was soll das? Möchte er mich jetzt ernsthaft provozieren?

»Luana ist gerade auf Diät«, erfinde ich eine kleine Notlüge und setze mich auf den Stuhl neben dich. Du kicherst amüsiert, denn du bist niemals auf Diät. Dafür liebst du das Essen viel zu sehr.

»Dann dürfte sie auch keine Cornflakes essen, denn die sind nicht gerade kalorienarm«, stoßt Shakur spöttisch aus. »Was ist eigentlich mit deinem Hals passiert, Luana?«

Seine Brauen schnellen amüsiert in die Höhe. »Eins, zwei, drei … Moment … Sogar vier Knutschflecken! Mein Bruder ist wohl nicht gerade sanft und einfühlsam im Bett gewesen.«

»Kümmere dich um dein eigenes Liebesleben, Shakur«, schmettere ich ihm entgegen. Dann schiebe ich dir die Cornflakes-Schüssel zu. Du sagst nichts, sondern rührst gedankenverloren in deiner Schüssel.

»Sieh mal an. Mein Bruderherz hat sich verliebt!« Shakur wirft mir einen vielsagenden Blick zu, bevor er sich wieder seinem Kaffee widmet.

»Ist es etwa verboten?«, knurre ich genervt und löffle an meinen Cornflakes.

»Nö. Natürlich nicht«, sagt er und stellt seine Tasse wieder ab. »Die Frage ist eher: Was wird wohl Luana sagen, wenn sie deine dunkle Seite entdeckt?«

Du schaufelst gierig die Cornflakes in dich hinein, ohne ihn zu beachten. Gutes Mädchen. Denn so langsam pisst er mich echt an!

»Sag mal, bist du mit dem falschen Fuß aufgestanden? Oder bist du immer noch sauer, weil ich ein kleines Chaos in deinem Tattoo-Studio verursacht habe?«

»Beides, Bruderherz. Beides«, antwortet er so charmant wie möglich. »Ich analysiere einfach nur gerne. Und du weißt genauso gut wie ich, dass du Luana nicht verdient hast.«

Du verschluckst dich an deinem Frühstück und hustest ein wenig. »Shakur, es reicht! Ich bin erwachsen genug, um zu wissen, wer mir gut tut und wer nicht.«

Ach, Lu! Süß, dass du mich verteidigst. Aber wirklich nicht notwendig. Shakur provoziert einfach nur gerne. Heiße Luft und nichts dahinter. Am besten einfach ignorieren.

Er legt den Kopf schief, während sich seine Stirn in Falten legt. »Riaan ist meine bessere Hälfte. Ich möchte ihm nur ins Gewissen reden, Mondschein. Das ist alles. Er weiß, wovon ich rede. Nicht wahr, Bruderherz?«

Dieser Bastard! Er meint damit meinen Plan, den ich zu Ende bringen möchte. Koste es, was es wolle. Und ja, verdammt! Ich werde ihn weiterhin durchziehen. Nichts und niemand wird mich davon abhalten können.

Shakur nicht. Und auch du nicht, Luana.

»Wie auch immer«, seufzt Shakur und schiebt seinen Stuhl nach hinten, um aufzustehen. »Ich gehe Schokoladeneis holen. Ist gut für die Nerven.«

Mit diesen Worten tigert er in die Küche.

»Habt ihr Streit oder so?«, fragst du mich bekümmert. »Ihr seid doch eigentlich ein Herz und eine Seele.«

Jap. Das sind wir. Ein Herz und eine Seele. Eine Einheit. Unsere Bindung ist sehr stark. Genau wie die zwischen dir und deinem Bruder, Lu.

»Nein, wir haben keinen Streit.« Ich streiche dir ein paar Haarsträhnen aus deinem Gesicht. »Shakur stichelt einfach nur gerne. Das ist alles. Gewöhn dich einfach daran.«

Du zuckst skeptisch die Schultern. »Okay.«

»Komm her«, sage ich und ziehe dich seitlich auf meinen Schoß. Ich kann einfach nicht genug von dir bekommen, mein süßes Mädchen.

»Was genau meinte Shakur mit deiner dunklen Seite?«, fragst du angespannt. Warum so angespannt, Luana? Du hast doch nicht etwa Angst vor der Dunkelheit?

Ich nehme dein Gesicht zwischen meine Hände und küsse dich lange und innig. Als ich mich wieder von dir löse, lächle ich dich an. »Du und ich«, sage ich leise, »es fühlt sich einfach richtig an. So gut. So perfekt. Vergiss das bitte nie, mein süßes Mädchen. Egal, wie dunkel meine andere Seite sein mag. Behalte immer die Helle in deiner Erinnerung. Denn du bist meine helle Seite, Luana. Und wenn ich dich nicht habe, dann bleibt mir nur noch die Dunkelheit.«

Du schluckst betroffen und deine Augen werden glasig. Ich streiche dir sanft über deine Wange. »Für dich mag Dion deine Sonne sein. Aber für mich bist du es, Babygirl.«

Und verdammt, Lu! Es fuckt mich selbst total ab, aber diese Worte sind ernst gemeint! Du hast viel größere Bedeutung für mich, als du es dir je vorstellen magst!

Doch ich befürchte, dass mein Bruder recht hat und unsere Geschichte nicht gut enden wird. Oder glaubst du etwa an ein Happy End, Luana?

Was würdest du tun, wenn der böse Wolf tatsächlich vorhat, dich zu verschlingen? Wirst du dann davonlaufen oder dich letztendlich deinem Schicksal ergeben?

Und was würdest du tun, wenn der Prinz, von dem du dachtest, dass er der Gute ist, in Wirklichkeit ein Bösewicht ist? Ja, Luana! Ich meine damit deine fucking Sonne! Dion.

Vielleicht ist er ja nicht deine Sonne. Vielleicht ist er ja das schwarze Loch, das dich verschlingen möchte.

Oh, Lu! Du hast gar keine Ahnung! Aber die Welt da draußen ist so gefährlich! Überall lauert die Gefahr. An jeder verdammten Ecke. Selbst dort, wo man es am wenigsten erwartet.

Vergiss das Märchen, Babygirl! Wir leben in der Realität. Und die sieht anders aus. Selbst Märchen enden niemals gut. Zumindest gilt das für die Bösewichte.

Wie war das gleich noch mal? Ach ja! Der böse Wolf wurde von dem Jäger am Ende erschossen, um das Rotkäppchen sowie die Großmutter retten zu können.

Ich bin der böse Wolf.

Lauf! Lauf ruhig weg, Luana! Es hat keinen Zweck. Ich werde dich sowieso verschlingen. Selbst wenn ich dafür in Kauf nehmen muss, am Ende von dem Jäger erschossen zu werden.

Die Frage ist, wer wird dieser Jäger sein?

***

Nach dem Frühstück habe ich dich nach Hause gebracht, Luana. Aber heute Nachmittag werde ich dich wieder abholen. Am liebsten hätte ich dich rund um die Uhr bei mir.

Shakur steht gerade vor mir und möchte mit mir reden. Was gibt's denn eigentlich noch zu bereden? Nur weil unser Vater tot ist, meint er diese Rolle an sich reißen zu müssen und mich wie sein kleines Kind zu behandeln.

»Mir gefällt das alles nicht«, beginnt er ruhig.

Ich ziehe angriffslustig die Braue nach oben. »Mir schon.«

»Lass sie in Ruhe, Riaan. Ich meine das ernst.«

»Kann ich nicht. Selbst wenn ich das wollen würde. Sie ist nämlich schon hier drin.« Ich deute mit der rechten Hand auf mein Herz.

»Fuck, Bro! Diese Geschichte wird kein gutes Ende nehmen!«, flucht er und tigert in dem Raum hin und her. Das Schokoladeneis, das er vor Kurzem verspeist hat, hat wohl seine Wirkung verfehlt. Von wegen Nervennahrung!

»Was schlägst du vor, du Genie?«, stoße ich spöttisch aus.

Er bleibt direkt vor mir stehen. »Es gibt zwei Möglichkeiten. Entscheide also weise! Plan A: Ich werde so lange auf dich einprügeln, bis du deinen Verstand wiederfindest. Und Plan B: Du lässt Luana in Ruhe!«

»Uh, welch eine schwere Entscheidung«, entgegne ich provokant. »Ich nehme selbstverständlich A! Dann kannst du immerhin den Helden spielen. Den Jäger,

der den bösen Wolf erschießen kann. Klingt helden-
haft, nicht?«

Er schüttelt angewidert den Kopf. »Weißt du was?
Mach doch, was du willst! Ich bin es einfach nur leid,
dir ständig ins Gewissen reden zu müssen!«

»Ich habe dich nicht darum gebeten«, kontere ich
und marschiere auf die Dachterrasse, um zu rauchen.

Shakur übertreibt, wie immer. Es wird schon alles
gut gehen. Du wirst niemals davon erfahren, Luana.
Ich werde meinen Plan diskret durchziehen. Es wird
dir nicht einmal auffallen, dass *ich* es war.

Und dann werde ich dich auffangen. Deine Tränen
trocknen und dein Herz wieder zusammenflicken.

Wir beide werden glücklich. Vertrau mir.

Kapitel 24

Die Schlange in dem Paradies bist du, Riaan

Ist es ein fucking Traum? Träume ich etwa? Ich habe mich noch nie so glücklich gefühlt wie in diesem Augenblick.

Riaan hat mich heute Nachmittag abgeholt. Wir waren in einem italienischen Restaurant und haben unsere Bäuche mit Pizza vollgeschlagen. Und nun sind wir hier am See.

Es ist traumhaft. Es ist unglaublich.

Ich fühle mich so lebendig. So frei. So high.

Eine frische Windbrise streift sanft meine Haut. Das Sonnenlicht durchdringt die dünne Wolkendecke nur bedingt, was mich insgeheim freut. Denn ich mag keine Hitze.

Alles scheint so friedlich. So perfekt. Ich bin wie verzaubert von dieser unglaublichen Atmosphäre um uns herum.

Dreht sich die Erde überhaupt noch? Ich habe nämlich das Gefühl, dass alles um uns herum stehen geblieben ist. Ich bin wie auf Droge. *Du bist meine Droge, Riaan.*

Wir liegen gerade nebeneinander mit dem Rücken gewandt auf der Wiese. Der Geruch der wilden Sommerblumen steigt mir in die Nase. Ab und zu fliegt eine Libelle oder ein Schmetterling an uns vorbei.

Fuck, Riaan. Ist das hier das Paradies? Hast du mich in das Paradies entführt?

Der See, der nur ein paar Schritte von uns entfernt ist, glitzert, sobald es die Sonnenstrahlen schaffen, sich gegen die Wolken durchzusetzen.

»An was denkst du gerade?«, fragt mich Riaan, bevor er ein Gänseblümchen pflückt und daraus etwas formt.

»Daran, wie perfekt das alles hier ist.« Seufzend blicke ich in den Himmel und beobachte die Wolken, die langsam an uns vorbeiziehen.

Riaan rollt sich über mich und setzt seine Ellenbogen auf der Erde ab. Ich schließe verträumt die Augen, während ich seinen vertrauten erdigen Geruch einatme. Er legt seine Lippen auf meine und küsst mich sanft. Seine weichen, sinnlichen Lippen benebeln komplett meinen Verstand. Fordernd dringt er mit seiner Zunge in meinen Mund, ich spüre sein sexy Zungenpiercing und zergehe unter ihm. Unter seinen Küssen.

Dieser Mann ist eine absolute Granate. Eine Schlange, die mich in diesem Paradies zu verführen versucht. Erfolgreich.

Dann löst er sich von dem Kuss und streicht mir ein paar Haarsträhnen aus dem Gesicht. »Egal, was auch passiert, Luana«, sagt er leise, während seine Augen mich verführerisch anfunkeln, »bitte hasse mich nicht.«

Ich schüttle vehement den Kopf. »Wie könnte ich das«, wispere ich und fahre mit meiner rechten Hand an seiner Wange entlang. »Wie könnte ich dich jemals hassen, Riaan.«

Oh fuck. Er hat so schöne Gesichtszüge. Und diese Augen erst...

Wie kann er nur solche hypnotisierenden, enigmatischen Augen haben? Ein Blick in seine Augen und ich bin verloren.

Das linke Auge steckt voller Geheimnisse. Es ist wie die grauen Wolken am Himmel. Wie ein tobender Sturm. Zieht mich magisch an, verursacht mir ein Kribbeln im Bauch.

Das rechte Auge ist dunkel und voller Wärme. Es strahlt Geborgenheit aus. Eine unglaubliche Tiefe. Lässt mein Herz schneller klopfen.

Ich fahre mit den Fingerspitzen an seinem kleinen Pigmentfleck entlang, der sich unterhalb des rechten Auges befindet. Gott, dieser Mann ist Perfektion pur. So umwerfend. So atemberaubend.

Riaan nimmt meine linke Hand, führt sie an seine Lippen und küsst meine Knöchel. »Du gehörst nur mir, mein süßes Mädchen. Und ganz egal, was auch passieren mag, du darfst mich niemals hassen, Lu. Versprich es mir bitte.«

Ich nicke hastig und schlucke die Tränen herunter. Warum sagt er so etwas? Was soll schon passieren? Und vor allem, wie könnte ich ihn denn jemals hassen?

»Versprochen. Ich könnte dich niemals hassen, Riaan. Niemals.«

Er nickt schwach. Dann streift er mir einen geflochtenen Ring aus Gänseblümchen über den Ringfinger.

Oh mein Gott. Ich sterbe gleich vor lauter Herzklopfen. Das ist so dermaßen süß, dass mir die Worte fehlen!

»Für dich, Luana«, sagt er sanft. »Dieser Ring symbolisiert meine Liebe zu dir.«

OH… WOW! WOW! Wow. Oh… mein Gott. Ich befinde mich tatsächlich im Paradies.

Ich glaube, ich drehe durch! Scheiße! Ist das hier ein fucking Film oder so was? Das passiert hier doch nicht wirklich? OH MEIN GOTT!!! Das ist so verdammt romantisch!

Ich bin so gerührt, dass ich keine Worte finde …

Ich. Bin. Einfach. Sprachlos.

»Riaan«, stoße ich atemlos aus und starre ihn mit glasigen Augen an. Ich heule gleich. Wirklich.

Er legt den Kopf leicht schief und lächelt mich warm an. Meine Brust droht zu explodieren, so laut klopft mein Herz gerade. Ich liebe diesen Mann! Fuck! Das geht so schnell. Zu schnell. Aber ich bin bereits verliebt in ihn. Ich bin verdammt noch mal so was von verliebt in ihn!

»Riaan«, wiederhole ich seinen Namen zittrig. »Scheiße…«

»Was denn, Babygirl?« Fuck! Ich zerfließe gleich unter seinem Lächeln! Er soll mich nicht so anlächeln!

Scheiße, was geschieht mit mir? Ich weiß echt nicht, wohin mit meinen ganzen Gefühlen.

Seine Mundwinkel zucken erneut und ein zufriedenes Lächeln umspielt seine Lippen. »Du bist so unglaublich süß, Luana.«

Ich strecke meine Hand aus und schaue verträumt den Ring aus Gänseblümchen an, den Riaan für mich geflochten hat. Es hat noch nie jemand so etwas Süßes für mich getan.

»Danke«, flüstere ich und fahre mit meinen Fingerspitzen an seinen muskulösen Armen entlang. »Was bedeuten eigentlich deine Tattoos?«

Riaan richtet sich auf und zieht mich mit sich hoch,

sodass wir beide uns nun aufrechtgegenüber sitzen. Angespannt warte ich auf seine Antwort.

»Dieses Tattoo hier«, sagt er schließlich und deutet auf eine wunderschöne Zeichnung, welche seinen linken Oberarm ziert, »symbolisiert meine Familie. Die lächelnde Frau auf dem Bild verkörpert meine Mutter. Nebendran ist Shakur, unser Superhirn, und das schwarze Schaf da bin ich.«

Ich höre wie gebannt zu und inspiziere die wunderschöne Zeichnung auf seiner Haut, während er mir diese genauer erklärt.

»Wir stehen alle drei unter dem Regenschirm«, führt Riaan fort. »Der Regen soll die schwere Zeit verdeutlichen, die wir hinter uns haben. Und dieser Stern hier oben ist unser verstorbener Vater.«

»Wunderschön«, murmele ich und streiche behutsam über das Tattoo an seinem Oberarm. »Hat es Shakur gestochen?«

Riaan nickt. »Jap. Hier auf der Zeichnung lächelt unsere Mutter, so wie sie früher immer gelächelt und mit uns gelacht hat. Ihr Lächeln ist so wunderschön. Ich hoffe, du kannst es noch irgendwann einmal miterleben. Falls sie überhaupt noch jemals lächeln sollte.« Bei der Wehmut in seiner Stimme verkrampft sich mein Magen. Ich möchte Riaan nicht traurig sehen. Es tut mir in der Seele weh, ihn so zu erleben.

»Und die andere Zeichnung auf deinem rechten Unterarm?«, erkundige ich mich, um ihn auf andere Gedanken zu bringen. »Was bedeutet die?«

Riaan lächelt mich vielsagend an. »Diese Schlange hier stellt symbolisch mich dar. Ich bin nicht nur das schwarze Schaf in der Familie, sondern auch die heimtückische Schlange.«

»Ach wirklich?« Ich lege meinen Kopf etwas schief. Gute Selbsteinschätzung, würde ich behaupten. Dafür hätte er einen Orden verdient. Die Schlange in dem Paradies ist wohl er.

Er nickt grinsend. »Ich bin teuflisch, boshaft, giftig, verführerisch, verschlingend und vor allem … tödlich.«

»So siehst du dich selbst also«, stelle ich nüchtern fest.

Er neigt seinen Kopf dicht an mein Gesicht. »Hast du Angst, mein süßes Mädchen?«

Ich schüttele den Kopf. »Nicht mehr«, entgegne ich mit fester Stimme. »Ich habe keine Angst mehr vor dir, Riaan.« Denn ich glaube ihm. Ich glaube ihm, dass er es ernst mit mir meint. Warum sollte er mir schaden wollen? Das würde überhaupt keinen Sinn ergeben. Nach all dem, was wir beide erlebt haben. Nach all dem, was er mir alles über sich erzählt hat. Nach all dem, wie er mich geküsst und berührt hat. Warum sollte ich also Angst vor ihm haben, wenn ich doch diese Liebe in seinen Augen mir gegenüber erkenne?

Seine Augen glitzern ein wenig, als die Sonne es wieder einmal schafft, sich durch die Wolken durchzukämpfen. Er ist definitiv nicht nur eine Schlange, sondern auch ein Alien. Eindeutig. So fucking mysteriöse Augen kann nur ein Außerirdischer haben. Ich könnte ihn ewig anschauen.

»Wieso bist du eigentlich das schwarze Schaf in deiner Familie?«, möchte ich wissen.

»So neugierig, mein süßes Mädchen.« Er legt seine Hand auf meine Wange und streicht mir mit seinem

Daumen über die Lippen. »Ich bin nicht so intelligent wie Shakur. Und auch nicht so ordentlich. Und schon gar nicht geduldig. Ich bin das Chaos. Der Ungeduldige. Der, der alles zerstört. Reicht dir das als Erklärung?«

»Ich liebe das Chaos«, flüstere ich erstickt. Jede seiner Berührungen verursacht mir ein Kribbeln im Bauch. Sein Daumen fährt immer noch sanft über meine Lippen und er öffnet sie ein wenig.

Fuck, ich liebe ihn wirklich. Vielleicht habe ich aber auch eine selbstzerstörerische Ader.

Mit meiner Zungenspitze berühre ich seinen Daumen. Seine Augenlider senken sich, als ich an ihm sauge. Dann beugt er sich zu mir vor und küsst mich fordernd. Und verdammt, seine Lippen sind so unglaublich weich. Seine Küsse machen mich so schwindelig. So trunken.

Nach einer Weile löst er sich von mir und zieht mich mit sich hoch. Ich schwanke etwas, als wir beide stehen, aber er hält mich zum Glück fest.

»Ich werde dich jetzt vögeln, Luana«, beschließt er heiser und die pure Lust in seiner Stimme jagt mir einen Schauer über meinen Körper.

»Worauf wartest du noch?«, hauche ich und schiebe sein T-Shirt nach oben. Er zieht das Kleidungsstück über seinen Kopf und lässt es auf den Boden sinken.

Wow, sein Körper ist unglaublich. Ich lecke mir über die Lippen, während meine Augen seine definierten Muskeln fixieren. Völlig entzückt von ihm lasse ich meine Hände über seinen muskulösen Oberkörper gleiten. Seufze leise auf, als ich den wohlgeformten Sixpack spüre.

»Warum bist du so verdammt sexy, Riaan?« Ich lege meinen Kopf etwas schief, während ich nun verträumt in sein Gesicht blicke. Er senkt etwas seine Augenlider und ich bewundere seine dichten Wimpern. Gott, er ist so hübsch.

Dann beugt er sich dicht an mein Ohr. »Warum bist du so verdammt schön, Luana?«, stellt er mir die Gegenfrage. In mir zieht sich alles zusammen. Riaan schiebt mein Kleid nach oben und seine Hand wandert meinen Körper entlang, während er zärtlich an meinem Ohr knabbert.

»Zieh dein Kleid aus«, murmelt er mir zu.

»Okay«, keuche ich atemlos, als ich inzwischen seine Lippen auf meinem Hals spüre. Eine Gänsehaut überzieht meinen Körper. Er ist so zärtlich, so verführerisch.

Es ist so leicht, sich in ihn zu verlieben. Seine Aura ist so unglaublich einnehmend. So anziehend. Er könnte jede Frau haben. Warum also ich?

Er hilft mir aus dem Kleid heraus und ich denke nicht darüber nach, was passieren könnte, wenn wir hier erwischt werden. Ich bin viel zu konzentriert auf ihn. Auf uns. Auf seine Berührungen. Auf seine Küsse. Oh Gott, er kann so gut küssen!

Als mein Kleid sowie die Unterwäsche bereits unten liegen, lasse ich meinen Kopf in den Nacken sinken. »Beiß mich, Riaan«, fordere ich ihn auf.

Seine Mundwinkel zucken zufrieden. »Macht es dich an, wenn ich dich beiße, mein süßes Mädchen?« Ja, und es interessiert mich überhaupt nicht, wie viele Knutschflecken schon inzwischen meinen Hals zieren!

Kurz darauf spüre ich, wie er mit seiner Zunge meinen Hals entlangstreicht, bevor er dann leicht zubeißt und daran saugt. Ich stöhne auf und lege meine Hände um seinen Nacken.

»Du schmeckst unglaublich süß«, murmelt er kehlig, als er sich von mir löst.

»Dabei magst du doch keine Süßigkeiten«, erinnere ich ihn.

»Dich schon, Luana«, widerspricht er mir. »Du bist die einzige Süßigkeit, die ich mag.«

Ich dränge ihm meine Hüften entgegen und er atmet zischend ein. Dann hebt Riaan mich hoch und trägt mich ins Wasser. Ich kreische auf, als er mich unerwartet in den kühlen See hineinwirft.

»Fuck, Riaan! Das Wasser ist verdammt kalt!«, kreische ich empört, als ich wieder hochkomme.

Riaan lacht, zieht sich seine Hose zusammen mit den Boxershorts aus und springt ebenfalls hinein, bevor er untertaucht. Ich lasse meinen Blick über das Wasser gleiten, als er dann direkt vor mir wieder auftaucht. Gott, er sieht so schön aus mit nassen wirren Haaren. Riaans Mundwinkel zucken zufrieden und er lacht leise. Fuck. Ich liebe sein Lachen. Ich liebe diesen Mann. Er ist so perfekt. So hübsch. So verspielt.

»Du bist doch verrückt!«, lache ich ebenfalls und spritze ihm Wasser ins Gesicht. Als ich dann versuche wegzuschwimmen, packt er mich an meinem Körper und zieht mich an sich. Kurz darauf spüre ich seine Lippen auf meinen.

»Ich werde dich hier im Wasser nehmen«, bestimmt er leise.

Was auch immer du willst, Riaan. Ich bin dir sowieso

schon für immer verfallen. Die Zeit mit dir ist unglaub-
lich atemberaubend. Intensiv. Aufregend. Betörend.

Riaan hievt mich hoch und ich schlinge meine Beine um seine Taille. Seine rechte Hand liegt auf meinem Nacken, während die andere mich am Rücken hält.

Berauscht stöhne ich auf, als er dann in mich eindringt. Seine Stöße sind im Wasser nicht so hart wie sonst. Eher sanft und voller Leidenschaft. So wie der Morgensex mit ihm heute.

»Ich bin dir so verfallen, mein süßes Mädchen«, murmelt er mir zwischen den Stößen zu. »Lasse mich niemals fallen. Der Aufprall könnte schmerzhaft werden.«

»Niemals«, stöhne ich an seinem Mund. Er küsst mich sanft. Und fuck. Ich explodiere unter seinen Berührungen. Unter seinen Küssen. Unter ihm.

Die Hitze durchflutet meinen Körper und ich bin froh, dass das Wasser kühl genug ist, um meine glühende Haut zu neutralisieren.

In diesem Augenblick wird mir klar, dass ich die Finsternis genauso sehr brauche wie die Sonne.

Wenn Dion meine Sonne ist, dann ist Riaan meine Finsternis. Ich brauche sie beide. Die beiden sind die wichtigsten Menschen in meinem Leben.

Kapitel 25

*B*ye, süßes Mädchen

Meine Haare sind immer noch nass und meine Kleidung ist feucht, denn wir hatten nicht einmal ein Handtuch dabei. Aber scheiß drauf! Der Tag war so schön! So aufregend!

Riaan und ich sind noch kurz an der Eisdiele vorbeigefahren und er hat für mich einen Schokoladeneisbecher besorgt. Das muss pures Glück sein.

Nun sitze ich hier in seinem Auto und löffele genüsslich an meinem Eis. Dabei fällt mein Blick auf den Ring aus Gänseblümchen, den Riaan heute für mich angefertigt hat. Leider sieht der Ring ein bisschen mitgenommen aus, weil ich ihn vergessen habe auszuziehen, als wir im Wasser waren. Aber egal. Ich werde ihn zu Hause trocknen lassen und für immer als Erinnerung an diesen wunderschönen Tag behalten.

Riaan dreht die Musik lauter auf, während er noch stärker auf das Gaspedal drückt. Wir rasen an den Sonnenblumenfeldern vorbei. Der Wind peitscht mir ins Gesicht, da Riaan das Verdeck offen gelassen hat. Und so langsam setzt auch schon die Dämmerung ein. Es ist immer wieder faszinierend, den milchigen Himmel dabei zu beobachten, wie er sich in zart rosa Nuancen verfärbt.

Im Radio läuft gerade *Slow Grenade* von Ellie Goulding und Lauv. Gott, das ist so perfekt. Die Musik passt perfekt zu uns. Alles ist so einwandfrei. So elysisch. Es ist der Himmel auf Erden. Mit Riaan.

Ich werfe ihm ein warmes Lächeln zu und er erwidert es.

»Was sagt eigentlich deine Sonne dazu, dass du wieder mit mir abhängst?«, fragt Riaan schmunzelnd und legt seine rechte Hand auf mein Knie. Meine Haut fängt sofort an zu prickeln unter seiner Berührung.

»Er ist nicht begeistert darüber. Eigentlich habe ich mich heute Nachmittag heimlich aus dem Haus geschlichen«, gebe ich offen zu und lecke die letzten Eisreste von dem Plastiklöffel ab, bevor ich den leeren Becher auf das Ablagefach stelle. »Dion verbietet mir, dich zu sehen.«

Riaan lacht leise. »Warum denn? Du bist doch erwachsen genug, deine eigenen Entscheidungen treffen zu können.«

Ich werfe ihm einen zornigen Blick zu. »Du versteht es nicht. Dion und ich haben eine sehr enge Bindung zueinander. Ich bin alles, was er hat. Er ist alles, was ich habe.« Ich mache eine ausladende Handbewegung, um meine Worte zu verdeutlichen. »Und ganz ehrlich, nach deiner Reaktion damals bei uns Zuhause ist es wohl kein Wunder, dass Dion dich nicht mehr mag! Eigentlich bist du selbst schuld daran.«

Riaan streicht mit seiner Hand beschwichtigend an meinem Oberschenkel entlang. »Wie kann ich das wiedergutmachen?«

Ich zucke ratlos mit den Schultern. »Wenn ich das wüsste. Dion ist schon etwas kompliziert, was meine Partnerwahl angeht. Er ist sehr wählerisch.«

»Lass mich raten«, unterbricht er mich lachend. »Die Vogelscheuche hat Dion höchstpersönlich für dich ausgesucht. Dein Bruder hat dir diesen komischen Elliot aufgezwungen, stimmt's?«

Ich seufze empört. »Du kannst echt fies sein, Riaan! Hör auf, ihn so zu nennen! Das Äußere ist doch gar nicht entscheidend. Elliot ist ganz okay. Er ist nett und hilfsbereit.«

»Ja, sicher. Aber mehr auch nicht«, gibt er mit süffisantem Lächeln zurück. »Dafür ist er feige und bestimmt auch noch eine Niete im Bett.«

Ich öffne gerade meinen Mund, um ihm zu widersprechen, als wir schon in die bekannte Straße abbiegen. Das Herzklopfen wird immer stärker, als ich daran denke, dass Dion nicht erfreut darüber sein wird, erfahren zu müssen, dass ich wieder einmal einen Tag mit Riaan verbracht habe.

Er war auch ganz schön verärgert darüber, dass ich bei ihm letzte Nacht übernachtet habe. Außerdem habe ich auch noch mein Handy absichtlich zu Hause liegen gelassen, damit mich Dion nicht erreichen kann. So bin ich eigentlich nicht. Und eigentlich höre ich immer auf meinen Bruder und tu nichts Unüberlegtes hinter seinem Rücken.

Riaan bleibt direkt vor unserem Haus stehen und steigt aus. Dann umrundet er seinen Wagen und öffnet mir die Tür. Oh nein. Mein Körper spannt sich immer mehr an, wenn ich daran denke, dass die beiden aufeinandertreffen könnten.

Ich hoffe, dass Dion nicht gerade zu Hause ist. Eigentlich ist mein Bruder meistens sonntagabends unterwegs. Also hoffe ich innerlich, dass es auch diesmal der Fall ist, und entspanne ich mich etwas.

»Guck nicht so grimmig«, lacht Riaan und legt den Kopf leicht schief.

»Es war ein schöner Tag. Aber es ist besser, wenn du jetzt wieder fährst.« Ich hauche ihm einen flüchtigen Kuss auf die Wange und versuche ihn wieder zu seinem Auto zurückzuschieben. Doch Riaan bewegt sich nicht vom Fleck, sondern bleibt gelassen stehen.

»Warum möchtest du mich plötzlich so schnell wieder loswerden?« Er hebt amüsiert eine Braue. »Du hast doch nicht etwa Angst vor Dions Reaktion?«

Ich atme gestresst aus. »Riaan, bitte. Du solltest jetzt wirklich wieder nach Hause fahren.«

»Er wird mich schon nicht auffressen, Luana«, lacht er. Er findet das auch noch lustig! Verdammt. Er nimmt mich überhaupt nicht ernst! Dabei ist das hier gerade alles andere als amüsant! Ihm ist anscheinend der Ernst der Lage gar nicht bewusst!

So langsam werde ich immer nervöser. »Du kennst meinen Bruder nicht. Bitte geh jetzt, Riaan.«

Doch er schüttelt nur seinen Kopf. »Beruhige dich, Lu. Er wird mich schon nicht umbringen.«

Wenn er nur wüsste!

»Es sei denn, dein Bruder wäre sogar bereit für dich zu morden«, ergänzt Riaan belustigt und streicht sich die nassen, wirren Strähnen aus der Stirn.

Das wäre er, liegt mir auf der Zunge. Aber natürlich behalte ich diese dunklen Gedanken für mich.

»Ich gehe jetzt rein. Danke für den Tag«, sage ich entschieden und drehe mich gerade um, als plötzlich die Tür aufgerissen wird. Scheiße.

Dion stürmt hinaus. Seine Augen sind schmal und

glühen vor Zorn. Seine Lippen verziehen sich voller Abscheu zu einem schmalen Strich. Verdammt!

»Bruderherz.« Meine Stimme zittert und ich werfe ihm ein gequältes Lächeln zu, um ihn milde zu stimmen. Aber vergebens. Er wirft mir lediglich einen kurzen Blick zu, bevor er wieder seine ganze Aufmerksamkeit Riaan widmet. »Geh schon mal rein, Luana, und lass uns beide alleine.«

Oh nein. Das tu ich ganz bestimmt nicht. Nicht, wenn Dion gerade so aussieht, als könnte er meinen Freund umbringen.

»Riaan wollte gerade wieder fahren«, schützend stelle ich mich vor ihn. »Bitte, Dion. Diese Konfrontation ist gar nicht notwendig.«

»Wieso denn nicht? Könnte doch glatt lustig werden«, wirft Riaan gelassen ein. Verdammt. Hat er Todessehnsucht? Anders kann ich mir sein Verhalten echt nicht erklären.

An Dions Stirn bildet sich eine pochende Ader. Ich sehe, wie er mit den Zähnen knirscht und die Fäuste angriffslustig zusammenballt. Das wilde Funkeln in seinen Augen jagt sogar mir Angst ein. Oh fuck. Das hier sieht nicht gut aus. Ganz und gar nicht.

Mein Herz hämmert wild, während ich ihm immer noch den Weg zu Riaan versperre. »Dion, lass uns bitte reingehen.«

»Geh mir aus dem Weg, Luana!«, zischt er. »Ich habe diesen Bastard gewarnt, er solle sich von dir fernhalten. Vielleicht sollte ich diese Warnung lieber mit einem harten Faustschlag versiegeln, damit er es endlich kapiert!«

»Dion, bitte«, flehe ich ihn mit kratziger Stimme an. »Riaan ist nicht so schlimm, wie du denkst. Ich weiß, wir hatten alle einen schlechten Start. Können wir das nicht einfach vergessen und von vorne anfangen?«

»Er hat dich behandelt wie ein Stück Scheiße, Luana! Schon vergessen?« Mein Bruder schüttelt angewidert den Kopf, während seine Kiefermuskel angespannt sind. »Ich werde ihn niemals an deiner Seite akzeptieren!«

»Uh, sieh mal an!« Riaan lässt kurz den Kopf sinken und ein sarkastisches Lachen ertönt aus seinem Mund. »Der Superman höchstpersönlich ist zum Leben erwacht! Wie schön! Oder bist du eher Batman?«

Dann hebt er sein Kinn wieder an und grinst süffisant. »Auch nicht?«, provoziert er ihn einfach weiter. »Vielleicht dann wohl eher Spiderman?«

Fuck. Was zum Teufel tut er da? Er ist anscheinend tatsächlich lebensmüde.

Die Nasenflügel von meinem Bruder blähen sich gefährlich auf und er atmet schwer.

»Okay … dann wohl auch nicht der Spiderman«, wirft Riaan lauernd ein. Er hebt sinnierend seinen Zeigefinger in die Luft und tut so, als würde er angestrengt nachdenken. »Hmm … aber wer dann?«

Scheiße. Er soll damit sofort aufhören! Dion sieht so aus, als könnte er jeden Moment explodieren. Sein hasserfüllter Blick jagt mir einen eiskalten Schauer über den Rücken. Und dann erstarre ich, als mein Bruder plötzlich aus seiner Hosentasche ein Taschenmesser zückt. Fuck.

»Aah!«, ruft Riaan triumphierend. »Jetzt hab ich's

aber! Du bist ein Zauberer! Dann schwing mal schön mit dem Zauberstab, du Harry Potter.«

Ach du heilige Scheiße. Jetzt hat er eindeutig den Verstand verloren! Dion schubst mich zur Seite und ich weiche ruckartig zurück. Ich bin wie gelähmt. Ich möchte eingreifen, aber meine Beine bewegen sich keinen Millimeter. Riaan hingegen ist die Ruhe selbst.

Ich beiße mir stark auf die Unterlippe und hoffe, dass alles gut wird. Auch wenn es nicht gerade danach aussieht.

»Na dann zeig mal, was du so alles drauf hast«, fordert ihn Riaan auf und winkt meinen Bruder mit dem Zeigefinger zu sich.

Im Nu ist Dion bei ihm. Er packt Riaan an den Schultern, wirbelt ihn herum und presst ihm von hinten die Messerklinge an seine Kehle.

»Na? Hast du jetzt immer noch so eine große Klappe?«

»Dion, nicht!«, kommen meine erstickten Worte aus dem Mund.

»Das ist feige, was du da tust«, entgegnet Riaan unbeeindruckt.

»Na schön«, gibt Dion nach und lässt das Messer aus der Hand auf den harten Asphalt gleiten. »Dann lass uns unsere Auseinandersetzung wie richtige Männer klären. Ohne jegliche Hilfsmittel.«

»Mit dem größten Vergnügen!« Riaans Mundwinkel zucken und er lässt seinen Hinterkopf gegen Dions Gesicht schnellen. Mein Bruder brüllt voller Schmerz auf und lockert seinen Griff. Riaan nutzt die Gelegenheit, um sich aus seiner Umklammerung zu befreien und Dion daraufhin einen harten Ellenbogenschlag in den

Magen zu verpassen. Als mein Bruder zurücktaumelt, ergreift Riaan erneut seine Chance, holt aus und versetzt ihm einen kräftigen Schlag ins Gesicht.

Ich keuche erschrocken auf, als Riaan mit seiner Faust erneut ausholt. Doch diesmal schafft es Dion gerade noch rechtzeitig auszuweichen. Schweiß strömt sein Gesicht hinab und der brodelnde Zorn, der sich in seinen Augen widerspiegelt, ist beängstigend. Aus seiner Nase rinnt Blut. Wutverzerrt stürzt sich Dion auf Riaan und verpasst seinem Gegner einen harten Kick in den Magen. Riaan krümmt sich vor Schmerzen, als Dions Kniescheibe brutal gegen seinen Bauch prallt.

Ich möchte die beiden anschreien, sie sollen damit aufhören. Aber mir kommt einfach kein Ton über die Lippen. Meine zittrigen Beine geben nach und ich sacke schluchzend auf die Knie. Das ist zu viel für mich. Ich will das alles nicht.

Es dauert nicht lange, bis die beiden Männer auf dem harten Asphalt landen und wild aufeinander einprügeln.

Scheiße, scheiße, scheiße. Tränen laufen mir über mein Gesicht. Sie sollen damit aufhören! Ich ertrage das alles nicht. Ich ertrage es nicht, dass die beiden Menschen, die ich am meisten vergöttere, sich so sehr hassen und bekämpfen.

Nun verpasst mein Bruder Riaan einen Kinnhacken, dessen Kopf dann hart zur Seite prallt. Blut spritzt auf. Ich bin paralysiert. Zu nichts mehr fähig.

Ich liebe die beiden! Und ich will nicht, dass sie kämpfen! Ich will nicht, dass sie sich hassen!

»Hört bitte auf«, rufe ich verzweifelt, als ich endlich

meine Stimme wiederfinde. »Bitte, hört einfach auf damit!«

Doch sie beachten mich gar nicht. Sie wälzen sich auf dem Boden und Dion malträtiert mit einem weiteren Schlag Riaans Lippe. Riaan keucht vor Schmerzen auf und wirbelt Dion so herum, dass nun er die Oberhand behält. Er holt aus, doch Dion schafft es, dem Schlag auszuweichen, sodass Riaans Faust auf dem harten Asphalt neben seinem Kopf landet. Autsch. Seine Knöchel platzen auf.

»Hört sofort auf damit!«, kreische ich hysterisch. Verdammt, warum hören die beiden nicht auf mich? Dazwischenzugehen, wäre viel zu riskant für mich. Meine Sonne ist viel zu glühend, viel zu orgiastisch. Und meine Finsternis ist viel zu dunkel, viel zu verschlingend.

Da die beiden gleich stark sind und keiner von ihnen nachgeben möchte, befürchte ich, dass sie sich am Ende noch gegenseitig umbringen. Und leider fällt mir nur eine einzige Möglichkeit ein, die beiden zur Vernunft zu bringen.

So reiße ich mich zusammen und stehe auf. Dann hebe ich das Messer auf, das Dion vorhin fallen gelassen hat. Entschlossen halte ich die Klinge dicht an mein Handgelenk. »Wenn ihr nicht sofort damit aufhört, dann werde ich mir die Pulsadern aufschneiden!«

Riaan hält sofort inne. Auch Dion verharrt und wendet sich von seinem Gegner ab. Die beiden atmen heftig, als sie einander loslassen und sich mir zuwenden. Riaan starrt mich besorgt an. Dion wischt sich den Schweiß von der Stirn, bevor er auf die Beine kommt.

Mein Bruder weiß, dass ich mir nichts antun werde. Er kennt mich viel zu gut. Ich könnte mir niemals das Leben nehmen, weil ich weiß, dass er ohne mich nicht weiterleben könnte.

»Mach keinen Scheiß, Lu«, zischt Riaan und erhebt sich ebenfalls. Das Blut rinnt ihm aus dem Mund. Gott, die beiden sehen furchtbar aus!

»Ich werde dich niemals als Freund meiner Schwester akzeptieren«, knurrt Dion noch einmal in seine Richtung. Er kann es einfach nicht lassen!

Riaan wischt sich das Blut mit dem Handrücken aus dem Gesicht und kommt direkt auf mich zu. Er sieht ganz schön ramponiert aus. Seine schwarzen Haare sind wirr. Wütend reißt er mir das Messer aus der Hand und schmeißt es hinter ein Gebüsch. »Was sollte das gerade? Ich mag solchen Scheiß nicht, Luana!«

Ich schlucke meinen Kloß herunter. »Und ich mag es nicht, wenn ihr beide so mordlustig seid.«

Dion kommt schwer atmend auf uns zu. Seine Hände sind auf die Schenkel gestützt, als er direkt vor uns stehen bleibt. »Meine Schwester würde sich niemals etwas antun. Und hier sieht man auch schon, wer von uns beiden Luana am besten kennt.«

Riaan streicht mir mit seiner blutigen Hand die Tränen aus dem Gesicht. »Ich kenne sie auch. Luana ist nicht so stark, wie sie immer tut.«

»Halte dich von meiner Schwester fern!«, droht Dion.

»Dion, höre bitte auf damit«, flehe ich ihn an. Ich habe wirklich keine Kraft mehr. Absolut nicht. »Ich liebe euch beide. Ich liebe dich, Bruderherz. Egal, was kommen mag. Und du weißt genau, dass ich dich immer lieben werde und dass du bei mir immer an erster Stelle stehen wirst.«

Meine geröteten Augen brennen, als ich in seine Richtung blicke. Ihn traurig anschaue. »Aber du musst Riaan an meiner Seite akzeptieren. Bitte. Denn *ihn* liebe ich auch.«

»Das kann ich nicht, Lu«, entgegnet er stur. »Niemals. Er tut dir nicht gut. Er wird dich brechen. Ich weiß das, weil ich es als dein Bruder spüre.« Dion nimmt meine Hand und legt diese auf seine linke Brust, um die Worte zu verdeutlichen. »Ich spüre, dass dieser Mistkerl irgendetwas im Schilde führt. Vertrau mir, Schwesterherz. Und halte dich von ihm fern.«

Ich schüttele verzweifelt den Kopf, bevor ich ihm meine Hand entziehe.

Nein, das stimmt nicht. Dions Worte ergeben einfach keinen Sinn. Riaan würde mich niemals brechen. Er tut mir gut. Immer wenn er in meiner Nähe ist, fühle ich mich glücklich. Er würde mir niemals weh tun. Warum sollte er das tun wollen?

Zittrig hebe ich mein linkes Handgelenk und betrachte den Gänseblümchenring an meinem Finger, den er mir heute übergestreift hat. Ich höre immer noch seine warmen Worte, die sich in meinem Herz eingenistet haben.

Für dich, Luana. Dieser Ring symbolisiert meine Liebe zu dir.

Dion kennt ihn nicht. Riaan ist nicht böse. Er hat so viele gute Seiten.

Riaan streicht mit seiner Hand an meiner Wange entlang und ich sehe ihn mit verweinten Augen an. Dann beugt er sich vor und gibt mir einen Kuss. »Höre auf deinen Bruder, Luana«, sagt er plötzlich. Und mein Herz erleidet kurz einen Stillstand.

Was? Was sagt er da? Warum sagt er das? Ist er verrückt geworden?

»Er hat recht«, ergänzt er ernst. »Bye, süßes Mädchen.« Mit diesen Worten wendet er sich ab und humpelt zu seinem Wagen.

Kurz darauf höre ich den Motor aufheulen und ihn mit quietschenden Reifen davonfahren.

Seine verzweifelten Worte kommen mir in den Sinn.

Lasse mich niemals fallen, Luana. Der Aufprall könnte schmerzhaft sein.

Das hatte ich auch niemals vor. Ich wollte ihn immer halten. Für immer bei mir behalten.

Doch nun lässt *er* mich fallen. Und ja, verdammt! Der Aufprall ist mehr als nur dolorös. Er ist tödlich.

Meine Brust zieht sich schmerzhaft zusammen und mein Herz hört auf zu klopfen.

Er lässt mich sterben.

Er lässt mich einfach so sterben.

Kapitel 26

Meine Augen brennen von so viel Sonnenlicht

Ich rede nicht mehr mit Dion. Schon seit fünf Tagen nicht mehr. Und es zerreißt mir das Herz, weil wir noch nie so lange zerstritten waren. Aber ich kann einfach nicht anders. Ich bin so sauer auf ihn! Er ist schuld an allem. Er ist schuld daran, dass Riaan mich verlassen hat.

Höre auf deinen Bruder, Luana. Er hat recht. Bye, süßes Mädchen.

Die Worte kreisen immer noch in meinem Kopf und versuchen mich zu zerfetzen. Zu erdrücken. Zu ersticken.

War's das also?

Warum hat er mich so schnell aufgegeben?

Warum kämpft er nicht um mich?

Bin ich es etwa nicht wert, dass man um mich kämpft?

Hat Dion vielleicht sogar recht mit seiner Behauptung und Riaan hat mich nie wirklich geliebt?

Schweigend sitzen wir gerade am Tisch und frühstücken zusammen. Ja, trotz allem frühstücken wir immer noch zusammen! Wir schauen sogar immer noch zusammen Serien abends. Nur so nebenbei erwähnt.

Und ja, ich liebe Dion trotzdem. Immer noch. Natürlich liebe ich ihn! Wie könnte ich das denn nicht tun? Er ist mein Bruder. Mein Ein und Alles. Meine Sonne.

Dennoch beachte ich ihn nicht.

Er hat mir meine Finsternis verwehrt. Und meine Augen brennen von so viel Sonnenlicht.

Er hat Riaan aus meinem Leben gekickt. Ihn verscheucht, als hätte er das Recht dazu. Hatte er nicht. Es lief so gut zwischen uns. Und nun ist alles kaputt.

Auf dem Tisch liegen bereits gewaschene Erdbeeren, Heidelbeeren sowie Brombeeren. Außerdem hat Dion geröstete Bagels mit Frischkäse und Lachs vorbereitet.

Alles, was ich liebe.

Doch ich bin nicht blöd. Ich weiß, dass er mich mit dem Essen bestechen möchte. Also ignoriere ich all diese Köstlichkeiten, die sich auf dem Tisch befinden, egal wie verlockend die auch sein mögen. Frustriert widme ich mich meinem Kaffee. Und ich esse Schokolade. Nur noch Schokolade. Scheiß drauf, wenn ich dick werde! Scheiß auf alles!

»Lu, du kannst mich nicht ewig wie Luft behandeln«, fängt mein Bruder unsicher an.

Ich schweige. Dann beiße ich erneut beherzt in die Schokolade rein.

»Riaan ist nicht der Richtige für dich«, fügt er noch hinzu.

Wütend ziehe ich die Augenbrauen zusammen, während ich kaue. *Fick dich, Dion,* teile ich ihm stumm mit. *Du hattest kein Recht dazu, dich in meine Beziehung einzumischen.*

»Ach, Lu«, er seufzt und trommelt nervös mit den Fingernägeln auf dem Tisch. »Es geht mir nicht einmal um seinen letzten Besuch bei uns. Es geht um so viel mehr. Das, was du leider nicht erkennen willst, weil du eine rosarote Brille anhast.«

»Und um was geht es denn?«, sprudelt es aus mir heraus. Dions Augen leuchten erleichtert auf, weil ich endlich wieder mit ihm spreche.

»Schau«, versucht er mir ruhig zu erklären. »Sein Verhalten bei uns zu Hause war mehr als nur merkwürdig. Findest du nicht auch? Er ist höchstwahrscheinlich ein Psychopath.«

Ich verziehe angewidert mein Gesicht. »Hörst du dich eigentlich mal selber reden? Riaan ist Vegetarier. Wahrscheinlich hat er deshalb etwas überreagiert. Mag sein, dass seine Reaktion etwas übertrieben war - aber er ist noch lange kein Psychopath deswegen.«

Mein Bruder schlägt sich mit der flachen Hand gegen seine Stirn. »Kein Vegetarier der Welt würde so übertrieben reagieren! Da steckt etwas anderes dahinter, Lu. Ich habe dich für intelligenter gehalten. Irgendetwas stimmt nicht mit ihm. Ich weiß zwar nicht, was, aber es ist besser, wenn du dich von ihm fernhältst.«

Ich exe meinen Kaffee und schiebe ruckartig den Stuhl nach hinten, bevor ich mich erhebe. »Wie auch immer. Ich muss jetzt auf die Arbeit. Bye.«

»Sehen wir uns heute Abend noch?«, ruft mir Dion hinterher, aber ich schlage schon bereits die Tür hinter mir zu.

Das Schlimme an der ganzen Sache ist: Ich weiß ja, dass mein Bruder recht hat. Aber mein blödes Herz möchte etwas anderes glauben.

***

Irgendein unsympathischer Kunde beschwert sich gerade bei meinem Chef, dass ihm der Kaffee nicht geschmeckt hat.

»Der Kaffee war nicht nur scheußlich, sondern auch noch kalt dazu! Wie kann so etwas passieren?«, beklagt er sich lautstark. »Es kann doch nicht so schwer sein, eine Kaffeemaschine zu bedienen!«

Bla, bla, bla…

Also wirklich! Sind wir hier im Kindergarten oder was? Dann hat der Kaffee eben nicht geschmeckt und was jetzt? Muss man immer sofort petzen? So ein Verhalten finde ich einfach nur kindisch.

Ich sammele das restliche Geschirr ein, stelle alles ordentlich auf das Serviertablett ab und schiebe mich an den anderen Tischen vorbei. Gott, wie ich das hasse! Gefühlt jeden Tag beschwert sich jemand bei Amaniel. Warum sind die Menschen nur so pingelig geworden? Meine Güte, dann sollen sie sich gefälligst ihren bescheuerten Kaffee selbst zubereiten!

Die Tür geht auf, als ein neuer Kunde reinkommt. Ich hoffe, dass Anna, meine Kollegin, sich um ihn kümmern wird. Ich habe nämlich absolut keinen Nerv mehr dazu! Verstehe es echt nicht, was alle mit meinem Kaffee haben. Dabei gebe ich mir immer so viel Mühe!

Die Menschen sind heutzutage einfach nur schwer zufriedenzustellen.

Gekränkt schüttele ich meinen Kopf und werfe einen flüchtigen Blick auf den neuen Kunden. Schwarze Kleidung. Pechschwarze Haare.

Fuck. Mein Herz zieht sich schmerzhaft zusammen und ich bleibe abrupt stehen. Als ich jedoch den Kunden etwas genauer inspiziere, stelle ich enttäuscht fest, dass es nicht Riaan ist.

Ich schlucke den Kloß in meinem Hals herunter, bevor ich in die Küche eile. Aber ich komme nicht sehr weit, denn vor lauter Nebel in meinem Kopf stolpere ich auch noch über meine eigenen Füße. Gerade so schaffe ich es, mich mit einer freien Hand am Tresen festzuhalten, und keuche erschrocken auf, als mir das Serviertablett aus der anderen Hand rutscht und das Geschirr darin mit lautem Knall auf dem Boden zerbricht.

Auch das noch! Scheiße!

Muss denn heute alles schieflaufen? Verdammt, ich könnte echt heulen! Das wird mir langsam zu viel.

Ich bin gerade dabei, mich hinzuknien, um die zerbrochenen Teile einzusammeln, als mich Amaniel an meinem Handgelenk wieder hochzieht. »Nicht, Luana. Nicht anfassen, du könntest dich schneiden.«

Meine Unterlippe bebt leicht und ich versuche, nicht in Tränen auszubrechen. »Es tut mir so leid, Amaniel. Wirklich.« Ich weiß, dass ich schon genug Geschirr für diese Woche zerbrochen habe. Und ich hasse mich ja selbst dafür. Er wird mich bestimmt entlassen. Diesmal wird er mich wirklich entlassen. Kein Chef der Welt würde so ein tollpatschiges Verhalten lange dulden.

»Anna«, er winkt sie zu uns rüber. »Könntest du bitte so lieb sein und dich um das hier kümmern?« Amaniel zeigt auf das Chaos auf dem Boden, das ich angerichtet habe. »Nimm aber einen Besen. Nur nichts mit bloßen Händen anfassen!«

Sie seufzt leicht genervt. »Schon wieder? Dein Ernst,

Luana? Wie kann man nur so ungeschickt sein?« Dann wendet sie sich Amaniel zu. »Klar, kann ich machen. Als hätte ich nicht ohnehin schon genug zu tun.«

Sie tut so, als würde ich das absichtlich machen! Meine Güte!

»Ich hoffe, ich bekomme bald eine neue Kollegin«, höre ich sie meckern, bevor sie sich davonschleicht, um einen Besen zu holen.

»Komm mal mit, Lu. Wir müssen reden.« Mein Chef deutet mir mit einem Kopfnicken, ihm zu folgen. Oh Gott, das hört sich aber nicht gut an. Wenn er jetzt vorhat, mich zu kündigen, dann breche ich wirklich in Tränen aus.

Er geht nach draußen und ich folge ihm. Als wir vor dem Laden stehen, schaut er mich mit besorgter Miene an.

»Was ist nur los mit dir, Luana? Die ganze Woche bist du schon abwesend und unkonzentriert. Die Kunden beschweren sich ständig, dass ihr Kaffee kalt ist. So geht das nicht weiter.«

Okay. Er möchte mich entlassen. Das war's dann. Ich beiße mir stark auf die Unterlippe, um nicht in Tränen auszubrechen. Nicht weinen, nicht weinen. Ich darf jetzt nur nicht weinen.

»Du weißt, dass ich ein sehr geduldiger Mensch bin«, fährt er fort, »aber irgendwann ist auch meine Geduld am Ende.«

»Ist das jetzt eine Kündigung, Amaniel? Das kannst du mir nicht antun«, wispere ich verzweifelt. Mir geht es schon dreckig genug. Er darf mich jetzt nicht auch noch entlassen! Das verkrafte ich nicht.

Tröstlich legt er mir seine warme Hand auf meinen Rücken. »Nein, wie kommst du denn darauf? Ich bin nur besorgt um dich, Maus. Ich bin es leid, dass du so verschlossen bist und mir nicht erzählst, was mit dir los ist. Du weißt, dass ich nicht nur dein Chef, sondern auch ein guter Freund bin. Wir sind doch Freunde, oder etwa nicht?«

»Natürlich sind wir das«, entgegne ich überwältigt. Ich bin so glücklich, dass ich ihn als meinen Freund zählen kann. Denn außer ihm habe ich niemanden mehr.

»Na also. Und Freunden erzählt man doch alles, nicht wahr?«

»Ja«, sage ich leise.

»Dann erzähl mir endlich, was dir auf der Seele liegt. Vielleicht kann ich dir ja helfen!«, fordert er mich sanft auf.

»Ich habe Streit mit meinem Bruder Dion. Also so richtig. Einen Riesenstreit. Und wir waren noch nie so lange zerstritten.« Nun kommen die Tränen, die ich bis dahin so erfolgreich versucht habe zu verdrängen. Ich verdecke mein Gesicht mit den beiden Handflächen und schluchze auf. Dabei wollte ich gar nicht weinen.

»Hey, Maus.« Amaniel streicht mir beruhigend über den Rücken. »Nicht weinen. Ihr werdet euch ganz bestimmt wieder vertragen. Jeder streitet sich mal. Das gehört zum Leben dazu.«

»Ich weiß«, schniefe ich und wische mir die Tränen aus dem Gesicht. »Der Grund für unseren Streit ist eigentlich Riaan. Dion konnte ihn nicht als meinen Freund akzeptieren. Dann haben sich die beiden vor unserer Haustür geprügelt und Dion hat ihm gedroht. Und nun hat er mich verlassen. Wahrscheinlich fand er es zu kompliziert mit mir. Und jetzt ist er weg.«

»Oh je… Liebeskummer also.« Amaniel hebt mein Kinn etwas an, sodass ich in seine braunen Augen schaue. Sein Blick ist ernst und gleichzeitig besorgt. »Lu, ich sag das echt nicht gerne. Aber meinst du nicht, dass dein Bruder nur das Beste für dich möchte? Seit du diesen Riaan kennst, hast du alle deine Freunde verloren. Emmi, Elliot und nun hast du auch noch Streit mit Dion. Und ganz ehrlich … mir ist dieser Mister Darkness auch nicht geheuer.«

Mister Darkness. Nun muss ich kichern. »Warum nennst du ihn immer so?«

Mein Chef zuckt lediglich die Schultern. »Er hat so eine dunkle Aura. Ich weiß es auch nicht. Irgendetwas sagt mir, dass er dir schaden möchte. Liebeskummer ist schlimm, Luana. Aber es geht vorbei und das Leben geht weiter.«

Ich nicke träge. »Hoffentlich.«

Zurzeit habe ich nämlich nicht das Gefühl, als würde das Leben weitergehen. Eher so, als würde ich nur noch vor mich hin existieren.

Kapitel 27

Du kennst nicht meine dunkle Seite, Luana

Das war mit Abstand der anstrengendste Arbeitstag, den ich jemals hatte. Ich bin froh, dass morgen schon Samstag ist und Amaniel mir diesen Tag freigegeben hat.

Endlich wieder zu Hause dusche ich, föhne meine Haare und ziehe mir ein lockeres weißes T-Shirt sowie eine enganliegende Jeanshose an. Dion ist immer noch nicht da. Das ist aber besser so, denn ich habe vor, Riaan anzurufen.

Ja, ich weiß, ich sollte das nicht tun. Ich sollte einfach mit ihm abschließen.

Zu meiner Verteidigung muss ich aber sagen, dass ich bereits versucht habe, ihn zu vergessen. Ich habe versucht mir die gutgemeinten Ratschläge der anderen zu Herzen zu nehmen. Leider erfolglos. Er geht mir einfach nicht mehr aus dem Kopf. Egal, was ich tu. Egal, wie sehr ich mich ablenke. Egal, wie viel Schokolade ich noch esse. Er spuckt trotzdem immer noch in meinen Gedanken.

Jeder schwarzhaarige Kunde auf der Arbeit erregt sofort meine Aufmerksamkeit. Immer wieder erwarte ich ihn, aber er kommt nicht.

Jeden Tag erwarte ich einen Anruf von ihm, aber er meldet sich nicht mehr.

Erschöpft tappe ich zu der Nachtkommode und nehme den inzwischen eingetrockneten Gänseblümchenring zwischen meine Finger.

Ich kann es einfach nicht glauben, dass seine Liebe nur vorgespielt war! Das würde doch keinen Sinn ergeben! Dion hat ihn einfach nur verschreckt, das ist alles.

In meinen Gedanken höre ich immer noch seine sinnliche, raue Stimme, die mein Herz schneller klopfen lässt.

Ich bin nicht so intelligent wie Shakur. Und auch nicht so ordentlich. Und schon gar nicht geduldig. Ich bin das Chaos. Der Ungeduldige. Der, der alles zerstört.

Und das ist mir egal. Denn ich will ihn, so wie er ist. Ich lege den Ring wieder auf der Kommode ab und hole stattdessen mein Handy.

Dann werfe ich mich auf das weiche Bett, vergrabe meinen Kopf in dem Kissen und versuche mich zu sammeln.

Verdammt. Ich muss mich jetzt echt erst einmal dazu überwinden, ihn anzurufen. Eigentlich bin ich nicht so. Eigentlich laufe ich niemals den Männern hinterher. Und ich würde mich auch niemals zuerst melden.

Nur bei Dion mache ich eine Ausnahme. Aber er ist ja auch mein Bruder.

Er hat mir beigebracht, meinen Stolz zu wahren und niemals einem Mann nachzulaufen. Niemals einem Mann das Herz nachzutragen.

Und nun werfe ich all diese Regeln über Bord, indem ich mich aufrecht hinsetze und erst einmal tief Luft hole. Mein Herz rast, während ich seine Nummer wähle und das Gerät angespannt an mein Ohr halte.

Das Tuten in der Leitung ertönt in regelmäßigen Intervallen. Mein Fuß wippt nervös hin und her. Fuck. Fuck. Fuck.

Warum nimmt er denn nicht an, verdammt noch mal? Ich möchte schon auflegen, als ich dann ein Klacken höre. Adrenalin rauscht durch meine Venen.

»Hi«, höre ich seine raue Stimme und ich halte für einen kurzen Augenblick die Luft an. Das Kribbeln in meinem Bauch wird stärker.

»Riaan«, stoße ich atemlos aus. »Hi.« Mehr kommt nicht aus meinem Mund. Mir hat es einfach die Sprache verschlagen.

Ich höre das Zippo klickern und wie er an seiner Zigarette zieht.

Niemand von uns beiden sagt etwas. Ich höre ihn nur den Rauch auspusten.

»Du sollst mich nicht anrufen, süßes Mädchen«, sagt er nach einer Weile.

»Wieso nicht?«, frage ich mit kratziger Stimme. Ich breche gleich in Tränen aus.

»Du kennst nicht meine dunkle Seite.« Erneut höre ich ihn, an der Kippe ziehen.

»Ich kenne all deine Seiten, Riaan.« Die Schlange, das Alien, den Vegetarier, das schwarze Schaf ... ich kenne all seine Facetten.

Wieder stößt er den Rauch aus. »Falsch, süßes Mädchen«, widerspricht er mir ruhig. »Nur die helle. Du kennst nur die helle Seite.«

»Dann möchte ich auch deine dunkle Seite kennen lernen«, beharre ich und spiele nervös an meiner Haarsträhne.

»Glaub mir, das möchtest du nicht.« Wieder höre ich ein Klacken in der Leitung, bevor dann das Tuten ertönt. Er hat aufgelegt.

Er hat einfach aufgelegt.

Frustriert werfe ich das Handy beiseite, bevor ich mein Gesicht unter dem weichen Kissen vergrabe und weine.

Warum hat er uns so schnell aufgegeben? Ich verstehe das alles nicht. Von jetzt auf gleich. Er hat mich in das Paradies entführt und dann hat er mich einfach fallen gelassen. In die harte, kalte Realität zurück. Das ist nicht gerecht.

Wie konnte ich auch nur so blöd sein und daran glauben, dass er stark genug wäre, sich gegen meinen Bruder durchzusetzen?

Wir sind hier nicht bei Romeo und Julia, verdammt noch mal!

Träge erhebe ich mich und wische mir die Tränen aus dem Gesicht. Ich sollte ihn vergessen. Eine Königin sein, so wie Dion es immer sagt. Schultern straffen, Kinn anheben, meine imaginäre Krone richten und weitermachen.

Seine Nummer löschen und weiterleben. Nicht mehr hinterhertrauern. Nicht mehr hinterherrennen. *Niemals* hinterherrennen.

Mein Handy klingelt und ich halte angespannt den Atem an.

Nicht drangehen. Nicht nachschauen, wer mich gerade anruft. Selbst wenn es Dion sein könnte. Einfach liegen lassen.

Stolz bewahren.

Verdammt, scheiß auf den Stolz! Scheiß auf die gekränkte Eitelkeit!

Ich krabbele zurück auf das Bett, bevor ich das Smartphone in meine zittrige Hand nehme. Dann gehe ich dran. »Hallo?«, frage ich unsicher. Meine Stimme zittert etwas. Warum bin ich so nervös?

»Hi Mondschein.«

Ich erkenne seine Stimme sofort.

Shakur?

Aber warum ruft er mich denn an? Ich blinzele ungläubig. »Warum rufst du mich an?«, frage ich lauernd.

Er lacht in den Hörer. Shakur hat so ein schönes, warmes Lachen. Ich mag seine Stimme. Ich mag es, wenn er lacht.

»Verrate mir lieber, warum deine Stimme so zittrig klingt«, entgegnet er.

Ich schnaube verärgert. »Was willst du von mir, Shakur?«

»Ich bin gerade vor deiner Haustür. Komm also raus, ich werde dich in eine Welt entführen, die du niemals vergessen wirst.«

Wie? Was? Wo?

WARUM?

Abrupt springe ich vom Bett auf und eile zum Fenster. Hektisch schiebe ich die Gardinen beiseite und sehe seinen schwarzen Audi Q8 direkt vor unserem Haus stehen. Shakur steht bereits draußen, seitlich angelehnt an seinen Wagen und hält sein Smartphone in der Hand.

Sein Blick schnellt zum Fenster und er lächelt, als er mich entdeckt. Dann winkt er mir zu. Schnell schiebe ich die Gardinen wieder zurück und ducke mich.

»Ich habe dich bereits entdeckt, Luana«, lacht er in die Leitung. »Verstecken ist zwecklos. Raus mit dir!«

»Ich bin gerade nicht zu Hause«, lüge ich.

»Na sicher doch. Soll ich etwa einbrechen und dich mit Gewalt rausholen?«

»Nein!«, sage ich sofort und erhebe mich wieder. »Ich komme gleich.«

»Sehr gut. Beeil dich«, er legt auf.

Fuck. Was macht er hier? Warum möchte er, dass ich mit ihm mitkomme? Und vor allem, wohin?

Bevor ich aber das Haus verlasse, bleibe ich noch eine Weile vor dem Spiegel stehen und fahre mir mit den Fingerspitzen kurz über meine Haare. Zupfe mein T-Shirt zurecht. Atme tief ein und aus. Dann öffne ich endlich die Eingangstür und gehe hinaus.

Shakur neigt seinen Kopf etwas schief, als er mich entdeckt. Seine Mundwinkel heben sich ein wenig. Er trägt ein graues T-Shirt und eine helle zerrissene Jeanshose. Sein Dreitagebart steht ihm ausgezeichnet. Shakur ist hübsch. Wirklich hübsch. Er öffnet mir die Autotür. »Du siehst toll aus, Luana. Steig ein.«

»Übertreib nicht«, entgegne ich lächelnd und lasse mich auf den Beifahrersitz fallen. Er zuckt unbeholfen die Schultern, umrundet das Auto und setzt sich hinter das Lenkrad.

»Wohin fahren wir?«, frage ich, als er den Motor startet.

»Lass dich überraschen.«

Er lässt den Wagen langsam vorwärtsrollen und wir entfernen uns immer mehr von dem Haus, was auch gut ist. Solange Dion noch nicht da ist, ist es besser so. Denn ich möchte nicht mit Shakur gesehen werden.

Dion würde nicht begeistert darüber sein, dass ich mit Riaans großem Bruder fortfahre. Wohin auch immer…

Die Lichter der Stadt ziehen schweigsam an uns vorbei, während Shakur immer stärker auf das Gaspedal drückt. Der dunkle Schatten legt sich bedrohlich über den Himmel, bevor die Dunkelheit die ganze Gegend allmählich verhüllt. Ich blicke aus dem Fenster und betrachte die funkelnden Sterne. Die Nächte können so wunderschön sein. So bezaubernd. So bedrohlich und doch so faszinierend. So wie *er*.

»Du hast dich in Riaan verliebt«, unterbricht Shakur plötzlich die kurze Stille zwischen uns. »Nicht gut, Mondschein. Gar nicht gut.«

»Was geht dich das an?«, speie ich ihm schneidend entgegen.

»Oh, das geht mich so einiges an, Luana.« Sein Blick ist konzentriert nach vorne gerichtet, während er nun an einer Kreuzung abbiegt.

»Du bist genau wie mein Bruder gegen diese Beziehung«, stelle ich nüchtern fest.

»Na dann ist ja eure Love Story so viel spannender, nicht wahr? Ihr beide seid wie Romeo und Julia.« Shakur lacht. »Du könntest ein Buch darüber schreiben, Lu. Vielleicht wirst du ja noch erfolgreicher als Shakespeare.«

Ich verdrehe genervt die Augen. »Du bist SO witzig, Shakur. Ha! Ha! Ha!« Ich lach mich kaputt. Nicht.

Er zuckt apathisch die Schultern. »Na, dann eben nicht. War nur ein gutgemeinter Vorschlag.«

»Wohin fahren wir?«

»Ich werde dir seine Welt zeigen.« Shakur zwinkert

mir zu, bevor er an der nächsten Kreuzung erneut abbiegt. Diese Gegend hier kenne ich überhaupt nicht.

WO sind wir?

»*Seine* Welt?«, frage ich unsicher nach. »Riaans Welt? Die habe ich doch schon bereits kennen gelernt.«

»Oh nein, Lu. Die, die du gesehen hast, war voller Sonnenstrahlen. Ich werde dir eine andere Seite von ihm zeigen. *Das schattige Jenseits.*«

In diesem Moment erinnert er mich etwas an Scar aus dem Disney-Film »Der König der Löwen«.

Ich schiele entgeistert zu ihm rüber. »Was wird das, Shakur? Warum fällst du deinem eigenen Bruder so in den Rücken? Bist du ein Verräter oder so was?«

»Ach, weißt du«, seufzt er und gähnt dabei ausgiebig. »Manchmal bin ich einfach nur gelangweilt und ich könnte etwas Aktion gebrauchen. Ich *liebe* Aktion.«

Aha. Er liebt Spiele. Er liebt Geschichten. Und er liebt Aktion. Sonst noch was?

»Verstehe«, entgegne ich pikiert. »Und das ist also Grund genug, um Riaan schlechtzumachen? Denkst du ernsthaft, mich könnte seine dunkle Welt verschrecken?«

Ich habe absolut keinen Plan, was das soll. Und ich würde gerne wissen, warum Shakur so sehr darauf beharrt, mir die dunkle Seite seines Bruders zeigen zu müssen. Dabei ist es zwischen Riaan und mir sowieso schon vorbei.

Was ist der Zweck dahinter?

Shakur parkt direkt vor einer Bar, obwohl sich der Parkplatz woanders befindet.

»Wir sind da«, teilt er mir mit. Seine Augen funkeln freudig auf. »Oh, Lu! Das wird so lustig werden, glaub mir!«

Ich ziehe wütend meine Augenbrauen zusammen. »Weißt du, Shakur. Bis jetzt mochte ich dich wirklich sehr gerne. Und ich dachte sogar, dass du der Nettere von euch beiden bist. Aber inzwischen habe ich nur noch Verachtung für dich übrig.«

»Wieso das denn?« Er blinzelt unschuldig.

»Weil ich keine Verräter mag«, entgegne ich vorwurfs-voll. »Es ist mir wirklich ein Rätsel, weshalb du mir un-bedingt die dunkle Seite von Riaan zeigen möchtest. Du bist sein Bruder! Wie kannst du ihm so in den Rücken fallen? Ich dachte, du liebst ihn.«

»Tu ich doch«, entgegnet er unschuldig. »Sonst wären wir ja nicht hier. Na los, steig aus.«

Ich schüttle angewidert den Kopf, öffne die Tür und hüpfe aus dem Wagen heraus.

Unglaublich! Wer so einen Bruder wie Shakur hat, braucht keine Feinde mehr! Wieso tut er das? Ich ver-steh das alles nicht. Ich dachte immer, dass die beiden ein Herz und eine Seele sind. So wie Dion und ich.

Shakur steigt ebenfalls aus seinem Audi Q8 und schließt mit einem lauten Knall die Autotür hinter sich zu.

»Schau, Mondschein«, sagt er sanft, als er auf mich zukommt. »Wir werden jetzt einfach da reingehen. Und später kannst du mich immer noch mit Vorwür-fen bombardieren. Einverstanden?«

»Gehört diese Kneipe hier Riaan?«, frage ich.

»Jap. Das hier ist seine Welt, Luana.« Shakur macht

eine ausladende Handbewegung und deutet dabei auf das Gebäude vor uns.

Ich hebe meinen Kopf etwas an und betrachte die Bar genauer, vor der wir gerade stehen. Die Außenwände sind weiß, während schwarze neonfarbige Buchstaben die Eingangstür verzieren. *The Darkness.* So heißt die Bar also. Sieht ganz normal aus. Was soll hier schon dunkel sein, außer diesen Buchstaben, die mir protzig entgegenleuchten? Ich schüttele unverständlich meinen Kopf.

»Bedank dich bei mir später, Lu«, lacht Shakur kehlig und geht schon vor.

Ich eile ihm hinterher. »Wofür?«, frage ich nach, als ich ihn einhole.

»Dafür, dass du nun sein wahres Gesicht sehen wirst.«

Kapitel 28

Du bist so widerlich, Riaan

Wir betreten Riaans Kneipe und die laute Musik im Raum umfängt mich sofort. Neugierig lasse ich meinen Kopf kreisen. Die Bar wirkt auf mich ganz normal, so wie jede andere auch. Daher verstehe ich umso weniger, was Shakur mit dem *schattigen Jenseits* gemeint haben könnte.

Es sind hier überwiegend männliche Gäste im Raum. Einige von ihnen sitzen an den Tischen, trinken ihren Schnaps und rauchen dabei Zigaretten. Ein paar der Männer spielen Karten. Ab und zu höre ich jemanden fluchen.

Ein paar andere Gäste sitzen auf den Barhockern um den Tresen herum, gestikulieren wild mit den Händen, während sie sich lautstark unterhalten. Alles scheint gewöhnlich zu sein.

»Das Einzige, was hier dunkel ist, ist die schumm-rige Beleuchtung«, lasse ich eine trockene Bemerkung fallen und ziehe angewidert die Nase krumm, als mein Blick auf einen sabbernden Kunden fällt, dessen Kopf schlapp auf dem Tresen liegt. Igitt. Er hatte wohl ein paar Gläser zu viel.

»Buh!«, macht Shakur von hinten und ich verdrehe die Augen. Er lacht und streicht mir ein paar meiner schwarzen Strähnen aus dem Gesicht. »Fühl dich wie zu Hause, Lu«, säuselt er scheinheilig.

»Das hier ist eine ganz normale Kneipe, Shakur. Wo

ist denn die versprochene Dunkelheit?« Also wirklich! Shakur ist so eine Dramaqueen! Oder eben Dramaking. Macht aus einer Mücke einen Elefanten. Soll mir etwa diese schäbige Kneipe hier Angst einjagen?

»Nicht hier, Schätzchen«, raunt er mir sanft ins Ohr und dreht meinen Körper etwas nach rechts, bevor er mit einer ausgestreckten Hand in eine Ecke des Raumes deutet. »Dort drüben, Lu. Einfach die Treppen nach oben. Aber sag mir später nicht, ich hätte dich nicht gewarnt.«

Ich entdecke eine alte, hölzerne Wendeltreppe, die nach oben führt. Meine Nackenhaare sträuben sich. Mein Gefühl warnt mich davor, nach oben zu gehen. Andererseits möchte ich Riaans dunkle Seite kennen lernen.

Etwas unsicher bewege ich mich auf die Treppe zu. Shakur folgt mir.

»Kommst du mit?«, wispere ich befangen, als ich vor den hölzernen Stufen stehen bleibe.

Er schüttelt den Kopf. »Nein, Mondschein. Das schaffst du schon alleine. Ich warte solange hier unten auf dich.«

»Das ist aber nicht gerade gentlemanlike«, beklage ich mich.

»Ich habe nie behauptet, ein Gentleman zu sein«, entgegnet er rau.

Na schön! Dann eben nicht! Ich atme tief durch, straffe meine Schultern und steige langsam die Treppe nach oben. Mein Herz schlägt immer schneller, je mehr ich mich meinem Ziel nähere. Die einzelnen Stufen knarren unter meinen Füßen.

Warum habe ich plötzlich so einen Kloß im Hals? Und warum zittern meine Beine so?

Als ich endlich oben ankomme, werfe ich noch einen flüchtigen Blick nach unten, wo Shakur immer noch dasteht und mir aufmunternd zuzwinkert.

Also gut. Ich schaffe das irgendwie. Noch einmal atme ich tief durch und betrete dann den überfüllten Raum.

OH FUCK! Was zum Teufel …?

Mein Körper wird starr, als mir als Erstes der riesige Käfig ins Auge fällt, der mitten in dem Raum platziert ist. Die goldenen Gitterstäbe glänzen unter der prachtvollen Deckenleuchte, während sich dort drinnen eine leichtbekleidete Frau räkelt. Fließend bewegt sie ihre Hüften zu dem Takt der Musik und streift sich dabei die restliche Unterwäsche von ihren Körper, bis sie komplett entblößt ist.

Ich keuche entsetzt auf. WAS IST DAS HIER? Ein Bordell?

Dann öffnet sich der Käfig und eine andere Frau wird hineingelassen. Bestürzt schlage ich mir die Hand vor den Mund, als diese sich genauso ihrer Kleidung entledigt, wie die erste Dame.

WAS. IST. DAS. HIER? Verdammt!

Ich halte schockiert die Luft an, während ich die beiden Frauen weiterhin beobachte. Sie haben makellose Gesichter sowie perfekte Körper. Und ich muss zugeben, dass sie sich wirklich gut ins Szene setzen können. Ich wünschte, ich wäre so gelenkig wie die beiden.

Sie räkeln sich geschmeidig zu der Musik, werfen theatralisch ihre langen Mähnen nach hinten und tigern langsam aufeinander zu. Fuck. Ich keuche erneut auf und reiße konsterniert meine Augen auf, als die beiden damit anfangen, sich gegenseitig zu berühren und wild zu knutschen.

Was zum Teufel ist das, Riaan? Ist das tatsächlich deine Welt? Fuck. Fuck. Fuck.

Ich spüre, wie mich ein Schwindelgefühl ergreift. Den Rest des Raumes nehme ich nur noch vage wahr. Es sind mehrere Tische aufgestellt, an denen Männer sitzen, an ihren Getränken nippen und sabbernd die Szene in dem Käfig beobachten.

Was ist das hier? Ich schüttele verzweifelt meinen Kopf, in der Hoffnung, aufzuwachen. In der Hoffnung, dass das alles nur ein böser Traum ist. Das alles scheint so surreal.

Das ist alles nicht wahr, oder? Oder???

Und dann entdecke ich plötzlich *ihn*. Riaan. Mein Blick fällt rein zufällig auf ihn und es zerreißt mein Herz in tausend Stücke.

Er hat eine schwarze zerrissene Jeanshose und ein enges, ebenfalls gleichfarbiges T-Shirt an, welches seinen muskulösen Körper betont. Seine dunklen Strähnen fallen lässig in die Stirn und verdecken teilweise seine atemberaubenden Augen. Er ist so hübsch.

Und er lacht.

Ich schlucke den Kloß herunter, als ich eine Frau neben ihm erblicke. Lächelnd streicht sie sich ihre dunklen Haare hinters Ohr und strahlt ihn verliebt mit ihren blaugrünen Augen an. Ihr dunkelgrünes Kleid ist viel zu kurz und der Ausschnitt viel zu tief. Meiner bescheidenen Meinung nach. Aber wer fragt schon mich.

Sie himmelt Riaan regelrecht an. Das ist nicht zu übersehen.

Mein Magen verkrampft sich schmerzhaft, als sie ihren Kopf an seine Schulter anlehnt und ebenfalls lacht.

Okay.

Ich beiße mir stark auf die Unterlippe, um nicht in Tränen auszubrechen.

Anscheinend hat er mich tatsächlich aus seinem Leben gestrichen. So als hätte ich niemals existiert. Vollkommen vergessen. Und nun hat er bereits eine Neue.

Das ist okay.

Tränen steigen mir in die Augen.

Scheiß drauf. Schultern straffen. Kinn anheben.

Stolz bewahren. So wie es mir Dion beigebracht hat. Eine Königin bleiben.

Nicht weinen.

Das ist wirklich okay. Mir geht es gut. Ich werde jetzt nicht weinen.

Riaan bemerkt mich, hebt überrascht die Brauen, schiebt diese leichtbekleidete Frau beiseite und kommt schließlich auf mich zu. Schnell wische ich mir über meine feuchten Augen mit dem Handrücken. Nur keine Schwäche zeigen.

»Luana«, begrüßt er mich ein wenig erstaunt. »Was machst du denn hier?«

»Ich begaffe hier diese zwei wunderschönen Frauen in dem Käfig, die sich gegenseitig ablecken«, murmele ich nüchtern. »Warum sollte man sonst hier sein?«

Seine Mundwinkel zucken leicht amüsiert. »Du bist verärgert, süßes Mädchen.«

»Das hier geht mich gar nichts an«, entgegne ich trocken.

Riaan nickt. »Das hier ist *meine* Welt, Luana. Es geht nur mich etwas an.«

»Habe ich etwas anderes behauptet?« Ich ziehe gereizt meine Brauen zusammen.

»Nein.« Seine Augen strahlen eine Kälte aus, die mir neu ist. Das graue Auge wirkt bedrohlich hell, während das rechte sich noch dunkler verfärbt und mich dabei undefinierbar anfunkelt. »Aber du kommst nicht damit klar.«

»Sollte dir doch egal sein, ob ich mit deiner Scheißwelt klarkomme oder nicht«, gebe ich gereizt zurück. »Immerhin sind wir beide nicht mehr zusammen.«

Er möchte gerade etwas erwidern, als in dem Moment die Frau mit dem kurzen Kleid dazukommt. Sie legt demonstrativ ihre Hand auf seine Schultern und haucht ihm einen Kuss auf die Wange. Ihre Augen verziehen sich zu Schlitzen, während sie mich abschätzend mustert.

»Lass uns bitte kurz alleine, Yvonne.« Er schiebt sie sanft beiseite. Doch sie lässt uns nicht alleine. Stattdessen schaut sie mich hasserfüllt an.

Yvonne also. Die, die ihn damals auf seinem Handy angerufen hat, als wir beide am See waren. Seine Mitarbeiterin, wie er es mir weismachen wollte.

Ich schnaube angewidert. »Ich wollte mir hier nur die Show in dem Käfig ansehen. Ich hatte überhaupt nicht vor, ein Gespräch mit dir zu führen, Riaan.«

»Dabei ist die Show in dem Käfig noch lange nicht vorbei«, entgegnet Yvonne beschwörend und schürzt dabei die Lippen. »Bleib doch noch. Es wird noch prickelnder werden, als du es dir je ausmalen kannst.«

Ich schlucke beklommen. »Nein, danke. Das, was ich bereits gesehen habe, hat mir gereicht. Ich gehe jetzt.«

Riaans Blick ist undefinierbar, als er mir in die Augen blickt. »Ich habe schon geahnt, dass du so reagieren würdest, Luana.«

Yvonnes Augen weiten sich. »Uh, sieh mal an! Du bist also die legendäre Luana«, ruft sie überrascht aus. »Ich habe viel von dir gehört.«

»Du hast ihr von mir erzählt?« Ich schüttele fassungslos den Kopf. »Du bist so widerlich, Riaan.«

Yvonne kichert. »Du meine Güte, so eine Kratzbürste! Ganz schön frech, das Mädel. Ich verstehe wirklich nicht, wie du sie noch *süßes Mädchen* nennen konntest!«

»Oh, das hast du ihr also auch noch erzählt«, stelle ich betroffen fest.

Er sagt nichts.

»Wie auch immer. Ich wünsche euch beiden alles Glück dieser Welt. Tschau.« Mit diesen Worten wende ich mich von den beiden ab und gehe.

»Lu, warte doch!«, höre ich Riaans Stimme hinter mir. Schnell holt er mich ein und versperrt mir den Weg. »Ich bin nicht mit ihr zusammen.«

Ich zucke apathisch mit den Schultern. »Das ist mir egal. Völlig egal. Du kannst machen, was du willst, Riaan. Es kümmert mich nicht mehr.«

»Warum, Luana? Schockiert dich so sehr meine dunkle Seite?« Seine Augen verengen sich angriffslustig. »Wieso wusste ich das?«

Ich hole tief Luft und versuche mich zu sammeln. »Du bist ein fucking Zuhälter, Riaan! Wieso sollte mich diese Erkenntnis nicht schockieren?«

»Zuhälter?« Seine Brauen schnellen verärgert nach oben. »Das hier ist kein Bordell, Luana! Sondern eine ganz normale Bar, wo die Männer etwas zu sehen bekommen.«

Ich stelle mich auf die Zehenspitzen und beuge mich etwas zu ihm vor. »Es klingt widerlich«, zische ich ihm ins Gesicht. Dann wende ich mich von ihm ab und marschiere davon.

Ich muss mich an dem Geländer festhalten, um nicht hinzufallen, als ich langsam wieder die Treppen nach unten schreite. Mir ist immer noch schwindelig. Und mir ist kotzübel.

Ich bin so enttäuscht von Riaan! Diese Bar hier ist so ekelerregend, dass mir die Galle hochkommt! Warum kann er nicht eine ganz normale Kneipe besitzen? Oder ein Tattoo-Studio so wie Shakur? Von mir aus kann es auch eine Spielhalle sein! Aber doch nicht das hier!

Höchstwahrscheinlich genießt er sogar selbst die Show, die in diesem Käfig geliefert wird! Diese Erkenntnis ist so bitter, dass mir die Tränen in die Augen steigen.

»Fick dich, Riaan«, murmele ich betroffen, stolpere die letzten Stufen nach unten und falle beinahe hin. Shakur fängt mich auf. »Vorsicht, Mondschein!«

»Ich hasse dich, Shakur!«, speie ich ihm entgegen. »Warum tust du mir das an?«

»Was denn?« Er lässt mich los und legt sein Gesicht

etwas schief, während er mich intensiv mustert. »Was tu ich denn, Luana?«

Vorwurfslos schaue ich ihn an. »Das hier! Warum musstest du mir das alles zeigen?«

»Willkommen in der Realität«, sagt er bloß. »Lust, etwas zu trinken?«

Ich ziehe angewidert die Nase krumm. »Hier? Nein, danke!«

»Draußen, auf der Bank.« Er deutet mit der Kopfbewegung zu dem Ausgang. »Ich hole uns eine Weinflasche.«

Ich zucke mit den Schultern und wische mir die Tränen aus den Augen. Shakur bewegt sich zu der Bar und bestellt eine Flasche Wein. Mein Blick huscht zu der Treppe, in der Hoffnung, dass Riaan mir nachkommt und das alles irgendwie aufklärt. Doch nichts davon geschieht. Wahrscheinlich ist er viel zu sehr damit beschäftigt, die Frauen in den Käfig zu begaffen. Oder sich von dieser komischen Yvonne anflirten zu lassen.

»Wir können los«, sagt Shakur schließlich und deutet lächelnd auf die Flasche in seiner Hand. Ich nicke und tappe unbeholfen neben ihm her. Er öffnet die Tür und ich eile nach draußen. Endlich.

Nichts wie weg hier.

Kapitel 29

Spielst du mit mir, Shakur?

Shakur und ich sitzen zusammen auf einer Bank in der Nähe von dieser beschissenen Kneipe und leeren gemeinsam die Flasche Wein. Vielleicht habe ich auch etwas mehr getrunken als Shakur. Aber das spielt jetzt keine Rolle.

Die Dunkelheit umhüllt nun vollständig den Himmel und die Sterne leuchten so hell wie noch nie.

Ich bin so unglaublich enttäuscht von Riaan! Und vor allem so unglaublich traurig. Traurig, dass er uns so schnell aufgegeben hat. Und traurig darüber, dass er mir nicht nachgegangen ist.

»Dein Bruder ist ein verfickter Zuhälter«, lalle ich betrunken. »Was sagst du dazu, Shaki?«

Er seufzt tief und stellt die leere Flasche auf dem Boden ab. »Nenn mich nicht so, Lu.«

»Shaki, Shakuri«, provoziere ich ihn einfach weiter. Pech. Er nennt mich auch Mondschein und ich habe mich noch nie darüber beschwert. Also soll er auch seinen Mund halten.

»Riaan ist kein Zuhälter«, meint er ruhig.

»Erst fällst du ihm in den Rücken und nun nimmst du ihn in Schutz?«, grummele ich frustriert. »Entscheide dich doch endlich, auf welcher Seite du stehst!«

»Ich stehe auf deiner Seite, Lu«, entgegnet er ernst. »Schon immer.«

Ich blinzele mehrmals, um seine Worte zu begreifen. *Wie,* schon immer? Was meint er damit?

Shakur nimmt mein Kinn zwischen seinen Zeigefinger und Daumen, bevor er es leicht anhebt. »Seit ich dich das erste Mal gesehen habe, Luana. Du bist viel zu süß für ihn. Viel zu unschuldig. Du solltest mir gehören.«

Ich reiße entrüstet meine Augen auf. »Spielst du mit mir, Shakur?«

»Das würde ich niemals wagen.« Er beugt sich vor und sein warmer Atem streift dabei mein Gesicht. Eine heiße Welle durchfährt meinen Körper.

Okay, ich bin viel zu betrunken. Das ist Shakur. Das ist nicht Riaan. Warum also reagiere ich so derart auf ihn?

Mein Herz rast, als seine Lippen meine streifen. Dann küsst er mich. Einfach so. Und ich wehre mich nicht einmal dagegen, sondern lasse es zu.

Und fuck. Er kann echt gut küssen. So sanft. So sinnlich.

Und doppelt fuck. Denn ich genieße es.

»Wir sollten das nicht tun«, lalle ich betrunken, als ich ihm mein Gesicht entziehe.

Er legt seinen Kopf leicht schief und in meinem Körper kribbelt es, als er mich mit seinem trüben Schlafzimmerblick mustert.

»Vielleicht. Vielleicht auch nicht«, entgegnet er schlicht. »Dir hat es doch auch gefallen.«

»Nur weil ich etwas verwirrt bin, Shaki. Shakur. Shakuri.« Ich zucke mit den Schultern. »Und betrunken. Und verletzt. Und enttäuscht. Und alles auf einmal. Verstehst du das, Shaki?«

Er nickt lächelnd. »Sicher. Ich verstehe so einiges.«

»Gut«, sage ich.

»Wirst du jetzt mit Riaan abschließen können?« Er schaut mich träge von der Seite an.

Ich schlucke den Kloß in meinem Hals runter. »Was bleibt mir anderes übrig.«

Er nickt mir anerkennend zu. »Andere Frauen weinen ihm sehr lange hinterher. Du scheinst eine gefestigte Persönlichkeit zu haben, Lu.«

»Nur dank meinem Bruder«, gebe ich leise zu. »Dabei bricht mein Herz in tausend Teile. Ich zeige es nur nicht. Oder versuche zumindest, es mir nicht so offensichtlich anmerken zu lassen.«

In Wahrheit bin ich gar nicht so stark, wie ich es immer nach außen hin zeige. Tief in meinem Inneren bin ich sehr zerbrechlich und unsicher. Dion schenkt mir täglich die Stärke, die ich brauche. Nur dank ihm habe ich Selbstvertrauen. Ich sollte mich wieder mit ihm vertragen, wird mir klar. Und … er hatte recht, was Riaan angeht. Mein Bruder hat immer recht.

»Warum versuchst du es mit Riaan einfach nicht noch einmal?«

»Er hat einen verfluchten Käfig mit Nutten drin! Und diese ekligen Männer, die sich darauf einen runterholen. Wahrscheinlich macht er sogar mit!« Ich schaue Shakur an, als wäre er schwer von Begriff. Dabei wollte *er* mir doch so unbedingt Riaans dunkle Seite zeigen. »Ach komm schon, Shakur! Gib doch zu, dass es dich freut, dass es zwischen Riaan und mir nicht geklappt hat! Du warst doch von Anfang an gegen unsere Beziehung.« Ich hebe angriffslustig die Brauen.

Er seufzt, bevor er seine Hand auf meinen Oberschenkel legt. »Weißt du, Lu, dein Bruder ist ein Dealer und verkauft Drogen! Doch das interessiert dich anscheinend einen Scheißdreck! Aber dass Riaan ein paar Tänzerinnen im Käfig hat, das findest du abstoßend. Irgendwie ein bisschen widersprüchlich, findest du nicht?«

Bei seinen Worten erstarre ich kurz. »Woher weißt du das mit meinem Bruder?«

»Ich bitte dich, Mondschein!« Nun lacht Shakur. »Was glaubst du, wo ich mir immer meine Drogen besorge?«

»Shit«, ich starre ihn entgeistert an. »Ihr beide kennt euch?«

»Nur flüchtig.«

»Du nimmst Drogen?«

Er lacht erneut. »Das hast du doch schon bereits bei unserem ersten Treffen gesehen oder etwa nicht?«

»Stimmt. Du hast mit Emmi einen Blunt geteilt. Und was nimmst du sonst noch so?«

»So einiges, Babygirl. Unter anderem Koks.« Er streicht sich durch seine kurzrasierten Haare und holt aus seiner Hosentasche einen Blunt sowie ein Feuerzeug heraus.

Ich keuche entsetzt auf.

»Was denn?« Er runzelt die Stirn. »Das Zeug ist harmlos. Von deinem Bruderherz höchstpersönlich. Tu nicht so unschuldig, Lu. Denn das bist du nicht. Nicht du und auch nicht dein Bruder Dion. Ihr habt genauso viel Dreck am Stecken wie wir alle hier.«

Shakur hat recht. Warum reagiere ich so über, wenn mein Bruder doch ein Dealer ist? Vor allem haben mein

Bruder und ich mehr Leichen im Keller, als Shakur es zu wissen glaubt. Wir sind Mörder …

»Kann das Zeug tatsächlich alles heilen?«, frage ich träge. Ich möchte alles vergessen.

Vergessen, was damals geschehen ist.

Vergessen, dass wir diesen Mann auf dem Gewissen haben.

Vergessen, dass ich Riaan liebe.

Vergessen, dass ich Shakur geküsst habe.

Vergessen, dass ich mich mit Dion gestritten habe. Alles vergessen.

»Hast du es noch nie genommen?« Er wirft mir ein überraschtes Lächeln zu.

Nein. Ich habe Drogen niemals angerührt. Wie denn auch, bei meinem strengen Bruder? Meinem persönlichen Aufpasser.

Auch Dion hat niemals Drogen genommen. Er verkauft sie zwar, aber er selbst ist niemals in Versuchung gekommen. Schließlich nimmt er seine Rolle als Vorbild mir gegenüber ziemlich ernst.

Ich schüttele den Kopf. »Nein, noch nie.«

»Braves Mädchen«, nickt er anerkennend. Dann zündet er sich den Stängel an und zieht kräftig daran.

Ich senke meinen Blick, während ich überlege, ob ich weiterhin ein vernünftiges Mädchen sein möchte.

Shakur wirft seinen Kopf in den Nacken und stößt den Rauch langsam nach oben aus.

»Meinst du, Riaan liebt mich?«, unterbreche ich die Stille.

»Vielleicht. Vielleicht auch nicht«, entgegnet er träge. »Das musst du ihn schon selbst fragen.«

»Du bist sein Bruder, du musst ihn doch kennen!«, beklage ich mich.

Er lacht kehlig. »Hast du Liebeskummer, Lu?«

»Ja, schon«, gebe ich traurig zu. »Mein Herz tut so weh.«

»So ist mein Bruder. Er zerstört die Herzen, die ich dann wieder heilen soll.« Er kneift die Augen etwas zusammen und schaut mich intensiv an. »Soll ich dein Herz heilen, Lu?«

»So wie du es bei Emmi gemacht hast?« Ich seufze tief. »So etwas funktioniert leider nur kurzfristig.«

»Komm etwas näher und öffne deinen Mund«, fordert er mich auf. Ich sträube mich ein wenig dagegen, da ich mir nicht sicher ob, es der richtige Weg ist.

»Keine Sorge, Luana. Ich bin ja bei dir. Ich passe auf dich auf.« Seine grauen Augen funkeln mich verführerisch an. »Vertrau mir.«

Ich nicke, rücke etwas näher an ihn heran und öffne leicht meinen Mund.

»Gutes Mädchen«, lobt er mich rau, während seine freie Hand an meiner Wange entlangstreift. Ich halte angespannt den Atem an und spüre das Kribbeln in meinem Bauch. »Ich könnte so viele Sachen mit dir anstellen, Luana.«

Warum bringt er mich nur so durcheinander? Ich bin immer noch betrunken. Das muss wohl der Grund sein.

Shakur zieht genüsslich an dem Stängel. Dann neigt er sein Gesicht dicht an meins. Eine angenehme Wärme fließt durch meinen Körper. Seine grauen Augen hypnotisieren mich. Er legt seine freie Hand auf meinen

Hinterkopf und zieht mich noch ein Stück näher, bevor er den Rauch bedächtig in meinen Mund ausstößt. Ich inhaliere, so gut es geht und bekomme einen Hustenanfall.

Ich habe noch nie zuvor geraucht. Und nun fange ich gleich mit etwas Stärkerem an. Was ist nur los mit mir?

Shakur tätschelt meinen Kopf und wartet ab, bis das Husten abgeklungen ist.

»Noch einmal?«, fragt er und neigt sein Gesicht etwas schief.

Ich nicke. Und so wiederholen wir die Prozedur einige Male, bis nichts mehr von dem Blunt übrig ist.

Ein Gefühl der Leichtigkeit empfängt mich. Mir ist ein bisschen schwindelig, aber ich bin nicht mehr todunglücklich. Und ich denke nicht mehr nach. Nicht über Riaan. Nicht über Dion. Und auch nicht über diese blöde Yvonne.

Ich sehe nur Shakur neben mir sitzen. Er mustert mich intensiv mit leicht geneigtem Kopf. »Geht es dir besser, Mondschein?«

»Ja«, hauche ich. Es geht mir tatsächlich besser. Hätte echt nicht gedacht, dass es funktionieren könnte. Meine Lider fühlen sich etwas schwer an. Mein Kopf ist benebelt. So was von benebelt. Aber das ist gut, denn dann denke ich nicht zu viel nach.

»Gut.«

»Gut«, wiederhole ich blöde. Verdammt, warum muss Riaan so einen attraktiven Bruder haben?

Wer oder was sind die beiden überhaupt?

»Bist du ein fucking Alien, Shakur?«, frage ich lallend.

Er lacht. »Was auch immer du willst, Luana.«

»Ich will Riaan«, kommen die Worte wie von selbst aus meinem Mund. Schnell beiße ich mir auf die Zunge. Ich sollte nicht an ihn denken.

»Mein Bruder ist ein verfluchter Magier. Alle Frauen wollen ihn.« Er runzelt die Stirn, bevor er seine Finger um mein Kinn legt und mein Gesicht in seine Richtung lenkt. »Aber du bist viel zu gut für ihn. Er verdient dich nicht, Lu.«

»Warum sagst du das? Er ist dein Bruder.« Ich blinzele mehrmals. Meine Zunge fühlt sich so schwer an. Wahrscheinlich, weil ich stoned bin.

»Wenn du ihn morgen immer noch willst, dann geh zu ihm hin. Doch sag mir später nicht, ich hätte dich nicht gewarnt.«

»Ich kenne doch schon bereits seine dunkle Seite. Wovor willst du mich denn noch warnen, Shakur?« Ich hebe irritiert meine Brauen.

»Das kann ich dir nicht sagen«, entgegnet er rau. »Fuck, Lu! Vergiss ihn einfach!«

»Das habe ich doch vor«, murmele ich. Dann reiße ich meine Augen überrascht auf, als Shakur mich an sich zieht und stürmisch küsst. Wieder einmal. Und wieder einmal bin ich wie berauscht.

Seine Lippen umschließen leidenschaftlich meine, während seine Zunge fordernd in meinen Mund vorstößt. Oh wow. Der Kuss fühlt sich wirklich gut an. Ich bin hin und weg. Und atemlos. Und durcheinander. Und alles auf einmal.

Verfluchte Scheiße! Was geschieht mit mir?

Ich will Riaan, aber ich lasse mich von Shakur küssen. Das ist so falsch. Er will mich heilen, doch das kann er nicht. Egal, wie gut sich das hier anfühlt. Mich heilen kann nur einer. Riaan.

»Sexy Show!«, ertönt plötzlich *seine* Stimme aus der Nähe.

Ich bin eindeutig bekifft. Bilde mir Dinge ein, die keinen Sinn ergeben.

Shakur entzieht mir abrupt sein Gesicht, als wir ein provokantes Klatschen hören. Ich schaue auf und sehe Riaan vor uns stehen. Fuck.

FUCK!

Riaan schaut mich eindringlich an. Seine Augen funkeln bedrohlich.

»Du bist so eine Bitch, Luana!«, lässt er die bissige Bemerkung fallen. Mein Magen verkrampft sich schmerzhaft. Tränen steigen mir in die Augen.

»Lass es gut sein, Riaan«, entgegnet Shakur ruhig und legt seine Hand um mich. »Du wolltest doch, dass ich sie hierhinbringe und das habe ich getan.«

Wie, er wollte, dass Shakur mich hierhinbringt? Also hat Shakur ihn gar nicht verraten? RIAAN wollte das? *Er* wollte, dass ich seine dunkle Seite kennen lerne? Aber warum?

»Ja, aber ich habe dich nicht darum gebeten, sie abzuknutschen!« Riaans Gesichtsmuskeln wirken angespannt. Sein Kiefer mahlt.

Shakur ist dagegen die Ruhe selbst. »Du wolltest doch, dass ich für Lu da bin, falls es zu viel für sie wird.«

»Ja, aber nicht so, Shakur!«

Ich blicke in seine überschatteten Augen, ohnmächtig, irgendetwas zu erwidern. Mein Puls steigt in die Höhe und mein Herz rast.

Oh Gott, Riaan sieht so wütend aus. Alles meinetwegen. Verdammte Scheiße. Was habe ich mir nur dabei gedacht? Shakur ist sein Bruder! Wie konnte ich ihm das antun?

»Riaan«, hauche ich etwas verstört.

Das wollte ich nicht. Ich wollte nur dich, Riaan. Nur dich. Immer.

Das hier war nur ein verdammter Ausrutscher. Und so bin ich eigentlich überhaupt nicht. Aber das wirst du mir eh nicht glauben. Also schweige ich nur.

Kapitel 30

Willst du mich eigentlich komplett verarschen, Lu?

Riaans Sicht

Na, kommst du nicht mit meiner Welt klar, Luana? Ist sie dir zu dunkel? Zu unergründlich? Zu versaut?

Weißt du was? Fuck you.

Ich hätte es wissen müssen, dass du meine dunkle Seite niemals akzeptieren würdest.

Aber dass du so schnell einen Ersatz für mich gefunden hast, das übertrifft nun wirklich all meine Erwartungen. Ausgerechnet Shakur.

WILLST DU MICH EIGENTLICH KOMPLETT VERARSCHEN, LU?!

Shakur ist also derjenige, den du willst. Also gut.

Fick dich, du Schlampe. Ich hasse dich. ABGRUNDTIEF.

Wie konntest du mir das nur antun? Erst läufst du vor mir weg und nun knutschst du auch noch mit meinem Bruder. BITCH!

Ich schaue dich eindringlich an. Meine Augen funkeln bedrohlich. Hast du Angst vor mir? Solltest du besser haben, SCHLAMPE!

»Riaan«, wisperst du erneut. Na? Überrascht, Luana? Dachtest du im Ernst, ich würde es nicht mitbekommen, dass ihr beide mich hintergeht? Hinter meinem Rücken rummacht? FICKT EUCH, IHR VERRÄTER!

Ich schüttele fassungslos meinen Kopf. Ich bin so enttäuscht von euch beiden, dass mir die Worte fehlen.

»Beruhige dich, Bro«, wirft Shakur ein. »Ihr seid kein Paar mehr. Luana kann machen, was sie will. Ich wollte sie nur etwas ablenken.«

»Ich hoffe, es hat sich für euch beide gelohnt!« Ich komme direkt auf dich zu, packe dich grob an deinem Handgelenk und ziehe dich hoch. Du keuchst erschrocken auf. Deine Augen sind mit Tränen gefüllt. Du weinst doch nicht etwa, Lu? Gott, das ist so erbärmlich!

»Du bist so eine Heuchlerin!«, schmettere ich dir wütend entgegen. Und das bist du in der Tat, Luana. Oder soll ich dich lieber Amanda nennen?

Surprise, surprise, mein süßes Mädchen! ICH WEIß ALLES ÜBER DICH.

Aber das werde ich dir noch nicht auf die Nase binden. Zumindest nicht jetzt.

»Lass sie in Ruhe.« Shakur erhebt sich ebenfalls. »Hör damit auf, Riaan. Du siehst doch, dass es ihr schon schlecht genug geht.«

»Ach wirklich?« Ich lege meine Hand auf deinen Rücken und ziehe dich noch etwas fester an mich. »Geht es dir schlecht, Luana?«

Dein Körper zittert ein wenig. Deine Pupillen sind geweitet, während die Tränen deine Wangen entlanglaufen und du träge nickst. Warum sind deine Augen so gerötet? Und warum zum Teufel sind deine Pupillen so riesig? Fuck. Dieser Bastard!

Ich werfe meinem Bruder einen vorwurfsvollen Blick zu, woraufhin er lediglich die Achseln zuckt.

»Was soll das, Shakur? Hast du sie etwa unter Drogen gesetzt?« Ich könnte ihm gerade so eine reinhauen!

»Was ist schon dabei«, entgegnet er lässig.

»Ich werde dir deine beschissene Fresse polieren!«, verspreche ich ihm und balle angespannt eine Hand hinter deinem Rücken zu Faust. »Damit gehst du zu weit, Shakur!«

»Ich verstehe absolut nicht, weshalb du so ausrastest.« Er schüttelt unschuldig den Kopf. »Bei Emmi hat es dir doch auch nichts ausgemacht. Lu und ich haben nur etwas Gras geraucht. Kein Grund zur Panik.«

»Weil Emmi mir SCHEIßEGAL war!«, blaffe ich ihn an. Du hebst das Kinn an und schaust mich hoffnungsvoll an, Luana. Deine Augen leuchten auf, obwohl du immer noch leise schniefst.

Oh, nur keine falsche Hoffnung, mein süßes Mädchen. Denn ab jetzt bist du mir genauso scheißegal wie Emmi.

BYE, BYE, BABYGIRL!

Ab jetzt hast du keine Bedeutung mehr für mich.

Ich habe dir schon einiges durchgehen lassen. Aber damit ist jetzt Schluss.

»Ich werde dich nach Hause bringen«, bestimme ich entschieden und du nickst stumm.

»Das kann doch ich übernehmen«, schlägt mein Bruder vor. Er tickt doch nicht mehr richtig! Dieser Wichser!

Ich verziehe angewidert das Gesicht und tippe mir mit dem Zeigefinger an die Schläfe. »Das kannst du dir schön abschminken!« Dieser Verräter!

»Hast du etwa Angst, ich könnte sie auf dem Nachhauseweg verführen?«, provoziert er mich. Ich bin so dermaßen angepisst, dass ich ihm am liebsten meine Faust in seine beschissene Fresse rammen würde!

Du schweigst, Lu. Besser so.

»Klappe, Shakur! Oder willst du etwa, dass ich komplett die Beherrschung verliere?« Ich presse meine Zähne fest aufeinander.

»Also, bei Emmi hattest du nichts dagegen. Ich durfte sie sogar ficken, nachdem zwischen euch Schluss war. Warum ist es denn bei Luana plötzlich anders?«, fährt er unbeirrt fort.

»Fick dich«, speie ich ihm wütend entgegen. Dann packe ich dich am Handgelenk und ziehe dich rigoros hinter mir her.

»Du tust mir weh, Riaan«, keuchst du, während du unbeholfen neben mir her stolperst.

Gott, ich hasse dich so, Lu.

»Und du tust *mir* weh«, entgegne ich ernst. Daraufhin sagst du nichts mehr. Schlechtes Gewissen, was, Lu? Das hast du dir selbst zuzuschreiben!

Erst als wir den Parkplatz erreichen und vor meinem Auto stehen bleiben, lasse ich dich los. »Steig ein.«

Du gehorchst sofort, öffnest die Tür und lässt dich auf den Beifahrersitz nieder. Ich umrunde das Auto und steige ebenfalls ein. Leise schließe ich die Tür hinter mir zu. Ich versuche jetzt wirklich gefasst zu bleiben. Schließlich drehe ich den Zündschlüssel und starte den Motor.

Die Fahrt verläuft ruhig. Viel zu ruhig. Wir reden nicht. Ab und zu wirfst du mir unbeholfene Blicke zu, doch ich ignoriere dich vollkommen. Sollte mir jetzt auch noch Dion begegnen, kann ich für nichts mehr garantieren!

Wahrscheinlich ist dir das auch klar, denn du bittest

mich leise, nicht in der Nähe von eurem Haus zu parken.

Ich tu dir den Gefallen. Ausnahmsweise mal.

»Steig aus, Lu.«

Du nickst nur und wendest mir dein tränenüberströmtes Gesicht zu. Was ist? Warum schaust du mich so an?

»War's das mit uns beiden?«, fragst du zittrig.

Ich schnaube verächtlich. »Was glaubst du denn?«

Du lässt die Schultern nach vorne sacken. »Ich liebe dich immer noch«, hauchst du traurig.

»Sieht man.« Ich lache provokant. »Deswegen knutschst du mit meinem Bruder!« SCHLAMPE!

»Du hattest doch Yvonne«, wirfst du mir leise vor.

»Und du hast mich gehen lassen.«

Ich beuge mich etwas näher an dein Gesicht, während meine Hände immer noch auf dem Lenkrad ruhen. »Vergiss mich, Lu. Es ist besser für alle Beteiligten.«

Du schaust mich schmerzerfüllt an. Tut es weh, süßes Mädchen? Das sollte es auch!

»Geh jetzt!«, fordere ich dich auf. Du nickst erneut, öffnest die Tür und steigst schließlich aus. Noch ein letztes Mal wirfst du mir einen bekümmerten Blick zu, bevor du dich dann von mir abwendest und davontorkelst.

Geh. Geh einfach weiter, Mädchen. Ich werde dir nicht nachweinen. Du bist keine einzige Träne wert.

Ich starte wieder den Motor und fahre los.

***

Schwankend stehe ich vor unserer Haustür, doch bevor ich überhaupt dazu komme, auf die Klingel zu drücken, wird diese aufgerissen und Dions besorgtes Gesicht kommt zum Vorschein.

»Oh Gott, Lu! Wo warst du? Und warum weinst du?« Er reißt mich in seine Arme und ich vergrabe mein Gesicht an seiner Schulter, während ich bitterlich schluchze.

Er küsst mich auf den Scheitel. »Hey, Schwesterherz. Nicht weinen.«

Doch ich kann einfach nicht damit aufhören! Mein Herz schmerzt so sehr.

So hält mich Dion einfach nur in seinen Armen fest. In diesem Moment wird mir klar, wie sehr ich ihn vermisst habe und wie sehr ich ihn brauche. Ich brauche seine Nähe. Seinen Trost. Ich brauche ihn. Meine Sonne.

Wir stehen noch sehr lange so umschlungen an der Türschwelle, bis er irgendwann leise murmelt: »Lass uns reingehen. Ich werde dir eine Tasse Tee kochen und dann erzählst du mir alles.«

Ich nicke an seiner Schulter und er führt uns hinein in die Wohnung. Ich streife mir meine Schuhe ab, bevor ich ins Wohnzimmer gehe und mich auf das Sofa fallen lasse.

Dion begibt sich in die Küche, um mir eine Tasse Tee zu machen.

Was ist nur passiert? Wie konnte das alles nur passieren?

Dabei war alles so schön. So märchenhaft. Und dann der große Knall.

Die Bilder von dem heutigen Abend spielen sich vor meinem inneren Auge ab.

Shakur vor meiner Haustür. Sein Versprechen: Ich werde dir eine Welt zeigen, die du niemals vergessen wirst.

Dann die Kneipe. Riaans Kneipe. Der Käfig dort oben, in dem ein paar Nutten rummachen. Die Männer, die sich darauf einen runterholen.

Riaan mit Yvonne dort. Wie sie sich an seine Schultern anlehnt. Wie sie mich hasserfüllt anschaut. Wie sie ihn anschmachtet.

Dann wieder Shakur. Er fängt mich auf. Im wahrsten Sinne des Wortes. Und er verführt mich. Ebenfalls im wahrsten Sinne des Wortes. Pumpt mich mit Drogen voll. Und ich bin nicht abgeneigt. Lasse es zu. Lasse alles zu.

Mein Bruder kommt aus der Küche zurück und reicht mir die Teetasse in die Hand. »Hier. Deine Lieblingssorte: Earl Grey.«

»Danke«, murmele ich und umklammere die Tasse fest mit meinen Händen. »Es tut mir leid, Dion. Alles. Ich wollte mich nicht mit dir streiten. Und ich wollte dich eigentlich gar nicht ignorieren.«

Ich senke meine Lider. Atme durch. »Du hattest recht, was Riaan angeht.«

Dion streichelt mir tröstlich über den Rücken. »Alles schon längst vergessen. Du weißt doch, ich bin immer für dich da. Du bist meine kleine Schwester und alles, was ich habe. Und ich werde alles in meiner Macht Stehende tun, um dich zu beschützen.«

Ich nehme ein paar Schlucke von dem Tee, bevor ich die Tasse auf dem Beistelltisch abstelle, der sich in der Nähe vom Sofa befindet. Dann strecke ich meine Hand aus und fahre mit den Fingerspitzen über das Tattoo auf meinem Handgelenk, das uns beide symbolisiert. Unser Partnertattoo. Dion hat auch eins.

»Die Sonne und der Mond. Das sind wir beide«, wispere ich gebrochen. »Es waren immer nur wir. Am Ende sind es immer nur wir beide.«

Dion nickt. »Und es wird auch immer so bleiben, Schwesterherz.« Er tippt mein Kinn an, damit ich ihn anschaue. Ich hebe meinen Kopf und blicke in seine warmen braunen Augen. Er ist alles, was ich habe. Er ist mein Beschützer. Ich liebe ihn so abgöttisch.

Sein Blick wird plötzlich ernst. »Fuck, Lu! Hast du etwa Drogen konsumiert?«

»Hä? Wie kommst du denn darauf?«, lüge ich. Ich möchte nicht, dass er sich Sorgen um mich macht. Es war nur eine einmalige Sache und wird auch nie wieder vorkommen.

»Deine Pupillen sind riesig und deine Augen sind gerötet.« Dions Gesicht wirkt angespannt. Er ballt wütend die rechte Hand zu einer Faust. »Wer war das? Riaan?«

Ich schüttele stoisch den Kopf. »Nein, das war meine eigenständige Entscheidung. Tut mir echt leid, Dion. Shakur und ich haben einen Blunt geraucht. Aber es kommt auch nie wieder vor. Versprochen.«

Dion seufzt. »Du weißt doch, wie ich zu Drogen stehe.«

Ich verdrehe die Augen. »Du bist ein Dealer, Dion. Du bist ständig in Kontakt mit diesem Zeug. Also komm mir nicht damit.«

»Ja, aber nur, weil ich gezwungen bin, den Job weiterhin auszuüben!«, schmettert er mir entgegen. »Ich sehe täglich, wie Menschen dadurch zugrunde gehen. So wie unsere Mom! Und ich möchte nicht, dass meiner Schwester auch das gleiche Schicksal widerfährt.«

»Ich werde das Zeug nie wieder anrühren. Versprochen.« Meine Worte sind ernst gemeint. Das weiß auch Dion, denn er nickt zufrieden.

»Du kennst Shakur, nicht wahr?«, möchte ich wissen.

Dions Blick wird dunkler. »Ja«, stößt er gepresst aus. »Nur flüchtig.«

»Was kannst du mir über ihn erzählen?«

Mein Bruder seufzt. »Bist du in ihn verliebt, Schwesterherz?«

Ich schüttele den Kopf. »Nein, ich möchte nur wissen, wie du zu ihm stehst.«

»Ich kann ihn schlecht einschätzen«, sagt er nach einer Weile. »Shakur scheint überdurchschnittlich intelligent und künstlerisch sehr begabt zu sein. Außerdem besitzt er ein Tattoo-Studio. Ab und zu kauft er etwas bei mir. Mehr kann ich dir nicht über ihn sagen.«

»Ich kann ihn ebenfalls schlecht einschätzen. Er ist sehr … rätselhaft«, gebe ich zu.

»Halte dich von ihm fern, Lu«, sagt Dion ernst. »Und auch von Riaan.«

Kapitel 31

Fuck, du willst mich umbringen, Riaan

Den ganzen Tag geht es mir dreckig. Ich bin rastlos, nervös und komplett aufgewühlt. Nicht nur wegen dem Blunt, den ich gestern mit Shakur geteilt habe, sondern überwiegend wegen Riaan.

Jedes Mal sehe ich mir den Ring an, den er für mich aus Gänseblümchen geflochten hat. Jedes Mal erinnere ich mich an seine Worte.

Du und ich, es fühlt sich einfach richtig an. So gut. So perfekt. Vergiss das bitte nie, mein süßes Mädchen. Egal, wie dunkel meine andere Seite sein mag. Behalte immer die helle in deiner Erinnerung. Denn du bist meine helle Seite, Luana. Und wenn ich dich nicht habe, dann bleibt mir nur noch die Dunkelheit.

Und mir wird klar, ich kann ihn nicht aufgeben. Ich versuche es, aber ich kann es einfach nicht! Dann hat er eben diese beschissene Kneipe mit dem Käfig. Dann hat er eben diese Nutten dort! Fuck, scheiß drauf!

Er ist immer noch er. Er ist immer noch Riaan. Dadurch ist er noch lange nicht ein schlechter Mensch. Ich komme schon damit klar. Mit seiner dunklen Seite. Ich werde sie einfach nur ausblenden. Es ist schon okay.

Shakurs Worte kommen mir in den Sinn.

Wenn du ihn morgen immer noch willst, dann geh zu ihm hin. Doch sag mir später nicht, ich hätte dich nicht gewarnt.

Warnen? Wovor denn? Ich werde einfach nicht schlau

aus seinem Bruder. Auf welcher Seite steht Shakur überhaupt? Ich kann ihn absolut nicht einschätzen.

Ich werde einfach zu Riaan gehen und mit ihm reden.

Ja, ich weiß, Dion hat mich davor gewarnt - aber er ist einfach nur viel zu übervorsichtig, was mich angeht.

Zum Glück ist er gerade unterwegs. So wird er es nicht mitbekommen, wenn ich mich heimlich aus dem Haus schleiche.

Ich ziehe mir ein enges dunkelblaues Kleid an und glätte meine Haare. Anschließend greife ich zu der Mascara und tusche mir damit meine Wimpern. Auf meine Lippen trage ich einen durchsichtigen Lipgloss auf.

Perfekt. So kann ich mich sehen lassen.

Alles wird gut. Ich schließe kurz die Augen und hole tief Luft. Nachdem ich mich etwas gesammelt habe und mir Mut zugesprochen habe, verlasse ich schließlich das Haus.

Draußen setzt bereits die Dämmerung ein, während ich auf mein Taxi warte.

***

Nun stehe ich tatsächlich vor Riaans Kneipe, während ich nervös mit meinem rechten Fuß auf dem Boden scharre. Mir ist etwas mulmig zumute. Aber ich muss einfach mit Riaan reden. Ich muss wissen, ob noch Hoffnung für uns beide besteht.

So hole ich mein Smartphone aus der Tasche und schreibe ihm eine Nachricht:

Wir müssen reden, Riaan. Ich stehe hier vor deiner Kneipe.

Es dauert nicht lange, bis seine Antwort kommt: *Geh wieder nach Hause, Lu. Halte dich von mir fern. Das ist das Beste für uns alle.*

Ich schlucke beklommen. Mein erster Gedanke ist: Okay, wie du willst, Riaan.

Ich möchte mich gerade umdrehen und wieder nach Hause gehen, aber irgendetwas hält mich davon ab. Wahrscheinlich wird mir klar, dass ich nicht bereit dazu bin, ihn so schnell aufzugeben. Also tippe ich eine neue Message an ihn:

Ich gehe nicht. Wir müssen reden. Bitte.

Seine Antwort kommt sofort: *Komm rein. Ich warte oben auf dich.*

Mein Herzschlag beschleunigt sich. Warum ausgerechnet oben? Ich sträube mich mit aller Macht dagegen, diese Kneipe auch nur mit einem Fuß betreten zu müssen.

Komm doch einfach nach unten, schreibe ich zurück. *Ich möchte nicht da reingehen.*

Mein Handy vibriert und eine neue Nachricht wird von ihm angezeigt: *Keine Sorge, die Tänzerinnen sind nicht da. Ich bin alleine, süßes Mädchen.*

Okay. Mein Gefühl warnt mich zwar davor, da reinzugehen - aber ich ignoriere die Warnungen in meinem Kopf und betrete die Kneipe.

Es ist alles genau so, wie ich es in meiner Erinnerung habe. Die Musik empfängt mich und laute Gelächter an den Tischen ertönen aus allen Ecken. Riaan scheint viel Kundschaft zu haben. Überwiegend Männer. Jetzt wird mir klar, weshalb. Ich hoffe, dass er oben wirklich alleine ist und mich nicht reingelegt hat.

Ich straffe meine Schultern und atme ein paar Mal tief durch. Dann bewege ich mich auf die Wendeltreppe zu.

Nur noch ein letztes Mal, spreche ich mir Mut zu. Wir müssen einfach reden. Ich muss Gewissheit haben, ob eine Hoffnung für uns beide besteht.

Und falls nicht, dann werde ich damit abschließen. Versprochen. Ich bin keine Frau, die Männern nachläuft. Wenn es nicht klappt, dann klappt es eben nicht. Dann gibt es auch keine zweite Chance. Und schon gar nicht eine dritte.

Ich schließe damit ab. Für immer.

Langsam steige ich die einzelnen Stufen nach oben, während mein Puls in die Höhe schießt.

Es wird tatsächlich leiser. Die Stimmen unten verhallen allmählich, als ich endlich oben ankomme. Etwas unsicher betrete ich den Raum und stelle fest, dass Riaan die Wahrheit gesagt hat. Es befindet sich kein einziger Kunde hier. Und auch keine Tänzerinnen.

Befangen streiche ich mir mein Kleid glatt, um nicht den blöden Käfig sehen zu müssen. Auch wenn er diesmal leer ist.

Fuck, Riaan. Ich mag das irgendwie nicht. Ich mag das ganz und gar nicht. So bist du doch nicht. Warum besitzt du eine solche Bar?

»Hallo Luana«, begrüßt er mich. Ich würde seine Stimme überall wiedererkennen. Niemand hat so eine unglaublich warme Stimme wie Riaan.

Ich wirbele herum und sehe ihn direkt vor mir stehen. Oh … wow. Er ist so hübsch. Ich halte den Atem an und neige meinen Kopf etwas schief, während ich ihn genauer inspiziere. Er ist wie immer ganz in Schwarz gekleidet. Schwarze, zerrissene Jeanshose und ein schwarzes T-Shirt. Seine unterschiedlichen Augen funkeln mich verführerisch an. Seine dunklen Haare sind wirr und ich würde so gerne über sie streichen. Überhaupt ihn berühren. Ihn in meine Arme schließen.

»Hi«, sage ich.

»Warum bist du gekommen?«

»Ähm«, ich lache verlegen. »*Du* hast mir doch geschrieben, ich solle nach oben gehen.«

»Ja, aber das meine ich nicht. Warum wolltest du mich überhaupt sehen?« Er schaut mich eindringlich an. »Ich dachte, du kommst nicht mit meiner Welt klar.«

»Mit deiner dunklen Seite?«, wispere ich unsicher. »Ich komme damit klar, Riaan. Ich komme mit all deinen Seiten klar. Die helle mag ich mehr. Aber ich akzeptiere auch deine dunkle.«

Er schüttelt stoisch den Kopf. »Du kennst nicht meine dunklen Absichten, süßes Mädchen.«

»Welche dunklen Absichten denn?«, frage ich nervös. »Was gibt es denn, was ich noch erfahren müsste?«

Riaan atmet tief durch, dann nimmt er meine Hand. »Komm mit, Luana.«

Mitkommen? Aber wohin denn?

Er zieht mich immer weiter, bis wir an einer verschlossenen Tür ankommen. Dann öffnet er diese und betritt mit mir zusammen den Raum.

»Dein Büro?«, stelle ich die vollkommen überflüssige Frage. Er nickt.

In dem Zimmer befinden sich ein Tisch mit einem Computer sowie ein Sessel. Irgendwo in der Ecke ist eine Vitrine aufgebaut, auf der alkoholische Getränke gelagert sind. An der gegenüberliegenden Wand steht noch ein altes Sofa.

Irgendwie kommt mir der absurde Gedanke, dass Riaan in diesem Raum mit Yvonne gevögelt haben könnte. Dabei zieht sich mein Magen schmerzhaft zusammen.

»Alles gut?«, fragt Riaan nach und schiebt mich zu dem Sessel rüber. »Setz dich hin. Ich werde dir etwas zu trinken holen.«

Widerwillig lasse ich mich auf den schwarzen Sessel sinken.

»Ich will gar nichts trinken«, protestiere ich. Doch er ignoriert meinen Widerspruch und begibt sich zu der Vitrine. Dort holt er eine Flasche Whiskey sowie einen Tumbler und stellt alles auf dem Tisch ab.

»Wir trinken jetzt zusammen, Lu. Keine Widerrede. Das wirst du gut gebrauchen«, bestimmt er, öffnet die Flasche und füllt das Glas mit der Flüssigkeit.

»Wieso?«, frage ich lauernd, nehme jedoch den Tumbler entgegen, den er mir auf dem Tisch zuschiebt.

»Trink«, beharrt er einfach und ich exe alles. Irgendwie gefällt mir das alles nicht. Was hat er vor?

»Gut.« Riaan füllt erneut den Whiskey in den Tumbler und reicht ihn an mich weiter.

Ich nehme das Getränk stumm entgegen und kippe mir alles in den Rachen. Angewidert verziehe ich mein Gesicht. Das Zeug schmeckt scheußlich. Meine Kehle brennt. Mein Magen brennt.

Er schenkt wieder etwas nach und schiebt mir das Glas entgegen. Doch diesmal rühre ich das Zeug nicht mehr an.

»Willst du mich betrunken machen?«, stelle ich ihm skeptisch die Frage.

Riaan umrundet den Tisch und setzt sich zu mir auf die Tischkante. »Entspann dich, süßes Mädchen.«

»Was wird das, Riaan?« Ich stehe auf und stelle mich zwischen seine Beine.

Er legt den Kopf etwas schief und zieht mich an sich. Mein Herz rast. Mein Körper ist sofort elektrisiert und alles in mir zieht sich zusammen. Jeder einzelne Muskel.

»Wie war denn der Kuss mit Shakur?«, fragt er verbittert. Fuck. Er ist so nachtragend.

Ich beiße mir stark auf die Unterlippe. »Nicht so gut wie mit dir«, stoße ich schließlich atemlos aus. Und das ist die Wahrheit.

Er nickt zufrieden und neigt sein Gesicht dicht an meins. Sein warmer Atem streift meine Haut und eine heiße Welle durchfährt mich. Ich habe ihn so vermisst. Sein vertrauter Geruch verursacht mir ein Kribbeln im ganzen Körper. Ich strecke ihm meine Lippen entgegen und er fährt mit seiner Zungenspitze an ihnen entlang. Dann küsst er mich. Sanft und leidenschaftlich. Und wow… ich zergehe gleich unter seinem Kuss. Er ist so zärtlich. So unglaublich. So voller Liebe.

Und er schmeckt nach Abschied. So bitter. So verzweifelt.

Mein Herz flattert nervös.

Als Riaan mir sein Gesicht entzieht, wirkt er etwas distanziert. Seine Augen schauen mich ausdruckslos an.

So langsam werde ich unruhig. Irgendetwas stimmt da nicht. Er hat etwas vor. Ich verstehe zwar nicht was genau, aber es stecken auf jeden Fall böse Absichten dahinter. Angespannt halte ich die Luft an.

»Möchtest du sehen, wie es aussieht, wenn ich dich küsse?«, stellt er mir plötzlich die Frage. »Oder wie es aussieht, wenn ich dich ficke?«

Ich schlucke beklommen. »Was wird das, Riaan?«

»Willst du es denn nun sehen oder nicht?« Er hebt belustigt die Brauen. »Es wird dir garantiert gefallen.«

»Hast du uns etwa dabei gefilmt?«, frage ich lauernd.

»Oh, Lu! Die Show wird so sexy und unvergesslich. Versprochen!«

Welche Show denn? Riaan benimmt sich echt merkwürdig. Und ich weiß nicht, warum, aber meine Nackenhaare sträuben sich. Irgendetwas liegt in der Luft und das gefällt mir nicht. Ganz und gar nicht.

Irgendetwas läuft hier falsch.

»Spielst du mit mir, Riaan?«, flüstere ich mit zittriger Stimme. Ich fröstele.

»Ich liebe Spiele«, haucht er beschwörend zurück. »Du doch auch?«

Dazu sage ich nichts. Er ist nicht er selbst. Und ich möchte eigentlich schon gehen, doch meine Beine gehorchen mir nicht.

»Du kannst jetzt kommen, Yvonne«, sagt Riaan und in diesem Moment läuft es mir eiskalt den Rücken herunter. Yvonne?

Wie in Zeitlupe bewegt sich die Türklinke nach unten und sie betritt den Raum.

Entrüstet reiße ich meine Augen auf und stolpere benommen nach hinten. Warum? Warum nur?

Sie hebt überlegen die Brauen, bevor sie mir ein vielsagendes Lächeln zuwirft. Dann stolziert sie auf Riaan zu und bleibt direkt vor ihm stehen. Und er? Er zieht sie einfach in seine Arme.

Ich erstarre. Was wird das? Warum tut er das?

Das ist alles so surreal. So unwirklich. Das passiert doch nicht gerade tatsächlich?

Und dann küsst er sie. So wie er mich noch vor einer Minute geküsst hat.

Ein messerscharfer Stich durchfährt mein Herz und ich keuche qualvoll auf. Will er mich umbringen? Fuck. Er will mich umbringen …

Ich atme nicht einmal.

Das ist nicht der Mann, in den ich mich verliebt habe.

Riaan entzieht ihr sein Gesicht und schaut mich wieder an. »Na, wie war die Show, süßes Mädchen?« In seinen Augen ist eine Kälte, die vorher nicht da war. »Das war ziemlich heiß, nicht wahr?«

Yvonne kichert wie ein kleines Schulmädchen.

Ich sage nichts. Stehe einfach nur da und bin bewegungsunfähig. Mein Kopf ist leer. Mein Körper ist taub.

»Warte ab, es wird noch viel besser, wenn ich sie gleich vor deinen Augen ficke.« Seine Worte sind so demütigend, dass der Schmerz in meinem Herz ins Unermessliche steigt. Die Gefühllosigkeit in seinem Gesichtsausdruck trifft mich bis ins Mark.

Und in diesem Moment hasse ich ihn. Ich verspüre nichts als reine Verachtung ihm gegenüber.

Endlich werden meine Beine aktiv, als ich auf ihn zugehe und ihm eine schallende Ohrfeige verpasse. Yvonne keucht erschrocken auf. Riaans Wange verfärbt sich augenblicklich rot.

»Du bist für mich gestorben, Riaan«, sage ich kühl. Meine Stimme zittert.

Dann wende ich mich von ihm ab und verlasse diesen Raum.

Verlasse seine Kneipe.

Verlasse seine Scheißwelt.

Verlasse ihn.

Wie in Trance bewege ich mich die Treppen nach unten, gehe an all den betrunkenen Gästen vorbei, bis ich endlich den Ausgang erreiche. Ich muss hier weg. Weg von ihm. Weg von seiner Dunkelheit.

Als ich endlich draußen bin, fange ich an zu weinen.

Fuck, ich darf nicht weinen. Er hat meine Tränen nicht verdient. Warum weine ich denn jetzt?

Ich sollte meine Schultern straffen, das Kinn anheben und Stolz bewahren. So wie es mir Dion beigebracht hat. Eine Königin bleiben. Unzerstörbar. Imaginäre Krone richten und weitermachen.

Riaans liebende Worte kommen mir in den Sinn.

Egal, wie dunkel meine andere Seite auch sein mag. Behalte immer die helle in deiner Erinnerung.

Nein. Das kann ich nicht. Denn er hat gar keine helle Seite. Er ist die vollkommene Finsternis. Und ich brauche die Sonne in meinem Leben und nicht die Dunkelheit. Die Dunkelheit ist so erdrückend. So zerstörerisch.

Ich schlucke den Kloß in meinem Hals runter und gehe einfach weiter. Immer weiter die schummrig beleuchteten Straßen entlang, während die Tränen meine Wangen entlangfließen.

Ich werde einfach weitermachen. Ohne ihn. Es geht mir gut. Es geht mir wirklich gut.

Okay, ich habe mich in ihn geirrt. Das kann schon passieren. Aber jetzt werde ich einfach weiterleben. Alles wird gut.

Mir geht es gut.

Ich werde mir jetzt diese Tränen trocknen und weitermachen. Denn das Leben geht weiter, nicht wahr? Die Erde dreht sich trotzdem weiter.

Ich schniefe und stolpere gegen einen Mann, der mir gerade den Weg versperrt. Mein Gesicht ist tränenüberströmt, als ich aufschaue und meinen Bruder wie durch einen Nebel wahrnehme.

»Dion?«, schluchze ich. Aber was macht er denn hier?

»Ich habe überall nach dir gesucht, Lu.« Er hebt mein Kinn an und schaut mich mit besorgter Miene an. »Was machst du hier in dieser Gegend und warum weinst du, Schwesterherz?«

Ich schüttele stumm meinen Kopf, während ich mir

fest auf die Unterlippe beiße. Ich kann nicht darüber reden. Nicht jetzt. Vielleicht auch nie.

Dion zieht mich an sich, während er mich fest in seine Arme schließt. Und so weine ich an seiner Brust. Weine all den Schmerz heraus, den mir die Dunkelheit beschert hat.

Aber nun ist meine Sonne da. Und sie heilt doch alles, nicht wahr? Die Sonne erhält alles Leben auf der Erde. Sie spendet Licht und erwärmt den Boden. Erwärmt mich. Heilt mich.

Obwohl ich gerade am Verwelken bin.

Kapitel 32

Deine fucking Sonne ist ein Monster, Lu

Riaans Sicht

Fuck, Lu. Ich habe dich gewarnt, du sollst dich von mir fernhalten.

Du wolltest es nicht anders. Ich musste es dir auf die harte Tour beibringen. Ich musste dich von mir stoßen. Glaub mir, es ist verdammt besser so.

Ich möchte dich nicht in meiner Nähe haben, wenn das Monster in mir zum Leben erweckt wird. Vertrau mir einfach.

Weißt du, Lu, ich habe wirklich versucht, alles zu vergessen und zu vergeben. Aber diese Bilder haben sich in meinem Kopf eingenistet und wollen einfach nicht verschwinden. Sie erinnern mich schonungslos daran, die Rache zu vollenden.

Ich wünschte, ich könnte wie Shakur sein und einfach darüber hinwegsehen. Aber das geht nicht. Ich komme nicht damit klar. Ich bin nicht so. Ich bin nicht wie Shakur. Ich bin ein Racheengel, aber das habe ich dir ja schon gesagt.

Der Schmerz in deinen Augen hat mich vollkommen zerrissen und kurz aus dem Konzept gebracht. Aber nun habe ich mich wieder gesammelt.

Nun wird mich nichts mehr aufhalten, meinen Plan zu vollziehen.

»Riaan«, säuselt Yvonne und schmiegt sich an meine

Brust. »Machen wir jetzt trotzdem weiter, auch wenn sie weg ist?«

Grob schiebe ich sie beiseite. »Das war nie der Plan. Das weißt du doch.«

»Ich weiß«, entgegnet sie leise und senkt ihre Lider. »Ich werde trotzdem auf dich warten, Riaan. Immer. Ganz egal, wie lange es dauern wird.«

»Das solltest du nicht tun. Du solltest nicht auf mich warten. Denn … ich könnte dich niemals lieben, Yvonne«, konfrontiere ich sie mit der harten Wahrheit, bevor ich mich von ihr abwende und den Raum verlasse.

Nun zu dir, Luana. Süßes Mädchen.

Oder soll ich lieber Amanda sagen? Heuchlerin.

Denn das bist du doch, nicht wahr? Amanda Mitchell.

Falsche Identität und schon dachtest du, du bist sicher.

So naiv, mein süßes Mädchen. So unglaublich dumm.

Soll ich dir nun meine wahre dunkle Seite offenbaren? Das mit Yvonne war dagegen noch ziemlich harmlos! Tatsächlich harmlos im Vergleich zu dem, was ich eigentlich noch mit dir vorhabe …

Soll ich ehrlich sein? Mein ursprünglicher Plan war, DICH zu eliminieren. Ich wollte deinem Bruder das Wichtigste in seinem Leben nehmen. Und das bist du. Ich habe doch recht, oder?

Aber dann habe ich mich irgendwie in dich verliebt. Das war nie mein Plan gewesen.

Du bist süß, Luana. So unglaublich süß. So unschuldig. So mutig. So selbstbewusst. So frech.

Ich liebe es, dir zuzusehen, wie du das Schokoladeneis gierig in dich hineinschaufelst und dabei kleckerst. Ich liebe deine tollpatschige Art. Ich liebe sogar deinen scheußlichen Kaffee, den du zubereitest. Ich liebe es, dich zu berühren. Dich zu küssen. Dich zu ficken.

Und ich hasse es, wenn du von deinem Bruder schwärmst. Ich *hasse* es, Luana.

Und hier ist meine kleine Planänderung: Glück für dich, denn ich werde dich verschonen. Ich kann dir einfach nicht weh tun. Jedenfalls nicht körperlich.

Ich könnte es mir niemals verzeihen, sollte dir etwas zustoßen.

Und deshalb werde ich deinen Bruder zur Rechenschaft ziehen. Immerhin ist *er* der Sündenbock in dieser Geschichte. Der Verbrecher. Der Mörder.

Also wird meine Rache nur ihm alleine gelten. So einfach ist das.

Glaub mir, Lu, ich weiß, dass es dich umbringen wird, wenn ich ihn aus dem Weg räume. Ich bin ja nicht schwer von Begriff. Ich habe schon verstanden, dass er deine fucking Sonne ist. Und ich weiß auch, dass du es mir niemals verzeihen wirst, sollte Dion meinetwegen etwas zustoßen.

Aber weißt du was? Scheiß drauf. Ich werde es trotzdem durchziehen.

Deinen Bruder hat es nämlich auch nicht interessiert, wie ich mich dabei gefühlt habe, nachdem er meine Familie zerstört hat. Er hat darauf geschissen, als er meinen Vater eiskalt ermordete.

MIT EINER FUCKING SCHERE, LU! Kannst du dir das vorstellen? MIT EINER SCHERE!

Grausam, nicht? So grausam, dass mir die Worte fehlen. So grausam, dass ich nachts diese Bilder nicht aus meinem Kopf bekomme. Sie verfolgen mich in meinen schlaflosen Nächten.

Er hat zweimal zugestochen. Einmal in den Bauch und einmal in sein Herz.

Oh, Babygirl, was erzähle ich dir da eigentlich? DU WARST DOCH LIVE DABEI! Nicht wahr?

FUCK, LU! Du warst verdammt noch mal dabei gewesen!

Und trotz allem nimmst du ihn noch in Schutz. Ich verstehe es wirklich nicht, weshalb du ihn immer noch deckst.

Ah ja … stimmt ja … bla bla bla. Er ist deine verfluchte Sonne!

Und diese Eigenschaft hasse ich wiederum an dir.

Meine dunkle Seite konntest du nicht akzeptieren. Seine dagegen schon. Etwas widersprüchlich, findest du nicht auch? Du bist so eine Heuchlerin!

Fick dich, Lu! Fick dich, Amanda!

Ich werde diesmal keine Rücksicht mehr auf dich und deine Gefühle nehmen, wenn ich ihn vernichte. Deine Sonne auslösche.

***

Riaan, 10 Jahre zuvor…

Ich lasse mich auf den harten Stuhl neben meinem Bruder Shakur sinken und trommele hektisch mit der Gabel auf den Tisch.

»Mom, ich verhungere!« So langsam werde ich ungeduldig. Wir warten schon seit einer halben Stunde auf unseren Vater. So machen wir das immer. Wir essen immer alle zusammen, als Familie.

Es duftet unglaublich lecker nach Lasagne, die meine Mom auf dem Tisch abstellt und dann ein Küchenmesser holt. Mir läuft das Wasser im Mund zusammen.

»Warum müssen wir immer so lange auf unseren Vater warten?«, motzt mein Bruder und versetzt mir mit seinem Fuß einen harten Tritt unter dem Tisch. Ein scharfer Schmerz durchzuckt mein Schienbein und ich verziehe das Gesicht.

»Hey!«, fahre ich ihn an. »Was soll das, du Trottel?«

»Mir ist langweilig. Und gegen Langeweile hilft etwas Aktion«, gibt er gelassen zurück. Shakur ist immer gelangweilt. Und er ist immer gelassen. Er ist der Ruhepol bei uns zu Hause. Ruhig, bedacht und kalkulierend. Das sind seine Charakterzüge.

»Du Wichser!« Ich verpasse ihm einen Tritt zurück.

»Hört nun auf!«, schimpft unsere Mom. »Ihr benimmt euch immer noch wie kleine Kinder. Wann werdet ihr denn nun endlich erwachsen?« Sie verdreht genervt die Augen und Shakur wirft ihr einen Handkuss zu, um sie zu besänftigen.

»Ach, Mom. Wir haben einfach nur Hunger, das ist alles. Und wenn wir hungrig sind, dann werden wir pissig. Wo bleibt denn unser Vater eigentlich so lange?« Nun fängt auch mein Bruder an, mit der Gabel auf den Tisch zu trommeln. Dabei ist er der Geduldigere von uns beiden.

»Er wollte kurz zu der Nachbarin rüber, wie immer. Ich habe ein paar Lebensmittel eingekauft, die er ihr vorbeibringen sollte«, erklärt sie uns ruhig, während sie die Lasagne mit dem Messer anschneidet und diese auf unsere Teller verteilt.

»Hey, Shakurs Portion ist viel größer! Das ist nicht gerecht!«, beschwere ich mich und versetze meinem Bruder noch einen Tritt gegen sein Schienbein, um ihn einfach nur zu ärgern.

Mein Bruder funkelt mich böse an. »Ich bin auch der Älteste. Ist doch klar, dass ich mehr bekomme.« Dass er sich immer so aufspielen muss! Dabei ist er nur zwei Jahre älter als ich! Ich stöhne empört auf.

Unsere Mom nimmt das Küchentuch, welches sich auf dem Tisch befindet, und wirft es nach uns. Nun haben wir sie endgültig verärgert. Ich fange das Tuch gekonnt zwischen meinen Fingern auf.

»Guter Wurf, Mom!«

Auch mein Bruder gibt einen anerkennenden Pfiff von sich.

Sie verdreht erneut die Augen und nimmt uns gegenüber Platz ein. »Wie war denn die Schule?«, erkundigt sie sich.

»Wie immer öde«, murmelt Shakur und ich runzele die Stirn, denn mein Bruder ist eigentlich derjenige, der immer gute Noten nach Hause bringt. Im Gegensatz zu mir. Dass ich auch diesmal eine schlechte Note bekommen habe, verschweige ich. Stattdessen wechsele ich einfach das Thema.

»Muss Dad eigentlich immer zu dieser bescheuerten Nachbarin gehen? Die Lasagne wird langsam kalt.«

»Ihr wisst doch, wie wichtig es für uns ist, bedürftigen Menschen unsere Hilfe anzubieten«, erklärt sie ganz ruhig, während sie die Wasserflasche öffnet und unsere Gläser damit füllt.

»Diese Nachbarin ist echt komisch, Mom«, meint dann auch Shakur. »Sie sieht aus wie ein Junkie. Jetzt mal im Ernst! Solchen Menschen sollte man nicht helfen!«

»Genau solchen Menschen muss man eben helfen«, erwidert unsere Mutter ernst. »Die Frau hat zwei Kinder. Sie ist alleinerziehend und wahrscheinlich sehr überfordert damit. Ihre Kinder leiden darunter, weil ihre Mutter lieber Drogen kauft als Essen für sie. Und genau deshalb bringt euer Vater dieser Familie Lebensmittel vorbei.«

»Verstehe«, entgegne ich seufzend, obwohl ich das überhaupt nicht verstehe. Dann schiebe ich meinen Stuhl nach hinten und stehe auf. »Ich geh mal nach ihm schauen. Vielleicht hat sich unser Dad ja verlaufen«, füge ich ironisch hinzu.

»So ungeduldig, Riaan.« Unsere Mutter schüttelt den Kopf.

»So typisch«, stimmt ihr Shakur nickend zu. »Immer ungeduldig, aufbrausend und aggressiv. Habe ich noch etwas vergessen? Ah ja, das Zeugnis! Aber das werde ich wohl lieber nicht erwähnen! Unser kleines, süßes, schwarzes Schaf in der Familie. Bäähhh, Bääähhh.«

Er liebt es, mich zu ärgern! Dieser Wichser! Keine Ahnung, warum ich ihn trotzdem liebe.

»Klappe, Musterknabe!«, knurre ich gereizt zurück. »Muss nicht jeder so ein Streber wie du sein!«

Unsere Mutter lacht.

Ich eile in den Flur und schlüpfe in meine Schuhe, bevor ich das Haus verlasse.

Ganz ehrlich, ich mag es nicht, immer so lange auf Dad warten zu müssen. Immer muss er den guten und hilfsbereiten Mann spielen. Dabei sind die Menschen so undankbar. Sie vergessen schnell, was man alles für sie getan hat. Als Dank treten sie dir am Ende sogar noch in den Arsch!

Ich atme frustriert aus und gehe einfach weiter. Ein paar Kinder spielen mit einem Ball auf dem Gehweg. Ein paar weitere malen mit Kreide.

Überrascht fange ich den Ball auf, als er auf mich zufliegt.

»Ihr solltet lieber woanders spielen«, ermahne ich sie streng, »und nicht in der Nähe von der Straße.« Dann werfe ich ihnen den Ball wieder zu.

Plötzlich werden meine Schritte unwillkürlich langsamer. Scheiße. Was zum Teufel …?

Ein Jugendlicher in meinem Alter läuft an mir vorbei und zieht dabei ein kleines Mädchen hinter sich her, das vollkommen blass wirkt. Er hält eine blutgetränkte Schere in der Hand, die er an seinem T-Shirt abwischt. Irgendetwas stimmt da nicht. Warum ist diese Schere voller Blut? Das *ist* doch Blut, oder etwa nicht?

Das Mädchen lässt seine Hand los und bleibt stehen. Ich starre sie an. Sie wirkt vollkommen verängstigt. Durcheinander. Ihr Gesicht ist tränenüberströmt. Ihre Haare sind total wirr und sie zittert am ganzen Körper. Mein entsetzter Blick fällt auf ihre Hände. Sie sind blutverschmiert.

Ach du Scheiße. Was ist denn mit den beiden los?

Einen kurzen Augenblick stehe ich da und starre das Mädchen an, während sie mich anstarrt. Bis der Junge sie schließlich weiterzieht. »Amanda! Wir müssen weiter!«

Amanda ist also ihr Name.

Die beiden verschwinden in einer Gasse und ich höre aus der Ferne, wie sie mit einem Motorrad davonrasen. Warum auch immer. Wohin auch immer.

Kopfschüttelnd gehe ich einfach weiter. Interessiert mich sowieso nicht, was die beiden vorhaben. Ich hasse es, in dieser Gosse aufwachsen zu müssen. Ständig passiert hier etwas. In diesem Viertel geht es echt ums Überleben. Shakur liebt es, hier zu leben, denn hier gibt es jeden Tag Aktion. Ganz nach seinem Geschmack.

Ich liebe das Chaos hier. Doch ich hasse die Armut.

Endlich erreiche ich das Haus, welches genauso verwahrlost ist wie die restlichen Häuser neben dran. Dagegen ist unser Haus viel ordentlicher.

Ich habe unseren Vater schon öfters hier gesehen. Einmal in der Woche schaut er bei dieser Scheißjunkie-Familie vorbei und versorgt sie mit frischen Lebensmitteln. Er ist so hilfsbereit. Innerlich verdrehe ich die Augen.

Ich selbst war noch nie in dem Haus gewesen. Es besteht einfach kein Bedarf von meiner Seite aus, mir das Elend anzuschauen. Ist nicht mein Ding. Ich bin nicht die gute Seele, die den Armen und Benachteiligten freiwillig helfen würde. So einer bin ich nicht und werde es auch niemals sein.

Ich weiß noch nicht einmal, wie die Kinder von dieser Junkie-Nachbarin aussehen. Die Frau selbst ist mir nur ein paarmal über den Weg gelaufen. Und das hat mir schon gereicht. Noch mehr Elend könnte ich nicht ertragen.

Als ich gerade dabei bin, zu klingeln, merke ich, dass die Tür bereits geöffnet ist. Markerschütternde Schreie dringen durch das Haus.

Sofort stürme ich hinein und erstarre.

Mein Herz setzt für einen kurzen Augenblick aus. Mein Körper ist wie gelähmt.

Dad liegt regungslos auf dem kalten Boden mitten im Flur. Die dunkelrote Lache unter ihm breitet sich immer weiter aus. Sein ganzer Körper ist voller Blut.

Scheiße.

»Dad«, murmele ich abwesend. »Oh Gott, nein.«

Als ich endlich einigermaßen wieder bei Sinnen bin, stolpere ich benommen auf ihn zu und sacke vor ihm auf die Knie.

»Scheiße, Dad. Scheiße«, fluche ich nun unter Tränen. Er hat tiefe Schnittwunden. Einmal am Bauch und einmal an seiner linken Brust.

Instinktiv prüfe ich sofort seinen Puls. Doch er schlägt nicht mehr. Ich lege meine Hand auf seine blutige Brust, aber ich fühle keinen Herzschlag mehr. Sein lebloser Körper ist eiskalt. Seine braunen Augen starren an die Decke. Behutsam fahre ich mit meiner Hand an seinen Lidern entlang, um diese zu schließen.

Eine schreckliche Übelkeit breitet sich in meinem Magen aus.

Er ist tot.

Mein Vater ist tot.

Oh Gott, nein. Das verkrafte ich nicht.

Mit zitternden Händen fahre ich über seine verstrubbelten Haare. Streiche ihm unter Tränen über sein Gesicht, während ich mich dabei ermahne, zu atmen.

Es zerreißt mir vollkommen das Herz, meinen Vater in diesem Zustand zu sehen. So leblos. So verdammt tot.

»Fuck, Dad. Steh auf!«, fordere ich ihn verzweifelt auf. »Du kannst uns doch nicht einfach alleine lassen! Dad, hörst du? Steh auf!«

Verdammt. Ich kann seinen Tod nicht akzeptieren.

Die ohrenbetäubenden Schreie holen mich aus meiner Starre zurück in die Realität. Wer zum Teufel kreischt denn so hysterisch? Verdammte Scheiße!

Ich hebe meinen Kopf und sehe durch den Tränenschleier eine Frau stehen. Diese Psycho-Nachbarin, der Junkie.

War sie das?

Verfluchte Scheiße, ich bringe sie um!

ICH BRINGE SIE VERDAMMT NOCH MAL UM!

Ich wische mir die Tränen mit dem Ärmel ab und stehe auf. Mein Kinn mahlt angespannt, als ich auf diese Psycho-Nachbarin zugehe.

»Ich werde dich umbringen, du elender Junkie«, zische ich durch zusammengebissene Zähne. Dann packe ich sie am Kragen und presse ihren Körper hart gegen die Wand.

Sie keucht erschrocken auf und verstummt augenblicklich.

»Du bist verdammt noch mal tot«, fauche ich sie wütend an. Meine Augen glühen vor Zorn und ich atme heftig. Ich kann mich kaum noch beherrschen. In diesem Zustand kann ich absolut für nichts garantieren!

»Ich war das nicht!«, kreischt sie ängstlich wie eine Irre. »Das waren meine Kinder! Ich habe auch schon die Polizei gerufen! Glaub mir! Das war ich nicht! Das war mein Sohn! David! David Mitchell war das! Er hat ihn mit einer Schere erstochen!«

Ich lasse sie immer noch nicht los. »Warum sollte ich dir auch nur ein Wort glauben, du Psycho?«

Moment… hat sie gerade *Schere* gesagt? *Er hat ihn mit einer Schere erstochen!*

Fuck. FUCK!

Unerwartet kommen die Flashbacks. Bilder ziehen vor meinem inneren Auge vorbei.

Der Junge, der ein kleines Mädchen hinter sich herzieht. Das Mädchen wirkt verängstigt und total blass. Der Junge hält die blutige Schere in seiner Hand, die er an seinem T-Shirt abwischt.

Verdammte Scheiße! Die Kinder, denen ich eben auf der Straße begegnet bin, waren also IHRE Kinder? *Sie* haben meinen Vater auf dem Gewissen …?

Und ich habe sie einfach davonlaufen lassen?

Verflucht noch mal! Mein Griff lockert sich und ich lasse sie los.

»Warum?«, frage ich sie verzweifelt mit belegter Stimme. »Warum haben sie das getan?«

»Ich… ich… also«, stottert sie total verängstigt. »David hängt mit falschen Freunden ab und schuldet ihnen eine Menge Geld. Und … er hat das Geld von deinem Vater verlangt. Aber dein Vater wollte es ihm nicht geben … und so kam es zu dem Streit … und David hat ihn mit einer Schere erstochen.«

Ich halte die Luft an und versuche die Informationen in meinem Kopf zu verarbeiten. Und fuck. Das ist grausam. Das ist mehr als nur grausam.

»Mein Vater hat deiner beschissenen Familie immer geholfen!«, brülle ich sie an. Ich bin so außer mir vor Wut! »Und das ist also der Dank dafür? Dein Scheißsohn hat meinen Vater auf dem Gewissen, ist dir das eigentlich klar?!«

Gott, die Welt ist so grausam. So ungerecht.

Aus der Ferne höre ich die Sirenen heulen und kurz darauf flackern die Blaulichter durch die Fensterscheiben. Die Polizei ist da.

Und ich weiß nur eins, sollten sie die Verdächtigen nicht einholen, werde ich das höchstpersönlich tun. Sollten die beiden geflohen sein, dann werde ich nach ihnen suchen. So lange, bis ich sie finde.

Und ich *werde* sie finden. Ganz egal, wie lange es dauern wird. Ganz egal, wo auch immer sie sein mögen.

Ich werde die beiden zur Rechenschaft ziehen. Ich werde meinen Vater rächen.

Seit diesem Tag konnte ich keine Lasagne mehr sehen. Das Gericht erinnert mich schonungslos an den schrecklichsten Tag meines Lebens. An den Tod meines geliebten Vaters.

Seit diesem Tag war nichts mehr so, wie es sein sollte. Unsere heile Familie ist zerbrochen. Unsere Mutter hat seit dem Tag kein einziges Wort mehr gesprochen. Shakur hat angefangen, Drogen zu konsumieren. Ja, ausgerechnet Shakur. Unser Superhirn.

Wir alle sind daran zerbrochen. Jeder einzelne von uns. Und jeder auf seine eigene Art und Weise.

Und daran ist nur ganz alleine David Mitchell schuld.

***

Na, Lu. Jetzt kennst du wohl meine Geschichte. Oder auch nicht. Wie auch immer, deine fucking Sonne ist ein Monster. Und du deckst das Monster. Du schützt ihn trotz allem, was er getan hat.

Das solltest du nicht tun. Denn er hat nichts anderes als den Tod verdient.

- FORTSETZUNG FOLGT....... -

Diese Reihe hat erst begonnen und das ist erst der Anfang…

Ich bin so gespannt, wie ihr die nächsten Teile finden werdet. <33

EPILOG

Hey LOVEEESSS <333

Willkommen in Luanas Welt!

Eine Welt voller Leidenschaft, Geheimnisse, Intensität und Liebe. Das hier ist ein absolutes Herzensprojekt von mir.

Ich liebe diese Geschichte so sehr! Und ich hoffe, ihr auch!

Ich bin ein großer Fan von: Luana, Riaan, Shakur und Dion. Sie alle sind mir sehr ans Herz gewachsen. Alle Charaktere haben ihre Besonderheit und ihr Päckchen zu tragen.

Die starke Bindung zwischen Lu und Dion ist der absolute Wahnsinn. <33 Da geht mir das Herz auf. ICH LIEBE DIE BEIDEN SOOOOO SEHR!!!

Ich danke jedem Einzelnen, der diese Story gelesen hat. Ich liebe eure Posts, eure private Nachrichten, sowie eure Rezensionen!

Danke jedem Einzelnen, der mich unterstützt und diese Arbeit würdigt.

Love you

Eure Michiru <3

Folgt mir gerne auf Instagram:

VON MIR SIND BISHER ERSCHIENEN:

NOT HIS PRINCESS
Vorgetäuschte Liebe (Teil 1)

Er ist ein Escort-Boy. Und sie ist verheiratet. Diese Beziehung hat keine Zukunft. Sie wird scheitern. Er wird sie in den Abgrund ziehen. Und doch ... kann sie ihn nicht vergessen. „Was erwartest du von mir, Prinzessin? Doch nicht etwa aufrichtige, wahre Liebe? Du wusstest von Anfang an, dass ich ein Escort-Boy bin. Ich kann nicht lieben. Ich habe dich gewarnt. Zuneigung als Dienstleistung? Vielleicht gibt es Dinge, die nicht käuflich sein sollten ... Letztendlich ist es nicht mehr als nur ein Schauspiel. Und ich spiele es hervorragend! Nicht wahr, Prinzessin?"

NOT HIS PRINCESS
Seine Liebe ist Gift (Teil 2)

Dieser Mann bedeutet Gefahr. Die Liebe zu ihm ist lebensgefährlich. Seine Welt ist eine reine Finsternis. Und doch ist diese Dunkelheit so verlockend ... Ich fühle mich von ihr angezogen. Er ist giftig. Doch sein Gift ist so berauschend ... Und ich kann einfach nicht genug davon bekommen.

„Die Dunkelheit führt mich in eine Welt hinein, in der ich dir nahe sein kann. Und sie gibt mir die Möglichkeit, ich selbst zu sein. Mich nicht mehr verstecken zu müssen. Alles, was uns beide verbindet, ist die Finsternis. Und sie ist bezaubernd. Entzückend. Ich liebe die Finsternis, weil sie ein Teil von uns ist."